KB165431

영어 속담과
함께 읽는
세상의 지혜

영어속담과
함께하는
세상의 지혜

초판 1쇄 | 2017년 2월 25일

지은이 | 발타사르 그라시안
옮긴이 | 이동진
펴낸곳 | 해누리
펴낸이 | 김진용
편집주간 | 조종순
디자인 | 신나미
마케팅 | 김진용·이강호

등록 | 1998년 9월 9일(제16-1732호)
등록 변경 | 2013년 12월 9일(제2015-000084호)

주소 | 서울특별시 영등포구 당산로 20길 13-1
전화 | (02)335-0414 팩스 | (02)335-0416
E-mail | haenuri0414@naver.com

ISBN 978-89-6226-057-1 (03870)

영어 속담와
함께 읽는
세상의 지혜

해누리

발타사르 그라시안은 누구인가?

　발타사르 그라시안_Balthasar Gracian(1601.1.8.~1658.12.6)은 스페인의 철학자이며 소설가이다. 그는 스페인의 아라공 지방 벨몬테 데 칼라야투스에서 태어나 교육을 받은 후, 18세 때 예수회에 들어가서 신부가 되었다. 그는 용기를 지닌 능변가로 여러 교파 소속의 교육기관에서 강의를 하였다. 그 후 말년에는 타라고나에 있는 예수회 대학의 학장을 역임하였다. 그는 어떤 내용의 주제를 재치 있게 발전시키는 스페인의 독특한 문장 형식의 생각들을 독자들에게 전하는 당대 최고의 문필가였다.

　그의 초기 작품들은 세상의 생활 윤리를 주제로 쓴 것으로, 대중 교육에 목적을 둔 『영웅』(1637), 『천재의 기교와 기술』(1642), 『완전한 신사』(1646), 『신탁』(1647) 등이 있다. 또한 그는 예수회의 윗사람들의 강력한 반대에도 불구하고 『비판자』(1651~1657)라는 철학 소설 3부작을 익명으로 발표하였다. 쇼펜하우어는 이 소설을 "인류 역사상 가장 중요한 책 가운데 하나"라고 극찬하였다.

　그는 이 소설에서 당시 유럽 사회를 야만인의 관점에서 분석했으며, 의지력과 갈등을 강조하면서도 자신의 비관주의 철학을 명료하게 드러냈다. 그가 58세의 나이로 타라고나에서 생애를 마친 후 11년 만인 1669년, 그의 작품 전체를 모은 최초의 전집이 당시 스페인 영토였던 현재의 벨기에 안트워프에서 출간되었다.

– 편집자

세상을 살아가는 실질적인 인생 지침서

이 책은 지금부터 360여 년 전 스페인의 철학자이며 소설가이자 예수회 신부인 발타사르 그라시안(필명 : 로렌조 그라시안)이 저술한 것이다. 이 책은 수백 년이 지난 오늘날까지도 전 세계에서 가장 오랜 명성과 인기를 누리면서 그 진가가 날로 높아지고 있는 회귀한 책 중의 하나이다.

그 이유는 이 책을 통해서 우리가 어떻게 사회에 진출해야 하고, 또 어떻게 개인적인 출세와 직업상의 성공을 달성할 수 있는가에 대해서, 그 방법론을 300개의 간결한 격언으로 구성하여, 실질적인 인생 교과서로 제공하고 있기 때문이다. 또한 그 격언들은 한낱 공허하거나 장황한 이론으로 끝나는 것이 아닌, 독자들이 직접 이 책을 읽고 나서 즉시 실생활에서 사용할 수 있는 것들이다.

저자는 이 책의 재치 있는 비유를 통해서 우리에게 각종 세속적인 지혜뿐만 아니라, 심지어 속임수를 활용하는 기술까지도 가르쳐 주고 있다. 그러나 마키아벨리식 처세술인 수단과 방법을 가리지 않고 목적을 달성하라는 것은 아니다. 인간은 모두 불완전하다는 것을 전제로 자기완성을 이루어야 하고, 그 과정과 결과를 통해서 성공을 이루어야 한다는 점을 강조하고 있다.

결국 저자가 지향하는 궁극적인 목표는 '거룩한 사람'이 되는 것이다. '거룩한 사람'에 대한 견해는 사람마다 각각 다르겠지만, 이 책을 천천히 음미하면서 여러 번 반복해서 읽고 나면 뚜

렷한 이미지가 머릿속에 떠오를 것이다.

이 책은 스페인어로 출간된 이후, 영어, 프랑스어, 독일어 등 유럽 8개 주요 언어로 번역되었으며 엄청나게 빠른 속도로 화제와 인기를 몰고 왔다. 19세기에는 독일의 저명한 철학자 쇼펜하우어가 독일어로 번역했으며, 1892년에는 영국의 문학평론가 조셉 제이콥스가 영어로 번역하여 큰 호응을 얻었다. 쇼펜하우어는 독일어판에서 이 책을 "독자가 지속적으로 활용할 수 있도록 저술되었고, 평생 동안 곁에 끼고 다녀야 할 동반자이며, 한 번 읽는 것만으로는 결코 충분하지 않은 책"이라고 소개했다. 그는 독자들에게 천천히 음미하면서 반복해서 읽을 것을 강조했다.

이 책은 돈과 쾌락, 출세와 권력을 향해서 눈먼 파리 떼처럼 몰려다니는 지금의 세태를 보면 씁쓸한 미소를 짓게 만든다. 그들 가운데 어떤 사람들은 어쩌면 자신의 실패한 인생을 돌아보면서 후회하고 아쉬워하면서 인생을 마감하게 될지도 모른다. 인생에서 '너무 늦었다'라는 말은 통하지 않는다. 그러나 '하면 된다'라는 말은 언제 어디서나 영원한 진리이다. 이 말을 믿는 사람들에게 이 책은 그 어떤 강의나 설교보다도 더 큰 도움이 될 것이라 믿는다.

이 책의 우리말 번역본이 국내에서 출간된 적이 있기는 하지만, 빠지거나 생략된 부분이 너무 많았고, 무엇보다도 심한 오역으로 뜻조차 전달되지 않은 부분이 너무 많았다. 그래서 나는 이 책을 처음부터 끝까지 정확하게 번역하기로 결심하였다. 나는 이 책의 모든 구절을 완벽하게 번역하는 데 최선을 다했으며, 그 노력이 독자들에게 전달되어 삶의 진정한 양식이 되기를 바란다.

– 이동진

Chapter 1

001
출세와 성공의 기술이 발달하다

　오늘날 세계는 모든 분야에서 엄청난 진보를 이룩했다. 특히 출세와 성공을 위한 기술은 너무나도 발달했다. 그 결과, 고대 그리스에서 일곱 명의 유능한 철학자를 길러내기보다 오늘날 한 명의 지혜로운 인물을 길러내기가 더 어렵다. 또한 과거에 백만 명을 다스리는 일보다 요즘 한 명을 다루는 일에 훨씬 더 많은 노력과 기술이 필요하다.

🌼 서양 속담 · 명언

There are three ways-the universities, the sea, the court.
출세의 세 가지 길은 대학, 바다, 궁중이다.　⑥⑥ 서양

To succeed in the world, we do everything we can to appear successful.
세상에서 성공하기 위해서라면 우리는 성공한 듯이 보이려고 무엇이든지 한다.
⑥⑥ 라로슈푸코

🐚 동양 고사성어

청운직상 靑雲直上 │ 지위가 곧장 위로 올라가다. 출세가 빠르다.

금의환향 錦衣還鄉 │ 비단옷을 입고 고향에 돌아가다. 출세해서 고향에 돌아가다.

002
행복의 두 가지 조건은
인격과 지능이다

인격과 지능은 우리의 행복을 떠받쳐 주는 두 개의 기둥이다. 한쪽 기둥만 가지고는 아무도 행복에 도달할 수 없다. 지능이 아무리 뛰어나다고 해서 반드시 행복에 도달하는 것은 아니다. 진정한 행복에 이르려면 지능뿐만 아니라 인격도 필요한 것이다.

반면 어리석은 사람은 불행에 빠진다. 어리석은 사람은 지위나 일자리를 얻거나 좋은 이웃을 만나거나 훌륭한 친구들을 선택하는 일에 실패하고 만다.

✿ 서양 속담 · 명언

Happiness is added life, and giver of life.
행복은 삶에 추가된 삶이고, 생명을 주는 자다.   ✑ H. 스펜서

Virtue and happiness are mother and daughter.
미덕과 행복은 모녀다.   ✑ 서양

✿ 동양 고사성어

재덕겸비 才德兼備 │ 재주와 덕행을 겸해서 갖추다.

정금미옥 精金美玉 │ 순금처럼 순수하고 옥처럼 아름답다. 인격이나 글이 깨끗하고 아름답다.

003
행운은 짧고 명성은 길다

　행운은 변덕스러워서 짧게 지나가지만, 명성은 오래 지속된다. 행운은 본인이 살아 있는 동안에 누리는 것이고, 명성은 후세에 누리는 것이다. 행운의 적은 시기심이고, 명성의 적은 망각이다. 행운이란 사람들이 단순히 갈망하는 것이지만, 명성이란 사람들이 자기 손으로 획득해야만 하는 것이다. 명성은 힘을 가진 사람들이 갈망하는 것이다.

　그래서 명성은 예전이나 지금이나 엄청난 영향력이 있는 사람들을 항상 편애한다. 결국 양극단에 서 있는 두 종류의 사람들, 즉 무시무시한 괴물들 또는 눈부신 천재들 가운데 어느 한쪽이 그것을 차지한다.

🏵 **서양 속담 · 명언**

Fortune, that favors fools.
행운은 바보들을 좋아한다. &⁶ 벤 존슨

I awoke up one morning and found myself famous.
나는 어느 날 아침 일어난 뒤 내가 유명해진 것을 알았다. &⁶ 바이런

🏵 **동양 고사성어**

복무십전 福無十全 ｜ 행운은 완전무결하지 않다.
만고유방 萬古流芳 ｜ 명성이 영원히 전해지다.

004
명성의 원천은 지식과 용기다

지식과 용기는 모두 뛰어난 재능이다. 이 두 가지는 영원한 것이기 때문에 유한한 인간에게 영원한 명성을 준다. 사람은 누구나 자신이 지닌 지식에 따라 그 사람됨이 결정된다. 그래서 지혜로운 사람은 무슨 일이든지 잘 해낼 수 있다. 그러나 지식이 없는 사람은 빛이 없는 캄캄한 세상에서 산다. 지혜는 두 눈이고, 힘은 양손이다. 용기가 없는 지식은 아무 짝에도 쓸모가 없다.

� 서양 속담 · 명언

A handful of good life is better than a bushel of learning.
훌륭한 삶은 아무리 짧다 해도 박식한 것보다 낫다.   서양

The braver the man, so much the more fortunate will he be.
용감할수록 그는 더욱 많은 행운을 얻을 것이다.   로마

🌺 동양 고사성어

박학다식 博學多識 │ 널리 배워서 아는 것이 많다.

겸인지용 兼人之勇 │ 여러 사람을 당해낼 만한 용기.

005
존경심의 원천은 신중한 침묵이다

무슨 일이든지 한동안 남들에게 감추어 두는 것이 좋다.

당신의 새로운 업적을 사람들이 모르고 있다가 갑자기 알아보고 감탄할 때, 그 업적의 가치는 한층 더 커지는 법이다. 당신의 트럼프 카드를 상대방에게 모두 보여 주고 나서 게임을 하는 것처럼 무익하고 어리석은 짓은 없다. 당신이 분명한 입장을 좀처럼 드러내지 않고 있으면 다른 사람들은 당신에게 잔뜩 기대를 건다.

특히 당신이 중요한 지위를 차지하고 있어서 모든 사람의 주목을 끄는 경우에는 그들이 거는 기대가 한층 더 커지는 법이다. 무슨 일이든 약간의 신비감으로 포장하라. 그러면 바로 그 신비감이 사람들의 존경심을 불러일으킨다.

그리고 설명을 해 주는 경우에도 모든 것을 너무 분명하게 설명하지 말라. 일상의 대화에서 당신의 속생각을 상대방에게 모조리 드러내지 않는 것처럼, 설명도 그런 식으로 해야 한다.

신중한 침묵은 세상을 살아가는 지혜를 안전하게 보호해 주는 거룩한 신전이다. 당신이 어떤 계획을 공개해 버리는 경우, 다른 사람들은 그것을 높이 평가하기는커녕 비난할 기회를 노릴 뿐이다.

선천적 재능도 훈련이 필요하다

대자연이 준 재료를 아름답게 가공하라. 꾸미거나 장식하지 않고도 아름다운 것은 하나도 없다. 뛰어난 재능도 인위적인 노력으로 다듬지 않으면 녹이 슬고 만다. 가공 기술은 나쁜 것을 좋게 고치고, 좋은 것은 한층 더 좋게 향상시킨다.

대자연이 우리에게 둘도 없이 가장 좋은 것을 제공하는 경우는 거의 없다. 그래서 우리는 가공 기술에 의존하지 않으면 안 된다. 가장 우수한 선천적 재능들도 훈련을 거치지 않는다면 그 우수성의 절반을 잃고 만다.

사람은 누구나 훈련이 필요한 부분들이 있고, 우수한 재능도 모두 갈고 닦지 않으면 안 된다.

✿ 서양 속담 · 명언

He that respects not is not respected.
남을 존경하지 않는 자는 존경 받지 못한다.   ✢ 서양

A rugged stone grows smooth from hand to hand.
거친 돌도 사람들 손을 거치면 매끈해진다.   ✢ 서양

✿ 동양 고사성어

절차탁마 切磋琢磨 │ 옥이나 돌을 자르고 깎고 쪼고 갈다. 학문이나 연구에 있어서 서로 토론하며 장점으로 단점을 보완하다.

다른 사람들에게 반드시
필요한 존재가 되라

사람들이 당신에게 의존하도록 만들어라. 신의 석상을 장식하는 사람이 아니라, 바로 그 석상을 숭배하는 사람이 석상을 신성한 것으로 만든다. 지혜로운 사람은 다른 사람들에게 고마운 존재가 되기보다는 반드시 필요한 존재가 되기를 더 원한다. 다른 사람들이 당신에게 희망을 잔뜩 걸도록 만드는 것은 대단히 세련된 솜씨이다.

그러나 그들이 당신에게 감사하기를 바라는 것은 아주 졸렬한 짓이다. 희망은 오랫동안 지속되지만, 감사하는 마음은 얼마 못 가서 사라진다. 예의를 차릴 때보다는 남에게 의존할 때 사람들은 더 많은 이익을 기대하는 법이다. 우물물을 마시고 갈증을 해소하고 나면 즉시 그 우물을 등지고, 오렌지도 일단 단물을 다 빨아먹고 나면 황금 접시에서 쓰레기통으로 던져 버리는 것이다.

사람들이 당신에게 더 이상 의존할 필요가 없어지면, 당신에게 예의도 차리지 않고 또 당신을 존경하지도 않는다. 사람들의 희망을 완전히 충족시켜 주지 않은 채 그들이 계속해서 희망을 품도록 하고, 그런 상태를 유지함으로써 그들에게 당신이 언제나 필요한 존재라는 것을 인식시켜 줘야 한다. 심지어 당신이 섬기는 군주에게조차 당신은 반드시 필요한 존재로 항상 남아 있어야만 한다. 이것을 인생의 가장 중요한 교훈의 하나로 삼아라. 그렇다고 해서 지나치게 침묵만 지키고 있으면 안 된다. 그렇게 하면 당신은 사람들의 눈에서 벗어날 것이기 때문이다. 또한 다른 사람들이 파멸할 지경에 이르렀는데도 입을 다문 채 당신의 이익만 챙기려고 해서도 안 된다.

❁ 서양 속담 · 명언

No pot without bacon; no sermon without St. Augustine.
베이컨이 없으면 요리가 아니고, 성 아우구스티누스의 말의 인용이 없으면 설교가 아니다. ∾ 스페인

An ass must be tied where the master will have it.
당나귀는 주인이 그것을 끌고 갈 곳에 매여 있어야만 한다. ∾ 영국

❁ 동양 고사성어

약롱중물 藥籠中物 │ 약장 속에 준비해 둔 약. 항상 곁에 두어야 하는 인물이나 물건을 말한다.

윗사람보다 못난 듯이 처신하라

윗사람을 능가하는 말이나 행동을 피하라. 승리란 언제나 증오를 불러일으키는 법이다. 특히 윗사람을 누르고 얻은 승리는 어리석거나, 아니면 자신에게 치명적인 것이다. 남을 능가하면 언제나 미움을 사는데, 특히 높은 지위에 있는 사람들을 능가하는 경우에는 한층 더 미움을 받는다.

신중하게 처신한다면 자신의 일반적인 장점들을 드러내지 않고 얼버무릴 수가 있다. 예를 들어 뛰어난 자태는 옷을 아무렇게나 입어서 돋보이지 않게 만들 수 있다.

자신보다 당신이 더 많은 행운을 누리는 것을 용납해 주던 사람들도 당신의 판단력이 한층 더 탁월한 경우에는 아무도 용납하지 않을 것이다.

특히 군주는 그런 경우를 절대로 용납하지 않는다. 판단력이란 군주의 특권에 속하고, 이 분야에서 군주를 능가하는 것은 반역죄나 마찬가지이기 때문이다.

판단력은 군주의 위엄을 가장 잘 돋보이게 만드는 특질이다. 군주라면 누구나 당연히 이 분야에서 가장 탁월한 존재가 되고 싶어한다. 그래서 군주는 다른 사람이 자기를 보좌하는 것은 용납하지만 자기를 능가하는 것은 결코 용납하지 않는다.

그러므로 군주에게 충고할 때는 그가 깨닫지 못하는 것을 새삼 깨우쳐 주는 길잡이처럼 해서는 안 된다. 오히려 그가 잊어

버리고 있었을 뿐인 어떤 일을 상기시켜 주는 식으로 충고해야 한다. 당신을 보호해 주는 이 교묘한 기술은 별들에게서도 배울 수 있다. 별들은 태양의 자녀이자 태양처럼 빛나는 천체이다. 그러나 태양과 경쟁해서 더 밝게 빛나려고 하지는 않는다.

🌸 서양 속담 · 명언

The highest seat will not hold two.
최고의 지위에는 두 사람이 앉을 수 없다.   로마

He that has a fellow-ruler has an over-ruler.
공동 지배자를 가지는 자는 자기를 지배하는 자를 가진다.   영국

🌸 동양 고사성어

천무이일 天無二日 | 하늘에는 태양이 두 개 있을 수 없다. 한 나라에 두 임금이 있을 수 없다.

피갈회옥 被褐懷玉 | 갈포 옷을 입고 속에는 옥을 품고 있다. 재능을 갖추고 있으면서도 감추고 드러내지 않는다.

009
모든 격정에서 벗어나라

모든 격정에서 벗어나라. 그리하면 정신은 최고 수준에 도달한다. 이런 상태에서 우리의 정신은 격정보다 낮은 단계에 속하고, 일시적인 각종 충동의 영향을 받지 않게 된다.

자기 자신을 극복하고 충동을 완전히 억제하는 것보다 더 위대한 정복은 없다. 이것이 바로 자유의지의 승리인 것이다. 성격상 격정을 도저히 억제하지 못하는 경우라고 해도, 그것 때문에 당신의 지위, 특히 높은 지위가 위협을 받는 일은 없도록 하라. 그것만이 위험을 피하는 안전한 길이자 좋은 평판을 되찾는 지름길이다.

✿ 서양 속담 · 명언

Time is the sovereign physician of our passions.
시간은 우리의 격정에 대한 최고의 의사다.　✎ 프랑스

Nationalism is an infantile disease. It is the measles of mankind.
민족주의는 유아 질병이자 인류의 홍역이다.　✎ 아이슈타인

✿ 동양 고사성어

범이불교 犯而不校 │ 남이 자기를 거슬려도 스스로 자제하여 개의치 않는다.

견인불발 堅忍不拔 │ 굳세게 참고 마음이 흔들리지 않는다.

010
민족 특유의 결점들을 피하라

자기 민족이 가지고 있는 고유한 결점들을 피하라. 흐르는 물은 수로가 통과하는 땅의 좋은 성분과 나쁜 성분을 모두 흡수한다. 마찬가지로 사람도 자기가 태어난 곳의 풍토에 영향을 받게 마련이다. 다른 지역보다 기후가 온화한 곳에서 태어난 사람은 자기 고향의 풍토에 한층 더 많은 영향을 받는다.

어느 민족이든, 심지어는 문명이 가장 발달한 민족마저도 모두 고유한 결점들을 지니고 있다. 그래서 다른 민족들이 으스댈 때 상대방을 경고하는 의미에서 그런 결점들을 비난하는 것이다.

당신이 민족 특유의 이러한 결점들을 스스로 고치는 경우, 최소한 숨겨두고 드러내지 않는 경우도, 그것은 대단히 영리한 일이다. 그렇게 하면 당신은 동족들 가운데서도 매우 독특한 인물이라는 좋은 평판을 얻는다. 사람들은 자기가 예상하지 못한 일일수록 그만큼 더욱 높이 평가하기 때문이다.

또한 지위, 직업, 연령은 물론이고 가문에 따르는 고유한 결점들도 있다. 한 개인은 이러한 결점들을 전부 가지고 있다. 그런데도 주의 깊게 경계하지 않는다면, 감당할 수 없는 괴로움을 겪을 것이다.

유익한 친구와 위인들과 교제하라

당신에게 무엇인가 가르쳐 줄 수 있는 사람들과 사귀어라. 친구들과의 교제를 통해서 당신의 지식 수준을 높이고, 대화를 통해서 교양을 증가시켜라. 그렇게 하면 당신은 친구들을 스승으로 삼을 뿐만 아니라, 대화를 즐기는 동시에 지식도 늘리는 일석이조의 효과를 얻을 수 있다. 현명한 사람들은 즐거운 분위기로 대화를 즐긴다. 이렇게 하면 상대에게 대화의 기술이 뛰어나다는 인상을 주어 박수를 받을 뿐만 아니라, 다른 사람의 말을 듣고 새로운 것을 배우게 된다.

우리는 자신의 이익 때문에 언제나 다른 사람들과 어울린다. 자기에게 무엇인가 가르쳐 줄 수 있는 사람과 사귀는 것은 한층 차원이 높은 이익 때문이다. 지혜로운 사람들은 고귀한 위인들의 저택을 자주 찾아간다. 그 저택은 허영의 신전이 아니라, 영웅적 언행의 무대이기 때문이다.

고귀한 위인들은 세상을 살아가는 지혜가 풍부하다. 그들 자신이 모범과 훌륭한 태도를 통해서 고귀한 덕성을 보여 줄 뿐만 아니라, 그들을 둘러싼 사람들은 세상을 살아가는 지혜 가운데 가장 탁월하고 가장 고상한 지혜를 가르치는 최고의 학술원을 구성하기 때문이다.

012
지혜가 시대를 지배한다

시대를 제대로 만나서 그 덕을 보는 사람은 매우 드물다. 누구나 자신에게 적합한 시대를 만나는 것은 아니다. 또한 그런 시대를 만난 사람이라고 해도 그것을 활용하는 방법을 언제나 아는 것은 아니다. 어떤 사람은 좀더 평온한 다른 시대에 살았더라면 좋았을지도 모른다. 선한 사람이 항상 승리하는 것은 아니기 때문이다. 모든 사물에는 각각 일시적인 전성기가 있는 법이고, 뛰어난 재능마저도 한때 인정을 받을 뿐이다.

그러나 지혜만은 영원하다. 만일 '이 시대'를 지배하지 못하는 지혜가 있다면 그 지혜는 수많은 다른 시대를 지배할 것이다.

✸ 서양 속담 · 명언

A good friend is my nearest relation.
유익한 친구는 나의 가장 가까운 친척이다. ✄ 서양

Different times, different folks.
시대가 다르면 사람들도 다르다. ✄ 덴마크

⛵ 동양 고사성어

익자삼우 益者三友 │ 사귀면 유익한 세 가지 벗, 즉 정직한 자, 성실한 자, 식견이 많은 자.

시운부제 時運不齊 │ 때와 운수가 좋지 않아 역경에 놓이다.

013

완전한 인간이 되라

자신의 자질과 능력을 최대한으로 발전시켜서 완전한 인간이 되라. 태어날 때부터 완전한 인간은 없다. 그래서 우리는 날마다 자신의 인격을 향상시키고 맡은 일을 처리하는 능력을 발전시키는 것이다. 그런 노력을 꾸준히 계속하면 우리는 자신을 최대한으로 완성시킨 단계에 도달하여, 뛰어난 재능을 마음껏 발휘하고 수많은 성과를 거두게 된다.

고상한 취향과 조리 있는 사고방식, 성숙한 판단력과 확고한 의지를 구비하게 되면, 그것은 우리가 완전한 인간이 되었다는 증거이다. 그러나 어떤 사람들은 죽을 때까지 완전한 인간이 되지 못한다. 또 어떤 사람들은 대기만성처럼 완숙의 경지에 이르는 속도가 매우 느리다.

완전한 인간은 지혜롭게 말하고 현명하게 행동한다. 그래서 신중한 사람들은 자기들끼리 모이는 자리에 이러한 사람을 받아들여 친밀하게 사귀는가 하면, 그들이 스스로 나서서 완전한 사람과 사귀려고 애쓰기도 한다.

서양 속담 · 명언

It takes three generations to make a gentleman.

신사를 만드는 데는 세 세대가 걸린다. 영국

예의바른 태도가 성공의 비결이다

일의 내용과 그 처리 방법을 알라. 무슨 일이든 내용만 따져서는 성공할 수 없다. '어떻게 처리할 것인가' 하는 방법과 형식에 대해서도 반드시 주의를 기울여야 한다.

무례한 태도는 모든 일을 망치고 논리와 정의마저도 맥을 못추게 만든다. 반면 예의 바른 태도는 모든 일을 성공으로 이끌어 황금빛으로 물들인다. 심지어는 진리마저도 달콤하게 만들고, 노년기마저도 매우 아름답게 보이도록 한다.

사업에서도 '어떻게 대처할 것인가' 하는 방법론이 성공 여부를 결정하는 가장 중요한 역할을 한다. 예의 바른 행동이 상대방의 마음을 사로잡는 법이기 때문이다. 점잖은 행동은 언제나 즐거움을 가져다 주고, 상대방에게 듣기 좋은 말을 해 주면 난처한 입장에서도 쉽게 빠져나올 수가 있다.

🌼 **서양 속담 · 명언**

All doors are open to courtesy.
예의바른 태도를 향해 모든 문은 열려 있다. 　🐟 서양

🌸 **동양 고사성어**

예의범절 禮儀凡節 ｜ 일상생활의 모든 예의와 절차

015

인생이란 지성과 감각의 투쟁이다

때로는 두 번 생각해 보고 나서 행동하고, 때로는 최초의 충동에 따라 행동하라.

삶이란 날카로운 지성과 감각적 충동이 대립해서 싸우는 전쟁이다. 예민한 감각은 싸움에서 자기가 노리는 것을 수시로 바꾸는 전략을 쓴다. 위협을 하면서도 그 위협에 따라 그대로 공격하는 일은 절대로 없고, 다만 적이 위협을 눈치채지 못하기를 바랄 뿐이다.

감각은 자신의 전략을 항상 감추려고 하기 때문에, 공중에서 잘 겨냥하고 있다가 적이 전혀 예상하지 못한 방향에서 정확하게 내려친다. 적의 주의를 끌기 위해서 일부러 자기 목적을 드러낸 다음에는 우회해서 기습하여 적을 제압한다.

그러나 날카로운 지성은 이러한 기습을 미리 예견하여 경계하고 오히려 그런 공격을 숨어서 기다린다. 지성은 적이 일부러 흘려서 알려 주는 정보를 언제나 그와 반대되는 내용으로 파악하고 위장된 속임수를 모두 알아차린다.

그래서 최초의 충동이 그냥 지나가도록 내버려두고 두 번째 충동이 오기를 기다린다. 때로는 세 번째 충동이 다가오기를 기다릴 때도 있다.

그러면 감각은 적이 자신의 전략을 미리 간파했다고 깨닫고는 공중으로 더 높이 날아 올라간다. 그리고 전략을 바꾸어서 다른 속임수를 쓴다. 진리를 내세워서 속이려 드는가 하면, 속임수를 쓰지 않는 척하면서 속이려고 하고, 가장 솔직한 자세를 속임수의 바탕으로 삼는다.

　그러나 그와 대립하는 적인 지성은 경계를 한층 강화해서 자신을 방어하고, 빛으로 겉을 싸서 위장한 암흑을 알아채는 것은 물론이고, 단순하게 보일수록 더욱 교묘하게 마련인 속임수를 모두 간파하고 만다. 이런 식으로 그리스 신화에 나오는 거대한 뱀 파이톤의 속임수가 온 누리에 파고드는 태양신 아폴로의 햇살과 싸우는 것이다.

🌸 서양 속담 · 명언

First consider, then begin.
먼저 깊이 생각하고 나서 시작하라.　🐚 독일

Deem the best till the truth be tried out.
진리가 완전히 드러날 때까지 모든 면을 검토하라.　🐚 영국

⚓ 동양 고사성어

심사숙고 深思熟考 ｜ 거듭해서 깊이 잘 생각하다.

016
우수한 인재들을 확보하라

항상 우수한 인재들이 주위에 있게 하라. 재능이 우수한 인재들을 자기 주위에 두는 것이 권력자의 특권이다. 그들은 그가 무지 때문에 당할 모든 위험을 막아 주고, 매우 어려운 처지에 빠져도 항상 구출해 줄 수 있어야 한다. 지혜로운 사람들을 잘 활용하는 방법을 터득하는 것은 매우 뛰어난 재능이다.

하지만 그러한 재능이 있는 경우는 극히 드물다. 그것은 정복당한 왕들을 노예로 부리는 데서 쾌감을 느끼던 아르메니아왕 티그라네스의 야만적인 취미와는 비교할 수 없을 정도로 고귀한 것이다. 천부적인 재능으로는 우리의 지배자가 되어야 마땅한 사람들을 우리가 하인으로 삼을 수 있다면, 그것은 새로운 종류의 지배이고 또한 인생에서 가장 멋진 지배이다.

지식을 얻는 것은 대단한 일이지만, 살아간다는 것은 전혀그렇지가 못하다. 지식을 갖추지 못한 삶이란 진정한 의미의삶이 아니다. 별다른 노력을 기울이지 않고도 지식을 축적하고, 많은 사람을 이용해서 많은 지식을 얻으며, 그 사람들을 통해서 스스로 지혜로워지는 사람은 대단히 영리하다. 그런 과정을 거친 다음에 당신이 커다란 회의실에서 발언한다면, 그것은 당신과 이미 협의한 수많은 지혜로운 사람들이 당신의 입을통해서 말을 하는 것이다.

따라서 당신은 그들을 대신해서 발언하고, 그들의 노력 덕분에 크게 명성을 얻게 되는 것이다. 이렇게 옆에서 협조해 주는 우수한 인재들은 가장 우수한 책들의 주요 내용을 뽑아다 주고 지혜의 핵심을 제공해 준다. 지혜로운 사람들을 불러모아 자기를 섬기도록 할 수 없는 경우에는 적어도 그들을 친구로는 삼아야 한다.

✺ 서양 속담 · 명언

The life of man without letters is death.
학식이 없는 사람의 삶은 죽음이다.   ✺ 로마

An ass among apes.
원숭이들 가운데 당나귀 한 마리, 즉 자기를 조롱하는 바보들 가운데 당나귀 한 마리.
✺ 로마

⛵ 동양 고사성어

군계일학 群鷄一鶴 | 닭이 떼 지어 있는 곳에 한 마리 학이 있다. 평범한 사람들 가운데 뛰어난 인재가 한 명 섞여있어서 매우 돋보이다.

국사무쌍 國士無雙 | 나라 안에 경쟁상대가 없는 인물. 가장 탁월한 인재.

017
성공의 조건은 풍부한 지식과 착한 마음씨다

풍부한 지식과 착한 마음씨를 갖추어라. 그러면 틀림없이 계속해서 성공할 것이다. 머리는 좋지만 마음씨가 비뚤어진 사람은 많은 사람을 해치는 괴물이 된다. 마음씨가 비뚤어진 사람은 제대로 성공하는 일이 하나도 없다. 머리가 아무리 좋아도 다른 사람을 해치는 데 그친다면, 그런 우수한 두뇌는 비참한 것이다. 건전한 분별력을 갖추지 못한 지식인은 그 지식이 아무리 많다고 해도 바보보다 두 배나 어리석다.

🌑 서양 속담 · 명언

Kindness breaks no bone.
친절은 뼈 하나도 부러뜨리지 않는다. ∽ 독일

Knowledge is madness if good sense does not direct it.
건전한 상식이 인도하지 않으면 지식은 광증이다. ∽ 스페인

🌑 동양 고사성어

다정불심 多情佛心 | 인정이 많고 착한 마음.

학비소용 學非所用 | 배운 것을 실제로 일하는 데 쓸 수 있는 것은 아니다.

018
적을 혼란시켜라

당신의 행동양식을 항상 바꾸어라. 남들에게 주목 받지 않기 위해서는 언제나 똑같은 방식으로 일을 처리해서는 안 된다. 특히 당신의 적이 노리고 있는 경우에는 더욱 그러하다.

최초의 충동에 따라 행동하는 것은 반드시 피하라. 그렇게 행동한다면, 다른 사람들이 당신의 행동이 일정하다는 것을 미리 알아채고, 당신이 앞으로 취할 행동을 예측하여 당신의 계획을 좌절시킬 것이다.

새를 잡을 때 직선으로 날아가는 새를 쏘아서 죽이기는 쉽지만, 이리저리 방향을 바꾸면서 날아가는 새를 잡기란 쉽지 않다. 반드시 두 번 생각한 다음에 행동하는 방식도 피하라. 그렇게 행동한다면, 다른 사람들은 당신이 취할 행동을 다음번에는 미리 알고 있을 것이다.

적이 당신을 감시하고 있을 때, 그가 가진 수보다 더 높은 수를 써서 이기기 위해서는 대단한 기술이 필요하다. 노름꾼은 상대방이 예상하는 카드를 절대로 내주지 않는다. 하물며 상대방이 원하는 카드를 내준다는 것은 상상할 수도 없는 일이다.

🌸 **서양 속담 · 명언**

Deliberation is the work of many men. Action, of one alone.
심사숙고는 많은 사람들의 일이지만 행동은 단 한 명의 일이다.　ᐸᐸᐳ 드골

남보다 뛰어나기 위한 조건은
재능, 노력, 근면이다

부지런하지도 않고 재능도 없다면 결코 남보다 뛰어날 수 없다. 반면 부지런함과 재능을 둘 다 갖추고 있다면 가장 큰 명성을 얻는다. 평범한 사람이 부지런하다면 자기보다 재능은 우수하지만 게으른 사람보다 더 큰 명성을 얻는다.

명성을 얻는 데는 노력이라는 대가를 치러야만 한다. 노력 없이 얻는 명성은 아무런 가치가 없다. 부지런하지 못해서 가장 높은 지위를 얻지 못하는 경우가 꽤 많다. 그러나 재능이 부족해서 그런 지위를 얻지 못하는 경우는 매우 드물다.

낮은 지위에서 우수하다는 평판을 얻기보다는 차라리 높은 지위에서 평범한 성공을 거두기를 원한다면, 그런 태도는 너그러운 마음으로 용납해 줄 수 있다.

그러나 가장 높은 지위에서 가장 뛰어난 인물이 될 수 있는데도, 낮은 지위에서 보잘것없는 인물로 지내는 것으로 만족한다면, 그것은 변명의 여지가 없다. 남보다 뛰어나기 위해서는 이처럼 천부적인 재능과 아울러 노력도 필요하다. 그리고 부지런함이 이 두 가지를 완성시켜 준다.

※ 서양 속담 · 명언

Slow and steady wins the race.
느려도 꾸준하면 경쟁에서 이긴다. ∽ 서양

020
자신의 가장 우수한 재능을
집중적으로 개발하라

자신의 가장 좋은 장점을 알아내라. 자신의 가장 우수한 재능을 알아내서 발전시켜라. 그러면 그것이 나머지 모든 재능을 뒷받침해 줄 것이다. 자신의 가장 우수한 장점을 알고 있다면, 누구나 어느 한 분야에서는 남들보다 뛰어날 수 있다.

당신의 어떤 재능이 남보다 탁월한지 알아내서 집중적으로 발전시켜라. 어떤 사람은 판단력이, 또 어떤 사람은 용기가 남보다 뛰어나다. 그러나 대부분의 사람들은 자신의 선천적인 적성을 전혀 돌보지 않는다. 그래서 어느 한 분야에서도 우수성을 발휘하지 못하고 만다.

처음에는 열정에 휩쓸려서 알아보지 못하던 것을 세월이 우리에게 일깨워 주지만, 그때는 이미 너무 늦은 것이다.

🌼 서양 속담 · 명언

It is not everyone that can pickle well.
누구나 과일을 잘 조릴 수 있는 것은 아니다.   ⚜ 서양

It is not for everyone to catch a salmon.
누구나 연어를 잡는 것은 아니다.   ⚜ 서양

⛵ 동양 고사성어

각유천추 各有千秋 │ 각자 장점을 가지고 있다.

021
지나친 기대감은 금물이다

어떤 일을 시작할 때 남들에게 지나친 기대를 불러일으키지 말라. 유명한 사람들은 모두 사람들의 기대를 잔뜩 불러일으키긴 했지만, 불행하게도 그 기대감을 만족시켜 주지 못했다. 현실은 생각만으로 이루어지는 상상의 세계와 도저히 일치할 수 없다. 여러 가지 이상을 품기는 쉬워도, 그 이상들을 실현시키기는 대단히 어렵기 때문이다. 상상력이 희망과 결합하면 현실에서 실제로 존재하는 사물보다 훨씬 더 많은 것에 대한 기대감을 낳는다. 어떤 것이 아무리 탁월하다고 해도, 그것은 사람들의 기대감을 완전히 충족시킬 수 없다. 그리고 사람들은 지나치게 많은 기대감을 품었다가 실망하게 되면 감명보다는 환멸을 더 빨리 느낀다. 희망에 부풀어 있을 때에는 현실 속의 진실이 전혀 보이지 않는다.

그러므로 기대한 것보다 더 많은 성과를 확보하여 지나친 기대에 미리 능숙하게 대처해야 한다. 사업의 최종 목표에 자신의 발목이 잡히지 않은 채 사람들의 호기심을 일으키는 데 그치기 위해서는 최초의 몇 가지 신빙성 있는 시도만으로도 충분하다. 계획된 것 이상으로 성과를 거두고, 그 성과가 예상보다 훨씬 좋은 것이라면, 그보다 더 바람직한 일은 없다. 그러나 이러한 원칙이 나쁜 결과를 기대하는 경우에도 똑같이 적용되는 것은 아니다. 이런 경우에는 초기의 과도한 기대가 오히려 크게 도움이 되고 사람들의 칭찬을 끌어낸다. 처음에는 어마어마한 피해로 보이던 것이 그럭저럭 견딜 만하다고 느껴지기 때문이다.

🌸 서양 속담 · 명언

You cackle often but never lay an egg.
너는 자주 울지만 알은 결코 낳지 않는다.   ✄ 영국

The mountains are in labour, an absurd mouse will be born.
산들이 산고를 겪지만 초라한 쥐가 태어날 것이다.   ✄ 호리티우스

🐚 동양 고사성어

지일가대 指日可待 ┃ 기일을 지정하여 그 성공을 기다릴 수 있다.

만념구회 萬念俱灰 ┃ 모든 생각이 사라지다. 실의에 빠지다. 모든 희망을 잃다.

022
다른 사람을 조종할 수 있는
열쇠를 찾아라

다른 사람을 조종할 수 있는 열쇠를 찾아내라. 그 열쇠가 다른 사람들의 의지를 움직여서 행동하게 만드는 기술이다. 다른 사람을 조종하려면, 그렇게 하겠다는 결심보다도 기술이 더 필요하다. 당신은 어디서부터 그들에게 손을 내밀 것인지 정확히 알아야 한다.

사람의 모든 행동에는 각각 특수한 동기가 있는데, 그 동기는 각자의 취향에 따라서 달라진다. 사람은 누구에게나 스스로 우상으로 삼아 떠받드는 것이 있다. 어떤 사람은 명성을, 어떤 사람은 사리사욕을, 그리고 대부분의 사람들은 쾌락을 자신의 우상으로 삼는다.

다른 사람을 마음대로 조종하는 데 필요한 기술이란 바로 이러한 우상을 정확하게 알아내는 데 있다. 어떤 사람이 행동을 할 때 그 동기가 주로 어디 있는지 알아내라. 그러면 당신은 그의 의지를 조종할 수 있는 열쇠를 쥐게 된다.

상대가 행동하는 데 가장 중요한 동기를 이용하라. 이러한 동기는 가장 고상한 천성에서 나오는 것은 아니고, 대개는 가장 저열한 천성에서 나온다. 왜냐하면 사람의 천성이란 통제가 잘 된 경우보다 무질서한 경우가 더 많기 때문이다.

우선 어떤 욕심이 그 사람을 지배하는지 추측해 보라. 그런 다음 그럴듯한 말로 그 욕심을 부추기고, 이어서 그를 유혹하여 행동하게 만들라. 그러면 그의 자유 의지가 언제나 당신 손 아귀에 들어 있을 것이다.

🌸 서양 속담 · 명언

The poor dance as the rich pipe.
가난한 자들은 부자들이 피리를 부는 대로 춤춘다.   ◑◐ 서양

What the princes fiddle the subjects must dance.
군주가 음악을 연주하는 대로 신하들은 춤을 추어야만 한다.   ◑◐ 독일

It is skill, not strength, that governs a ship.
배를 조종하는 것은 힘이 아니라 기술이다.   ◑◐ 서양

🚢 동양 고사성어

좌지우지 左之右之 │ 좌우로 제 마음대로 휘둘러대다. 남을 마음대로 조종 또
　　　　　　　　　는 지배하다.

여비사지 如臂使指 │ 팔이 손가락을 부리는 것과 같다. 마음대로 부리다.

023
정의와 진리를 저버리지 말라

고결한 인격을 갖춘 사람이 되라. 일반 대중의 심한 압력이나 폭군의 폭력에 굴복해서 정의를 저버리는 일은 절대로 하지 말라. 정의를 지키려는 끈질긴 목적 의식을 지닌 채 정의에 매달려라.

그러나 누가 정의를 위해 이러한 불사조가 될 수 있겠는가? 정의를 뒤따르는 추종자가 얼마나 적은가! 정의를 칭송하는 사람은 참으로 많지만, 거기에 헌신하는 사람은 거의 없다.

정의를 뒤따르는 사람들마저도 위험이 코앞에 닥치면 각자 몸을 사린다. 겉으로만 따르던 사람들은 정의를 외면하고, 영리한 자들은 본심을 드러내지 않는다. 하지만 정의로운 사람이라면 친구들이나 권력자들과 충돌하는 것도 꺼리지 않고, 심지어는 자신의 이익도 내던질 수 있어야 한다.

그 다음 단계에는 이탈의 위험이 닥친다. 재빠른 사람들은 윗사람들의 뜻이나 국가 방침에 어긋나지 않도록 한다는 그럴 듯한 구실을 대고 정의를 멀리한다.

그러나 강직하고 변함이 없는 사람들은 속임수를 일종의 배신으로 보고 요령 부리기보다는 불굴의 자세를 더욱 중요시한다. 그들은 언제나 진리의 편에 선다. 그들이 자기가 속해 있던 어떤 집단을 떠난다면, 그것은 그들이 변덕스러워서가 아니라 다른 사람들이 먼저 진리를 저버렸기 때문이다.

024
행운의 법칙은 실력과 통찰력이다

행운에도 여러 가지 법칙이 작용한다. 그래서 지혜로운 사람은 행운이 우연히 굴러오는 것만 기다리지 않는다. 열심히 노력하면 행운도 불러올 수 있다.

어떤 사람들은 행운의 여신이 사는 저택의 대문 앞으로 가서 버티고 선 채 그 대문이 언젠가는 열릴 것으로 믿는다. 그리고 여신이 대문을 열어 줄 때까지 기다린다.

또 어떤 사람들은 앞의 경우보다 한층 더 적극적으로 행동한다. 그들은 대문을 빨리 열어 달라고 독촉하는 것이다. 그리고 자신의 영리함과 대담성 때문에 효과를 본다. 그들은 실력과 용기를 발휘한 덕분에 자기 소망을 행운의 여신에게 전달하고 결국 여신의 총애를 받게 되는 것이다.

그러나 결국 성공과 실패는 오로지 실력과 통찰력에만 달려 있는 것이다. 세상에는 원래 행운이나 불운 따위는 없고, 지혜와 어리석음만 존재하기 때문이다.

✿ 서양 속담 · 명언

Be just before you are generous.
관용보다 정의를 먼저 실천하라. ✎ 서양

Everyone is the author of his own good fortune.
각자 자기 자신의 행운을 만든다. ✎ 프랑스

025
실질적, 전문적인 지식을 갖추어라

지식에는 목적이 있다. 지혜로운 사람들은 유익하고 고상한 지식을 무기로 삼는다. 뜬소문에 휩쓸리는 것이 아니라, 세상이 어떻게 돌아가고 있는지에 관한 실질적이고 전문적인 지식을 무기로 삼는 것이다.

그들은 슬기롭고 재치 있는 말과 고상한 행동을 풍부하게 준비해 두고 있는가 하면, 이런 것들을 가장 적절한 시기에 사용할 줄도 안다. 엄숙한 강의나 설교보다는 익살스러운 말 한 마디가 더 많은 것을 깨우쳐 주는 경우가 흔하다. 다른 사람과 대화하면서 얻은 지식이 대학에서 가르치는 수십 가지 과목보다 더 큰 도움을 줄 수 있다.

🌟 서양 속담 · 명언

Knowledge is power.
지식은 힘이다. ◁◁ 베이컨

Diligence makes an expert workman.
근면은 전문 기술자를 만든다. ◁◁ 서양

🐚 동양 고사성어

경당문노 耕當問奴 │ 농사일은 하인에게 물어야 한다. 모르는 일은 전문가에게 물어야 한다.

026

자기 결점을 위장하라

모든 결점에서 벗어나라. 사람은 누구나 육체적 또는 도덕적 결점을 지니고 산다. 그런데 그 결점들을 쉽게 극복할 수 있는 데도 불구하고 오히려 거기에 매달린다.

남의 결점은 예리하게 잘 찾아내는 것이 사람이다. 그래서 남의 우수한 장점들 전체에 붙어 있는 사소한 결점을 끄집어내서 비난하는 경우가 많다. 구름 한 점이 태양 전체를 보이지 않도록 가릴 수도 있는 것이다. 이와 마찬가지로 우리의 명성에는 그것을 해치는 사소한 결함들이 묻어 있다. 악의를 가진 사람들은 그것을 재빨리 발견하고 끊임없이 비난한다.

이런 결함들이 결함이 아니라 장식품으로 보이도록 하는 것은 최고 수준의 기술이다. 그래서 로마 제국의 줄리어스 시저는 대머리라는 결점을 월계관으로 가렸던 것이다.

🌸 **서양 속담 · 명언**

Ever since we wear clothes we know not one another.
우리는 옷을 입은 이래 서로 알지 못한다.   ✄ 서양

🏛 **동양 고사성어**

교장개분 喬裝改扮 │ 변장하고 화장하여 속이다.

상상력을 통제하라

상상력을 엄격히 통제하라. 때로는 상상력을 억제하고 때로는 상상력을 부추겨야만 한다. 상상력은 우리 행복을 위해서 가장 중요하고, 이성이 어느 쪽으로 기울 것인지를 결정해 준다.

상상력은 우리에게 횡포를 부릴 수도 있다. 상상력은 가만히 앉아서 구경하는 데 만족하지 않고 오히려 우리의 삶에 영향을 미친다. 심지어 우리 삶을 지배하는 경우도 흔하다.

상상력은 우리를 행복하게 만들 수 있는가 하면, 무거운 짐을 지워 줄 수도 있다. 이것은 상상력에 끌려서 우리가 어떤 종류의 어리석음에 빠지는가에 달려 있다.

상상력은 또한 우리가 우리 자신에 대해 만족하거나 불만을 품게 만들 수도 있다. 어떤 사람에게는 그의 행동에 대한 처벌을 끊임없이 제시해 주고, 어리석은 자를 후려치는 채찍이 된다. 반면 어떤 사람에게는 행복을 약속할 뿐만 아니라, 환상적 즐거움으로 가득 찬 모험도 약속해 준다.

당신이 슬기로운 자제력을 가지고 상상력을 통제하지 못한다면, 상상력은 당신에게 이러한 모든 일을 할 수 있는 것이다.

❀ 서양 속담 · 명언

Imagination is more important than knowledge.
상상력은 지식보다 더 중요하다. 아이슈타인

028
남의 속셈을 파악하라

남의 속셈을 알아채는 방법을 배워라. 과거에는 유창한 말재주가 최고의 기술이었다. 그러나 이제는 말재주만 가지고는 충분하지 못하고, 남의 속셈을 파악해야 한다. 특히 남이 우리를 깨우쳐 주려고 할 때 그 속셈을 알아채야만 한다. 당신이 남들을 쉽게 이해하지 못한다면, 당신 자신을 남에게 이해시킬 수도 없다.

어떤 사람은 야수의 속셈을 숨긴 채 남의 속마음을 저울질한다. 당신에게 가장 중요한 진실은 그들의 말에서 절반만 드러날 뿐이다. 그러나 주의 깊게 귀를 기울인다면 상대방의 의미를 전부 파악할 수 있다.

당신에게 유리한 말을 할 때는 믿고 싶어도 절대로 믿지 말라. 그러나 불리한 말을 할 때는 쉽게 믿어라.

✿ **서양 속담 · 명언**

He that is surety for another is never sure himself.
남을 위해 보증인이 되는 자는 결코 믿음직하지 않다. ✎ 서양

🌸 **동양 고사성어**

별유용심 別有用心 │ 다른 나쁜 속셈이 있다.

표리부동 表裏不同 │ 겉과 속이 다르다.

품질과 실력을 갖추어라

걸모양보다는 내용을 더욱 중요시하라. 분량이 아니라 품질이 사물의 우수성을 결정한다.

가장 좋은 것이란 언제나 그 숫자가 적고 희귀한 법이다. 흔해지면 무엇이든지 그 가치가 떨어진다. 심지어 사람의 경우에도 덩치 큰 사람들이 대개 인격과 지식이 빈약하다. 어떤 사람들은 책의 가치를 두께로 평가하는데, 이것은 마치 책이 두뇌 훈련이 아니라 근육 운동을 위해서 저술된 것으로 착각하는 것과 같다. 크기와 분량만 중요시하면 크게 성공할 수 없다.

재주가 많은 사람들의 불행은 모든 분야에서 가장 뛰어나려고 애쓰지만, 결국 어느 한 분야에서도 성공하지 못하고 만다. 반면, 한 우물만 집중적으로 파는 사람은 뛰어난 능력을 갖추게 되고, 가장 중대한 일도 훌륭하게 해낸다.

🌸 **서양 속담 · 명언**

Every man is most skillful in his own business.
누구나 자기 일에 관해서 가장 숙련되어 있다. ✍ 아랍

🌸 **동양 고사성어**

호물부재다 好物不在多 ｜ 많다고 해서 반드시 좋은 물건은 아니다.

득심응수 得心應手 ｜ 기술이 완전히 손에 익다. 일 처리가 매우 능숙하다.

대중적 인기를 탐내지 말라

어떠한 경우에도, 특히 당신의 가치관에 관해서 일반 대중과 야합하지 말라. 당신의 행동이 오합지졸인 대중을 기쁘게 해 주었어도 당신은 그 일에 동요되지 않고 초연하다면 얼마나 위대하고 지혜로운 처사인가!

현명한 사람들은 일반 대중의 박수갈채를 받았다고 해서 만족하는 일이 결코 없다. 그러나 대중적 인기를 탐내는 기회주의자들이 많다. 그들은 예술의 신 아폴로의 은은한 향기가 아니라, 오합지졸의 더러운 입김을 더 좋아한다.

또한 지식의 분야에서도 야합하지 말라. 일반 대중이 당신의 지식에 감탄한다고 해도 조금도 기뻐하지 말라. 무식한 대중은 감탄이나 할 뿐 그 수준 이상으로는 결코 향상되지 못하기 때문이다. 천박하고 어리석은 사람들이 감탄하는 동안 지혜로운 사람들은 속임수를 경계하고 있다.

🌸 **서양 속담 · 명언**

Better to rule than to be ruled by the rout.
군중에게 지배되기보다 그들을 지배하는 것이 낫다. ✑ 영국

🌸 **동양 고사성어**

화중취총 譁衆取寵 │ 군중에게 영합하는 언행으로 인기나 지지를 얻다.

일시적 유행에 휩쓸리지 말라

불명예스러운 일에는 조금도 관여하지 말라. 더욱이 좋은 평판보다는 비난만 불러일으키는 일시적 유행에는 절대로 휩쓸리지 말라. 세상에는 망상에 젖은 각종 파벌들이 많은데, 현명한 사람은 그 어느 것에도 소속되지 않는다.

또한 세상에는 괴상한 취미를 가진 사람들이 있다. 그들은 지혜로운 사람들이 배척하는 것이라면 무엇이든지 좋아한다. 그들은 기발한 언행을 일삼으며 살아간다. 그 결과, 널리 알려지기는 하겠지만, 좋은 평판을 얻기는커녕 심한 조롱거리가 될 뿐이다.

신중한 사람은 자신이 지혜를 추구한다는 사실마저도 세상에 알리지 않는다. 더욱이 자신이나 자신을 추종하는 사람들을 조롱거리로 만드는 일들에 관해서는 결코 떠벌리지 않는다.

남들의 조롱거리가 되는 일은 일일이 예를 들 필요가 없다. 그런 것은 누구나 경멸해서 금세 드러나기 때문이다.

🌸 **서양 속담 · 명언**

A wise man is never less alone than when he is alone.
현명한 자는 홀로 있을 때 가장 고독하지 않다.   ✑ 영국

The balance distinguishes not between gold and lead.
저울은 금과 납을 차별하지 않는다.   ✑ 서양

032

불운한 사람을 멀리하라

행운을 누리는 사람은 가까이하고, 불운한 사람은 멀리하라. 불운은 대개 어리석음에 대한 처벌이고, 어리석은 사람들은 불운한 법이다.

사소한 어리석음에도 빠지지 말라. 사소한 어리석음에 빠지면 자기도 모르는 사이에 더 큰 어리석음에 빠지고 말 것이다.

카드 게임에서 가장 탁월한 기술은 카드를 버릴 시기를 아는 것이다. 현재 손에 쥔 가장 낮은 카드가 맨 나중에 들어올 에이스 카드보다 더 가치가 있다.

의심이 들고 자신이 없을 때는 지혜롭고 신중한 사람의 행동을 본받아라. 머지않아 그들이 교묘한 속임수를 물리치고 이길 것이다.

🌸 **서양 속담 · 명언**

He falls on his back and breaks his nose.

그는 뒤로 자빠지고 코가 깨진다.   ⚓ 서양

🚢 **동양 고사성어**

하우불이 下愚不移 │ 매우 어리석고 못난 사람은 언제나 변함이 없다. 발전하려고도 하지 않고 열심히 배우려고도 하지 않는다. 교육의 가능성에는 한계가 있다.

033
남에게 후하게 베푸는 사람이 되라

많은 사람들에게 후하게 베푸는 사람이라는 평판을 얻어라. 사람들에게 후하게 베푸는 것은 높은 지위를 차지한 권력자들의 가장 큰 영광이고, 모든 백성들의 마음을 사로잡아서 정복하는 것은 군주들의 특권이다. 남을 지배하는 자리에 앉은 사람에게 가장 유리한 점은 남들보다도 좋은 일을 더 많이 할 수 있다는 것이다.

남에게 우호적인 행동을 하는 사람이 친구를 얻는다. 반면 남에게 조금도 베풀지 않기로 작정한 사람도 있는데, 그것은 후하게 베풀기가 어려워서가 아니라, 그의 기질이 나쁘기 때문이다. 그런 사람은 모든 일에 있어서 자비로운 신의 은총과 반대되는 행동을 한다.

✸ 서양 속담 · 명언

In hospitality the will is the chief thing.
후대하는 행위에서는 성의가 가장 중요한 것이다.   ✑그리스

Do not quarrel vehemently about other people's business.
남의 일에 관해서 심하게 다투지 마라.   ✑로마

034
남의 일에 지나치게 간섭하지 말라

무슨 일이든 거기서 손을 뗄 줄 알라. '거절할 줄 알라'는 것이 인생의 중요한 교훈이라면, '사업과 대인관계에서 손을 뗄줄 알라'는 것은 더욱 중요한 교훈이다.

당신과 전혀 관계 없는 일이 귀중한 시간만 뺏어 가는 경우가 많다. 그런 일에 몰두하느니 차라리 아무 일도 하지 않는 편이 더 낫다.

신중한 사람이 되려면 남의 일에 간섭하지 않는 것만으로는 충분하지 않다. 남들도 자기 일에 간섭하지 못하게 해야 한다. 남의 일에 지나치게 관여한 나머지 자기 일은 전혀 돌보지 못하는 꼴이 되어서는 안 된다.

친구들에 대해서도 마찬가지다. 그들의 도움을 악용해서도 안 되지만, 그들이 허용하려는 것보다 더 큰 도움을 요구해서도 안 된다. 무엇이든지 과도한 것은 잘못이고, 특히 인간관계에서는 가장 큰 잘못이다.

대인관계에서 슬기로운 절도가 지켜진다면 모든 사람들이 선의와 존경심을 최대한으로 유지하게 된다. 절도 있는 대인관계를 갖는다고 해서 예의의 귀중한 혜택이 줄어드는 것은 아니기 때문이다. 이렇게 해서 당신은 가장 우수한 인재를 선택하는 능력과 자유를 보존하는가 하면, 건전한 판단력이 흔들리는 일도 없게 될 것이다.

035
깊이 생각하고 결정하라

모든 문제에 관해서, 특히 가장 중요한 문제에 관해서는 거듭 깊이 생각하라. 어리석은 사람들은 깊이 생각하지 않았기 때문에 나중에 한탄하게 된다. 그들은 문제의 절반도 이해하지 못한다. 자기의 손해나 이익이 어디 있는지도 깨닫지 못할 뿐만 아니라, 문제를 해결하기 위해서 열심히 노력하지도 않는다.

어떤 사람들은 별로 대수롭지 않은 것을 대단하게 여기고, 대단한 것은 대수롭지 않게 여긴다. 그래서 어떤 것이 더 중요한지를 항상 잘못 판단하고 만다. 사람들은 자신이 건전한 상식에 따라서 행동한다고 언제나 주장한다. 그러나 그들에게는 건전한 상식이 아예 없다.

세심한 주의를 기울여서 관찰해야 하고, 그런 뒤에는 항상 잘 기억해 두어야만 하는 문제들이 있다.

지혜로운 사람은 모든 문제를 깊이 생각해 보는데, 그 방법이 다른 사람과 다르다. 특히 문제가 매우 어려운 경우에는 다른 사람들과 달리 한층 더 깊이 생각해 본다. 자기가 처음 생각했던 것보다 더 많은 문제점이 숨어 있을지도 모른다고 의심하는 것이다. 이렇게 해서 그는 우려할 만한 점에 대해서 미리 낱낱이 파악해 두는 것이다.

사물마다 성숙하는 시기가 있다

모든 사물은 각각 완전히 익는 시기가 있다. 그 시기를 깨닫고, 완전히 익은 것들을 향유할 줄 알라. 자연계의 모든 사물은 어느 단계에 이르면 완전히 익는다. 그 단계에 이를 때까지는 점차 성숙하고, 완전히 익은 다음에는 시든다.

건전한 판단력을 갖춘 사람만이 완전히 익은 사물들을 향유할 특권이 있다. 누구나 그렇게 향유할 수 있는 것은 아니다. 그리고 향유할 줄 안다고 해서 누구나 실제로 향유하는 것도 아니다. 지성의 열매들도 각각 완전히 익는 시기가 있다. 그러나 그 열매를 평가하고 활용하기 위해서는 그 시기를 식별할 줄 아는 것이 중요하다.

✸ 서양 속담 · 명언

Quicker by taking more time.
시간이 좀 더 걸리는 것이 더 빠른 것이다.   ◌◌ 서양

When the pear is ripe, it falls.
배는 익었을 때 떨어진다.   ◌◌ 서양

⚓ 동양 고사성어

심사숙고 深思熟考 │ 거듭해서 깊이 잘 생각하다.

시불가실 時不可失 │ 좋은 시기나 기회를 놓쳐서는 안 된다.

037
남을 비꼬는 말도 기술이다

남을 비꼬는 말을 많이 마련해 두고 그것을 이용할 줄 알라. 이것은 대인관계에서 가장 효과적이고 중요한 기술이다. 비꼬는 것은 상대방의 기분이 어떤지 떠보는 수단으로 흔히 사용되는데, 이 수단을 이용하면 남의 속마음을 가장 교묘하고 정확하게 알아내는 열쇠를 손에 쥐는 경우가 많다.

어떤 종류의 비꼬는 말은 악의적이고 무례하며, 질투나 격한 감정의 독기가 서려 있는 경우도 있다. 이런 것은 자신에 대한 상대방의 호의와 존경을 단숨에 모두 파괴하는 마른하늘의 날벼락이다.

많은 사람들이 이런 종류의 비꼬는 말을 했기 때문에 매우 친밀하게 지내던 윗사람이나 아랫사람이 등을 돌리게 되는 것이다. 그의 윗사람이나 아랫사람이란 수많은 일반 대중의 빈정거림이나 개인적인 반감에 대해서는 조금도 흔들리지 않았을 사람들인데도 말이다.

또한 다른 종류의 비꼬는 말은 그 말을 하는 사람의 명성을 확인하고 높여 주는 좋은 효과를 내기도 한다.

그러나 남을 냉소하고 빈정거리는 기술이 교묘해질수록 당신은 그런 말을 예상하고 받아들이는 데 한층 더 조심해야 한다. 상대방의 악의를 미리 파악하고 있다는 사실 자체가 이미 당신 자신을 방어하는 수단이 되기 때문이다. 상대방이 아무리 비꼬아도 당신은 그 수에 넘어가지 않을 수 있다.

.

🏵 서양 속담 · 명언

Jeerers must be content to taste of their own broth.
조롱하는 자들은 자기 죽 맛에 만족해야만 한다.   ✎ 서양

Cool words scald not the tongue.
싸늘한 말은 혀를 데게 하지 않는다.   ✎ 영국

Cold tea and cold rice may be endured, but not cold looks and words.
식은 차와 찬밥은 참을 수 있지만 싸늘한 눈초리와 말은 참을 수 없다.   ✎ 일본

🏵 동양 고사성어

냉어빙인 冷語氷人 ┃ 냉정한 말로 남의 감정을 상하게 하다. 남을 매우 쌀쌀하게 대하다.

냉어침인 冷語侵人 ┃ 매정한 말로 남의 마음을 아프게 하다. 비꼬는 말로 남을 풍자하다.

완세불공 玩世不恭 ┃ 세상을 심각하게 보지 않고 냉소하거나 무시하다.

038
행운은 언제나 변덕스럽다

당신이 승리를 거두고 있는 동안에 행운에만 의지하는 일을 그만두는 것이 좋다. 게임을 가장 잘하는 사람들은 모두 그렇게 한다. 성공적인 후퇴는 용감한 공격과 마찬가지로 훌륭한 것이다. 당신이 공적을 충분히 세웠다면 이제는 그 공적을 감추어 두라. 충분하지는 않지만 상당히 많은 공적을 세웠을 때도 그렇게 하는 것이 좋다. 지나치게 오래 지속되는 행운은 언제나 의심스러운 것이다.

한 번 지나갔다가 다시 찾아오는 행운이 더 안전하게 보인다. 심지어 잠시 쓰라린 시련을 겪은 뒤에 맛보는 행운이 오히려 더 달콤하다. 행운의 보따리가 높이 쌓이면 쌓일수록 그 꼭대기에서 미끄러질 위험은 더욱 커진다. 그리고 일단 미끄러져 떨어지면 모든 보따리가 한꺼번에 무너지고 만다.

행운의 여신이 때로는 당신에게 엄청난 호의를 베풀기도 하지만, 반면 행운이란 지속되는 기간이 매우 짧게 마련이다.

🌞 서양 속담 · 명언

After the house is finished, he leaves it.
집이 완성되면 그는 떠난다.   ❧ 스페인

🏵 동양 고사성어

거총사위 居寵思危 │ 총애를 누릴 때에 위험할 때를 생각하다.

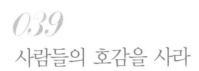

039
사람들의 호감을 사라

사람들의 호감을 확보하라. 온 세상 사람들이 감탄하는 인물이 되는 것은 위대한 일이다. 그러나 모든 사람들의 사랑을 받는 것은 더 위대한 일이다. 이것은 선천적인 기질에 달려 있는 것이지만, 후천적인 노력에 한층 더 좌우된다.

선천적 기질은 기초공사이고, 노력은 그 위에 건축된 건물이다. 뛰어난 재능이 필수적인 것처럼 보이기는 하나, 그런 재능만으로는 충분하지 않다.

사람들의 호평을 확보하라. 그러면 그들의 선의를 확보하기는 쉽다. 사람들의 호감을 사기 위해서는 친절한 행동이 필요하다. 그러므로 두 손을 사용해서 좋은 일을 하라. 좋은 말을 해 주고 남보다 훌륭한 행동을 하라.

또한 사랑을 받기 위해서는 남을 먼저 사랑하라. 예의는 위대한 사람들의 교묘한 마술이다. 먼저 행동을 보이고 그 다음에 저술가들이 당신을 칭찬하게 하라. 칭찬의 글은 칼로 승리를 얻은 뒤에 비로소 오는 법이다. 당신에 관해서 글을 남길 저술가들의 호감을 산다면 그 호감은 영원한 것이다.

🌸 서양 속담 · 명언

True praise roots and spreads.
참된 칭찬은 뿌리를 내리고 퍼진다. ◈ 서양

과장은 거짓말이나 다름없다

절대로 과장하지 말라. 최상급의 단어로 극단적인 주장을 하지 않도록 조심하라. 그것은 진리를 왜곡하지 않기 위해서나 당신의 판단력이 의심받지 않기 위해서 필요하다.

과장하는 사람은 스스로 품위를 해치고 지식이나 판단의 편협성을 드러낸다. 칭찬은 호기심을 크게 자극하고 구매 의욕을 일으킨다. 그런데 흔히 있는 일이지만, 나중에 그 물건의 가치가 치른 값만 못하게 되면 기대감에 부풀었던 고객은 속임수에 반발할 뿐만 아니라, 칭찬한 사람과 그 물건을 싸잡아 매도하는 식으로 복수한다.

현명한 사람은 한층 더 조심스럽게 일을 한다. 실패하는 경우라 해도, 과장해서 선전하다가 실패하기보다는 차라리 선전을 너무 적게 해서 실패하는 쪽을 택한다. 세상에 더할 나위 없이 우수한 사물이란 희귀한 법이다. 그러므로 어떤 사물을 평가하든 적절하게 하라.

과장은 거짓말이나 다름없다. 그래서 과장은 당신의 건전한 상식에 대한 좋은 평판을 무너뜨린다. 더욱 고약한 결과는 당신의 건전한 판단력마저 의심받게 된다는 것이다.

✿ 서양 속담 · 명언

A boaster and a liar are all one.
큰소리치는 자와 거짓말쟁이는 똑같은 자다. ✎ 영국

041

선천적 리더십은 신비한 힘이다

타고난 리더십은 남보다 뛰어난 사람들이 발휘하는 신비한 힘이다. 그것은 교묘한 속임수가 아니라, 타고난 지배력으로 얻어야만 하는 것이다. 모든 사람은 자기도 모르게 이러한 리더십에 복종한다. 그들은 타고난 권위의 신비한 힘을 인정하는 것이다.

이러한 리더십을 가진 사람들은 군주들과 어깨를 나란히 할 자격이 있고, 사자에 못지않은 특권을 지닌다. 그들은 존경심을 불러일으켜서 주위 사람들의 마음과 정신을 지배한다.

다른 여러 가지 재능도 함께 아울러서 발휘한다면, 그들은 나라의 가장 중요한 지도자가 된다. 다른 사람들이 오랫동안 열변을 토하는 것보다 그들의 몸짓 하나가 더 큰 효과를 낸다.

서양 속담 · 명언

One good head is better than a hundred strong arms.

좋은 머리 하나가 강한 팔 백 개보다 낫다. 서양

동양 고사성어

계구우후 鷄口牛後 | 닭의 부리는 되어도 소의 꼬리는 되지 마라. 큰 조직의 졸개가 되는 것보다는 작은 조직의 우두머리가 되는 것이 더 낫다.

042
대세를 따라가야 안전하다

생각은 극소수의 사람들과 똑같이 하고, 말은 대다수의 사람들과 똑같이 하라.

강물을 거슬러서 헤엄친다면 남들의 잘못된 생각을 고쳐 줄 수도 없고, 오히려 자기 자신이 위험에 빠지기 쉬운 법이다. 그런 일은 오로지 소크라테스 같은 위대한 철학자만이 할 수 있다.

당신이 남들과 다른 의견을 내세운다면, 그것은 남들의 의견이 틀렸다고 비난하는 것이기 때문에 그들은 모욕을 받았다고 여긴다. 남들의 의견뿐만 아니라, 그런 의견을 대표적으로 주장한 개인도 비난을 받는 것이 되어 당신은 그들에게 이중으로 모욕을 주는 것이다.

진리란 극소수의 사람들만 깨닫는 것이고, 잘못된 생각이란 천박한 대중이 가지고 있는 것이다. 지혜로운 사람이 광장에서 소리친다고 해서 그의 지혜가 드러나지는 않는다. 그가 대다수 사람들의 어리석은 의견에 속으로는 아무리 반대한다고 해도, 자기 목소리가 아니라 그들의 어리석은 목소리로 외치기 때문이다.

현명한 사람은 다른 사람들과 의견 충돌을 일으키지도 않고, 다른 사람들이 자기와 의견 충돌을 일으키게 하지도 않는다. 현명한 사람은 나름대로 판단이 서 있지만 그것을 남들에게 드러내지는 않는다.

생각은 자유로운 것이다. 그러므로 사람의 생각에 대해서 무력을 사용할 수도 없고 사용해서도 안 된다. 그러므로 지혜로운 사람은 물러가서 침묵을 지킨다. 침묵을 깨려고 할 경우에는 자기 말을 들을 자격이 있는 극소수의 사람들만이 모인 그늘로 가서 입을 연다.

🏵 서양 속담 · 명언

Do as most men do and men will speak well of you.
대부분의 사람들이 행동하는 대로 하면 그들이 너를 칭찬할 것이다.   ∾ 서양

Puff not against the wind.
바람을 거슬러서 입김을 불지 마라.   ∾ 영국

He is not safe whom all hate.
모든 사람의 미움을 받는 자는 안전하지 않다.   ∾ 로마

🏵 동양 고사성어

수파축류 隨波逐流 ｜ 물결치는 대로 표류하다. 대세를 따르다. 자기 주견이 없고 남의 장단에 춤추다.

대세소추 大勢所趨 ｜ 역사의 일반적 흐름. 사태의 불가피하고 일반적인 추세.

중구난방 衆口難防 ｜ 많은 사람의 입은 막기 어렵다.

043
행운의 여신은 용감한 사람에게 온다

어떤 행동을 하거나 그만두려고 할 때는 행운이 얼마나 당신을 돕고 있는지를 먼저 파악하라. 대부분의 일은 당신이 자신의 기질을 깨닫는 것보다는 행운 여부를 아는 것에 그 성패가 더 많이 달려 있다.

건강의 비법을 알겠다고 하면서 나이 사십이 지나서야 비로소 그리스의 의사 히포크라테스의 책을 읽는 사람은 바보이다. 지혜를 찾겠다면서 나이 사십에 로마의 철학자 세네카의 책을 처음 읽는 사람은 더 큰 바보이다.

당신이 행운을 기다리고 있는 동안에도 그 행운을 유도하는 방법을 안다면 그것은 대단한 기술이다. 행운을 가장 적절한 시기에 이용하기 위해서 기다리는 것 자체가 성과를 거두는 것이기 때문이다.

비록 행운의 여신은 걸음걸이의 속도를 제멋대로 자주 바꾸어서 그녀가 자기에게 얼마나 가까이 다가왔는지 아무도 측정할 수 없다 해도, 그녀는 반드시 찾아올 때가 있는 법이다. 그리고 찾아온다면 여러 가지 기회를 제공한다.

행운의 여신이 당신에게 미소를 지을 때는 용감하게 앞으로 달려나가라. 그녀는 용감한 사람을 좋아한다. 그러나 불운이 닥쳤을 때는 뒤로 물러서라. 그러면 당신은 자신의 불행을 두 배로 증가시키지는 않을 것이다.

044
상대방을 미워하지 말라

남을 미워하는 마음을 버려라. 우리는 다른 사람들에게 혐오감을 품는 경우가 많다. 심지어는 상대방에 대해서 전혀 모르는 상태에서도 혐오감을 품는다.

선천적이면서도 천박한 이 혐오감이 때로는 훌륭한 인물들에게 그 화살을 겨눈다. 자기보다 훌륭한 사람을 미워하는 것은 가장 비열한 짓이다.

그래서 건전한 양식을 가진 사람은 이런 마음을 버린다. 훌륭한 사람들을 좋아하면 우리 자신이 한층 고상하게 되는 반면, 그들을 혐오하면 우리는 한층 비열하게 될 뿐이다.

✿ 서양 속담 · 명언

Fortune helps the daring, but repulses the timid.
행운은 과감한 사람을 돕지만 비겁한 자는 배척한다. ◈ 라틴어격언

Better be friends at a distance than neighbors and enemies.
이웃끼리 원수가 되기보다 멀리 떨어진 친구가 되는 것이 낫다. ◈ 서양

⚓ 동양 고사성어

복생유기 福生有基 ｜ 행운이 오는 데는 그 원인이 있다.

승기자염 勝己者厭 ｜ 자기보다 재능이 뛰어난 사람을 싫어하다.

045
위대한 사상을 가진 사람들을 좋아하라

위대한 사상을 가진 사람들을 좋아하라. 그들을 알아보고 동조하는 것도 위대한 능력이다. 그 시대의 위대한 사상은 많은 사람에게 유익하기 때문에 기적처럼 매우 귀한 것이다.

위대한 사상은 사람들의 마음과 정신을 일치시키는 힘이 있다. 그 힘은 천박하고 무지한 군중이 뭔가에 홀렸다고 느낄 만큼 강력하다. 그래서 사람들은 위대한 사상가를 존경하고 따르며 숭배한다.

위대한 사상은 말이 없어도 설득하고, 애쓰지 않고도 원하는 것을 얻는다. 때로는 적극적으로, 때로는 소극적으로 사람들에게 영향을 끼쳐 큰 행복을 가져다 준다. 그리고 그 결실인 행복이 커질수록 더욱 고귀한 것이 된다.

이러한 사상을 식별할 줄 알고 지지하며 활용하는 것은 뛰어난 기술이다.

🏵 서양 속담 · 명언

Jack will never make a gentleman.
졸장부는 결코 신사가 되지 못한다. ∞ 영국

There would be no great ones if there were no little ones.
하찮은 자들이 없다면 훌륭한 사람들도 없을 것이다. ∞ 서양

046
교활한 기지를 발휘하라

    교활한 기지를 발휘하라. 그러나 악용하지는 말라. 그것을 믿고 기뻐해서는 안 되고 자랑해서는 더욱 안 된다. 교활한 수단은 모두 숨겨야만 한다. 교활한 기지는 사람들의 미움을 받는 것이기 때문에 가장 잘 숨겨야 한다.

    속임수는 어디서나 널리 퍼져 있다. 그래서 우리는 두 배로 조심해야 하지만, 우리가 조심한다는 사실을 남들이 눈치채게 해서는 안 된다. 조심성은 상대방의 불신감을 자극하고 불쾌하게 만들며, 잠자던 복수심을 일깨우고, 당신의 예상보다 더 많은 비난을 초래하기 때문이다.

    조심스럽게 일에 착수하면 활동하는 데 매우 유리하다. 어떠한 행동을 하든 거기 필요한 기술을 유감 없이 발휘한다면 바로 그것이 가장 뛰어난 기술이다.

✿ 서양 속담 · 명언

The fox's wiles will never enter into the lion's head.
여우의 술수들은 사자의 머리에 결코 들어가지 않을 것이다.   ﾉ 서양

Wiles help weak folk.
술수는 약한 자들을 돕는다.   ﾉ 스코틀랜드

047

관찰력과 판단력을 가져라

자세히 관찰하고 현명하게 판단하라. 이러한 사람이 주변 상황을 지배하고, 주변 상황은 그를 지배하지 못한다.

이러한 사람은 가장 깊이 숨은 것도 재빨리 파악하며, 다른 사람의 성격을 해부할 줄도 알고 있다. 또한 사람을 보자마자 즉시 이해하고 상대방의 본성에 대해서 판단을 내린다. 약간의 관찰을 통해서도 상대방의 내면 세계에 가장 깊이 감추어진 것을 알아낸다. 이러한 사람은 예리한 관찰과 미묘한 직감, 그리고 사려 깊은 추론을 이용해서 모든 것을 발견하고 주목하고 파악하며 이해한다.

서양 속담 · 명언

I can tell by my pot how the others boil.
나의 냄비를 보고 다른 것들이 어떻게 끓는지 알 수 있다. 프랑스

Does the lofty Diana care about the dog barking at her?
개가 짖어도 높이 뜬 달은 알 바 아니다. 로마

동양 고사성어

지인즉철 知人則哲 | 남의 성품과 능력을 알아보는 것이 곧 탁월한 지혜다.

오불관언 吾不關焉 | 나는 그 일에 관계하지 않는다. 모른 체한다.

048
자진해서 의무를 지지 말라

자초해서 의무를 지는 행동은 피하라. 이것이 신중함의 주요 목표 가운데 하나이다. 뛰어난 재능을 가진 사람들은 양극단이 언제나 서로 멀리 떨어져 있도록 만든다. 그들은 양극단의 중간인 신중함을 항상 유지하고, 행동하기 전에 시간적 여유를 가진다.

어떤 것에 대해 의무를 진 다음 거기서 잘 벗어나는 것보다는 처음부터 의무를 지지 않는 것이 더 쉽다. 이러한 일들이 우리의 판단력을 시험한다. 그러니까 말려들어가서 잘 해결하기보다는 아예 피하는 것이 더 낫다.

한 가지 의무를 지게 되면 이어서 다른 의무를 지게 되고, 그다음에는 불명예스러운 일에 휘말릴지도 모른다.

개인의 천성에 따라, 또는 자기가 속한 민족의 특성에 따라 의무를 쉽게 지는 사람들이 있다. 그러나 이성의 빛에 따라 행동하는 사람들은 무슨 일이든 아주 오랫동안 생각에 생각을 거듭해 본다.

어떤 일에 휘말려서 해결하는 경우보다는 그 일을 맡지 않는데 더 큰 용기가 필요하다. 어떤 어리석은 사람이 그런 일을 맡을 준비가 되어 있다면, 당신은 적절한 구실을 대고 빠져나가 두 번째 어리석은 사람이 되는 것을 피하라.

내면 세계에 충실하라

내면의 깊이를 간직한 사람이 되라. 성공과 실패는 대부분 여기에서 크게 좌우된다. 외모가 그럴듯하다면 내면도 최소한 그에 어울리도록 하라.

어떤 사람들의 인격은 껍데기뿐이다. 겉은 왕궁처럼 화려하지만, 속은 오막살이처럼 초라하기 짝이 없다. 그런 사람들의 내면 세계를 파고들어 봤자 아무 소용이 없다. 그런 사람들과는 만나서 인사말을 주고받고 나면 더 이상 대화가 이어지지 않기 때문이다. 그들은 의례적인 인사말은 시원시원하게 하겠지만, 그 다음에는 즉시 입을 다물고 만다. 생각이 풍성하게 고인 샘이 없는 그들의 입에서 제대로 된 말이 계속해서 나올 리가 없는 것이다.

또한 그들은 자신이 피상적인 견해밖에는 가진 것이 없기 때문에 다른 사람들을 대화에 끌어들일지도 모른다. 그러나 분별 있는 사람들을 끌어들이지는 않는다. 분별 있는 사람들은 그들의 내면 세계를 들여다보고 경멸하기 때문이다.

🌺 **서양 속담 · 명언**

In the coldest flint there is hot fire.
가장 싸늘한 부싯돌에 뜨거운 불이 있다.   ❧ 영국

050
자존심은 고결한 인격이다

자존심을 절대로 잃지 말라. 그리고 남 앞에 나서기를 지나치게 꺼리지도 말라. 자신의 고결한 인격을 올바른 행동의 참된 기준으로 삼아라. 그리고 외부의 모든 법률보다 더 엄격하게 자신을 스스로 심판하라.

옳지 못한 행동은 법의 처벌이 두려워서가 아니라, 당신의 자존심을 존중하기 때문에 피하라. 자존심을 존중하라. 그러면 로마의 철학자 세네카가 말하는 가상적인 감시자, 즉 양심에 의존할 필요도 없다.

❋ 서양 속담 · 명언

As neat as a new pin.
새 핀처럼 깨끗하다. ✍ 서양

True blue will never stain.
참으로 푸른 것은 결코 더럽혀지지 않는다. 즉 확고한 원칙의 사람은 쉽게 부패하지 않는다. ✍ 스코틀랜드

❋ 동양 고사성어

청렴결백 淸廉潔白 │ 깨끗한 마음으로 욕심을 부리지 않고 부정부패에 물들지 않다.

일진불염 一塵不染 │ 티끌 하나도 물들지 않다. 관리가 매우 청렴하다. 인격이 매우 고결하다. 환경이 매우 깨끗하다.

올바른 선택을 하라

올바른 선택을 할 줄 알라. 당신 삶의 대부분이 여기에 달려 있다. 선택을 잘하기 위해서는 우수한 분별력과 정확한 판단력이 필요하다. 재능과 노력만으로는 이것들을 얻을 수 없다.

뛰어난 사람이 되려면 선택을 잘 해야만 한다. 그러기 위해서는 두 가지가 필요하다. 우선은 선택이 가능해야 하고, 다음에는 가장 좋은 것을 선택해야만 한다는 것이다.

세상에는 넓은 아량과 투철한 정신력을 갖춘 사람이 많다. 판단력이 예리한 사람도 많다. 풍부한 학식이나 왕성한 관찰력을 갖춘 사람들도 많다. 그러나 막상 선택할 때가 되면 그들은 여전히 갈피를 잡지 못한다. 그들은 마치 잘못을 저지르기로 결심이라도 한 듯이 언제나 가장 그릇된 선택을 한다. 그러므로 선택을 잘할 줄 아는 것은 가장 뛰어난 재능 가운데 하나인 것이다.

🌸 **서양 속담 · 명언**

Choose for yourself and use for yourself.
너 자신을 위해 선택하고 너 자신을 위해 사용하라.　　영국

🌸 **동양 고사성어**

취사선택 取捨選擇 ｜ 불필요한 것은 버리고 필요한 것은 골라 가지다.

항상 침착성을 잃지 말라

절대로 당황하지 말라. 신중한 사람의 가장 큰 목표는 무슨 일을 당해도 절대로 당황하지 않는 것이다. 그것은 고결한 인격과 고상한 마음을 지닌 사람임을 증명해 준다. 관대한 아량을 가진 사람은 마음의 중심을 쉽게 잃지 않기 때문이다.

모든 감정은 정신의 기질에서 나오고, 과격한 감정은 신중함을 약화시킨다. 지나친 감정이 입을 통해서 밖으로 흘러나오는 경우에는 명성이 위태로워질 것이다.

그러므로 자신을 지배하는 최고의 지배자가 되어야 한다. 그리하여 가장 큰 행운을 만나든 가장 심한 역경에 처하든, 침착성을 잃어서 명성에 손상을 입을 것이 아니라, 오히려 우월성을 드러내어 명성을 더욱 드높여야만 하는 것이다.

❋ 서양 속담 · 명언

Dress slowly when you are in a hurry.
급할 때는 옷을 천천히 입어라.　✆ 프랑스

❊ 동양 고사성어

종용불박 從容不迫 ｜ 서두르지 않고 여유 있게 행동하다.

만조사리 漫條斯理 ｜ 말이나 일을 서두르지 않고 천천히 하다.

053

빈틈없이 일을 처리하라

천천히 그리고 빈틈없이 일을 처리하라. 성공적으로 일이 처리하면 그것은 빨리 처리된 것과 마찬가지이다. 일을 빨리 처리하려고 덤비다가 보면 더 큰 실패를 할 수도 있다. 성과가 영원히 지속하기를 원한다면 그만큼 준비도 오랫동안 해야만 한다.

남보다 뛰어난 사람만이 성공하고, 성취한 실적만이 오래 남는다. 오로지 심오한 지혜만이 불멸의 명성을 준다. 가치가 높은 것일수록 그것을 얻기 위한 대가는 그만큼 비싸다. 그래서 귀금속이 가장 값비싼 것이다.

🌼 **서양 속담 · 명언**

A watched pot never boils.
냄비는 지켜보면 결코 끓지 않는다. ⬳ 서양

He that leaves the highway for a short cut commonly goes about.
지름길로 가려고 큰길을 벗어나는 자는 대개 돌아서 간다. ⬳ 영국

🦂 **동양 고사성어**

욕속부달 欲速不達 ┃ 일을 빨리 하려고 너무 서두르면 일이 이루어지지 않는다.

근면과 신중함으로
신속한 조치를 취하라

부지런하면서도 신중한 사람이 되라. 이러한 사람은 신중하기 때문에 무엇이든지 주의 깊게 심사숙고하고, 부지런하기 때문에 그것을 신속하게 실행한다.

어리석은 사람은 서두르기 때문에 실패하고 만다. 앞으로 닥칠 어려움을 전혀 모르고 아무런 준비도 없이 일에 착수하는 것이다.

반면 지혜로운 사람은 오히려 일을 미루기 때문에 실패하는 경우가 더 많다. 멀리 내다보기 때문에 사물을 깊이 생각하게 되고, 일을 미루기 때문에 신속한 판단이 효과를 거두지 못하는 경우가 많은 것이다. 신속한 조치는 행운의 어머니이다. 아무것도 내일로 미루지 않는 사람은 이미 많은 일을 한 셈이다. '천천히 서둘러라' 는 로마의 격언은 참으로 위대하다.

🌸 **서양 속담 · 명언**

Sloth makes all things difficult, but industry all easy.
게으름은 모든 것을 어렵게 만들고 근면은 모든 것을 쉽게 만든다.   ◁〰 서양

🏮 **동양 고사성어**

근능보졸 勤能補拙 ｜ 근면은 선천적인 능력 부족을 보충할 수 있다.

차일피일 此日彼日 ｜ 오늘 내일 하면서 자꾸 기일을 미루다.

055
용감한 행동은 칭찬을 받는다

당신의 힘을 드러낼 줄 알라. 죽은 사자의 갈기는 산토끼도 잡아당길 수 있다. 그런 일에는 용기가 필요 없다.

첫 번째 대결에서 굴복해 버리면, 두 번째는 물론이고 마지막 대결에 이르기까지 계속해서 굴복하게 된다. 하지만 마지막 대결에서 이기기 위해 발휘해야 할 용기를 가장 처음에 발휘한다면 더 큰 승리를 거둘 것이다.

정신적 용기가 육체적 용기보다 훨씬 우월하다. 정신적 용기는 언제든지 빼어서 휘두를 태세가 갖추어진 칼이 신중함의 칼집에 꽂혀 있는 것과 같아야만 한다. 그것은 당신을 보호하는 방패이다. 육체적 허약함보다도 정신적 비겁함이 사람을 한층 더 저열하게 만든다. 수많은 사람이 여러 가지 우수한 능력은 구비했지만, 강인한 의지력이 없었기 때문에 무기력하게 살다가 게으름 속에 일생을 마치고 말았다.

지혜로운 대자연은 꿀의 단맛과 침의 따끔한 맛을 결합하여 꿀벌에게 주었다. 이것은 매우 사려 깊은 조치이다.

❀ 서양 속담 · 명언

Little birds may pick a dead lion.
작은 새들은 죽은 사자를 쪼아댈 수 있다. ♨ 서양

056
기회를 기다리는 인내심을 가져라

　기다릴 줄을 알라. 결코 서두르지 않고, 절대 격정에 휩쓸리지 않는 것은 고상한 마음을 가진 사람이 인내심도 갖추고 있다는 증거이다. 다른 사람들을 지배하고 싶다면, 먼저 자신을 다스리는 지배자가 되라.

　시간이라는 들판 한가운데 있는 기회를 잡으려고 한다면, 먼저 그 들판 주위를 둘러가야만 한다. 지혜로운 기다림은 목표물의 가치를 높이고, 목표 달성의 수단을 더욱 효과적인 것으로 만든다. 시간의 지팡이는 헤라클레스의 무쇠 몽둥이보다 더 큰 위력을 발휘한다. 신은 회초리가 아니라, 시간으로 인간을 단련한다.

　'시간과 나 자신은 천하무적' 이라는 말은 위대한 명언이다. 행운은 기다릴 줄 아는 사람에게만 우승의 월계관을 준다.

🌞 **서양 속담 · 명언**

He that can stay, obtains.
기다릴 수 있는 사람은 얻는다. 　프랑스

🐚 **동양 고사성어**

선고이고 善賈而沽 │ 값이 오를 때를 기다려서 팔다. 인재가 기회를 얻지 못하고 때를 기다리다.

항상 경계태세를 갖추고 있어라

정신을 똑바로 차리고 있어라. 이것은 정신이 어떠한 일에도 대처할 준비가 되어 있는 다행한 상태이다. 항상 정신을 차리고 경계하고 있으면 우연한 사고의 위험도 겁낼 필요가 없다.

오랫동안 심사숙고 했는데도 결국은 목적 달성에 실패하는 사람이 있는가 하면, 미리 검토해 본 적도 없는데 목적을 달성하는 사람도 있다.

또한 위기에 처해 있을 때에만 일을 아주 잘하는 모순된 성격의 사람도 있다. 이런 사람은 괴물과 같아서 즉흥적으로 일을 하면 언제나 성공하지만, 깊이 생각해 본 뒤에 일을 하면 반드시 실패한다. 그에게는 마치 어떤 일이 한 번 닥치거나 아니면 영원히 닥치지 않는 것과 같다. 이런 사람에게는 같은 일을 두 번 시도할 기회가 없다. 신속한 조치는 박수갈채를 받는다. 그것은 두 가지 뛰어난 능력, 즉 정확한 판단력과 분별 있는 행동을 입증하기 때문이다.

🌸 **서양 속담 · 명언**

Good watch prevents misfortune.
치밀한 경계는 불운을 막는다. ✂ 영국

You know not what the night may bring.
밤에 무슨 일이 닥칠지 아무도 모른다. ✂ 로마

058
능력을 적절하게 발휘하라

자신을 주위 사람들의 수준에 맞추어라. 당신의 능력을 누구에게나 드러낼 필요는 없다. 필요 이상으로 힘을 사용하지 말라. 지식이든 힘이든 불필요하게 낭비하지 말라. 매를 이용해서 새를 잡는 능숙한 사냥꾼은 새를 추격하는 데 꼭 필요한 숫자의 매만 공중으로 날려보낸다.

오늘 너무 많은 것을 드러내 보인다면, 내일은 드러내 보일 것이 하나도 없을 것이다. 드러내지 않은 새로운 것들을 언제나 숨겨 두고 있다가 그것을 보고 사람들이 놀라게 하라.

날마다 새로운 것을 보여 주면, 사람들은 계속해서 당신에게 기대감을 품게 되고, 당신의 능력의 한계도 감추어진다.

✿ 서양 속담 · 명언

He that has an art, has everywhere a part.
재주를 가진 자는 어디서나 역할을 맡는다.　✍ 영국

Good sword has often been in poor scabbard.
좋은 칼은 보잘것없는 칼집에 들어 있는 경우가 많다.　✍ 게일족

⚓ 동양 고사성어

양고심장 良賈深藏 │ 훌륭한 장사꾼은 물건을 깊이 간직한다. 어진 사람은 학식과 덕행을 감춘다.

인생은 끝이 가장 중요하다

끝내기를 잘하라. 당신이 기쁨의 문을 지나 안으로 들어갔다면 슬픔의 문으로 나오지 않으면 안 되고, 슬픔의 문으로 들어갔다면 기쁨의 문으로 나와야 하는 것이 행운의 집이다. 그러므로 언제나 마지막 단계를 생각해야 하고, 들어갈 때의 박수갈채보다 나올 때의 행복을 더 중요시해야만 한다.

불운한 사람들의 공통된 운명은 엄청난 행운으로 시작했다가 대단히 비극적으로 끝난다는 것이다. 행운의 집에 들어갈 때는 천박한 일반 대중의 박수갈채를 받지만, 그런 것은 중요하지 않다. 당신이 행운의 집에서 나갈 때 사람들이 어떻게 보는가 하는 점이 중요한 것이다. 사람들은 생전에 행운을 두 번 누리는 사람은 없다고 생각한다. 행운의 여신이 자기 집 대문 밖까지 사람을 배웅해 주는 경우는 매우 드물다. 그리고 그녀는 자기 집에 들어오는 사람은 따뜻하게 환영하지만, 떠나가는 사람은 매우 쌀쌀맞게 보낸다.

🌸 **서양 속담 · 명언**

No one should be called happy before his death and his final obsequies.

사람이란 죽어서 장례식을 마치기 전에는 그를 행복한 사람이라고 부를 수 없다.

오비디우스

건전한 판단력이 통치자의 기본자격이다

건전한 판단력을 구비하라. 어떤 사람들은 날 때부터 지혜롭다. 그들은 이 장점을 구비한 채 노력을 시작하는데, 그때 이미 성공에 이르는 길의 절반은 걸어간 셈이다. 나이가 들고 경험이 쌓이는 동안에 그들의 이성은 성숙하고, 그 결과 건전한 판단력을 얻는다.

그들은 변덕스러운 것은 무엇이나 신중함을 망치는 것으로 보고 혐오한다. 특히 국가의 공무에 관해서는 변덕스러운 것을 가장 싫어한다. 국가의 공무란 일관성이 매우 필요하기 때문이다. 이런 사람들은 항해사나 키잡이로서 국가라는 배의 항해를 책임질 자격이 있다.

🌸 **서양 속담 · 명언**

He has a good judgment that relies not wholly on his own.
자기 판단에만 전적으로 의존하지는 않는 사람이 좋은 판단력을 지닌다.　⚓ 서양

There is nothing so difficult that cleverness cannot overcome it.
영리함으로 극복하지 못할 만큼 그렇게 어려운 것은 하나도 없다.　⚓ 로마

🌸 **동양 고사성어**

다모선단 多謀善斷 │ 지모가 많고 판단을 잘하다.

일언가파 一言可破 │ 잘라서 하는 말 한 마디로 곧 판단이 될 수 있다.

061
중대한 일에 뛰어난 솜씨를 발휘하라

　매우 중대한 일을 처리하는 데 뛰어난 수완을 발휘하라. 이런 능력을 발휘할 수 있는 사람은 뛰어난 재능을 갖춘 사람들 가운데서도 매우 드물다. 남보다 훨씬 뛰어난 어떤 것을 구비하지 않고는 높은 지위를 차지할 수 없다. 평범한 재능이 박수 갈채를 받는 경우는 결코 없다.

　높은 지위에 있으면서 한층 두각을 나타내야만 천박한 일반 대중과 구별되고, 특별한 인물들과 어깨를 나란히 하게 된다.

　낮은 지위에서 두각을 나타내는 것은 하찮은 일에서 뛰어난 것이고, 거기서 안락함을 느끼면 느낄수록 영광은 그만큼 줄어든다. 매우 중대한 일에서 탁월한 솜씨를 발휘하는 사람은 군주와 마찬가지로 사람들의 감탄을 자아내고 호의를 얻는다.

🌸 **서양 속담 · 명언**

The best is the enemy of the good.
가장 좋은 것은 좋은 것의 적이다. ⚜️볼테르

⛵ **동양 고사성어**

독보당시 獨步當時 ┃ 당대에 그에게 필적할 사람이 없는 제일인자.

초군월배 超群越輩 ┃ 재능이 일반사람들과 동료들보다 뛰어나다.

062
문제를 피해서 가라

문제를 피해서 갈 줄 알라. 영리한 사람들은 이런 방법으로 난처한 지경을 모면한다. 멋진 말을 몇 마디 재치 있게 함으로써 그들은 도저히 벗어날 수 없는 궁지에서도 빠져나간다.

심각한 분쟁에 휘말린 경우에도 그들은 무심한 태도를 취하거나 미소를 던짐으로써 거기서 벗어난다. 위대한 지도자들은 대부분이 이 기술에 매우 능숙하다.

어떤 요구를 거절해야만 할 때, 가장 점잖게 거절하는 방법은 화제를 슬그머니 다른 데로 돌리는 것이다. 상대방이 무슨 요구를 하는지 전혀 이해하지 못하는 척해서 거절할 수도 있다. 이런 행동은 상대방의 요구를 당신이 가장 잘 이해하고 있다는 사실을 입증해 주기도 한다.

✿ 서양 속담 · 명언

Better to go about than fall into the ditch.
도랑에 빠지는 것보다 돌아서 가는 것이 낫다. ✖ 영국

✿ 동양 고사성어

우직지계 迂直之計 | 우회함으로써 지름길로 가는 것과 같은 효과를 내는 계책. 비현실적으로 보이는 것이 사실은 현실적이다.

063
우수한 인재들을 활용하라

우수한 인재들을 좋은 도구로 사용하라. 어떤 사람들은 무능한 인물들, 즉 나쁜 도구들을 사용하여 그들이 교묘한 기지라고 제공하는 것을 받아들인다. 그러나 여기에 만족하는 것은 위험한 일이고 목숨마저 잃는 처벌을 받아 마땅하다.

신하가 우수하다고 해서 그가 섬기는 군주의 위대성이 감소되는 일은 결코 없다. 신하가 성취한 업적의 모든 영광은 그를 지휘하는 군주에게 돌아간다. 실패에 대한 모든 비난도 마찬가지이다. 명성의 여신은 오로지 군주들만 상대한다. 그래서 그 여신은 '이 군주는 우수한 신하들을, 저 군주는 졸렬한 신하들을 두었다' 고 말하지 않는다. 다만 '이 군주는 우수한 지도자이고, 저 군주는 무능한 지도자이다' 라고 말한다.

서양 속담 · 명언

When rogues fall out, honest men come by their own.
악당들이 쫓겨날 때 정직한 사람들이 저절로 찾아온다. 영국

The best things are hard to come by.
가장 좋은 것은 만나기 힘들다. 서양

동양 고사성어

거직조왕 擧直措枉 | 정직한 사람을 뽑아 쓰고 사악한 자들을 쫓아내다.

064
먼저 선수를 치는 사람이 유리하다

어떤 일이든 제일 먼저 착수하는 사람은 훌륭하다. 게다가 그 일을 성공시킨다면 두 배로 훌륭하다. 게임을 하는 사람들이 같은 조건에서 출발한다면, 먼저 선수를 치는 사람이 유리하다. 많은 사람들이 가장 먼저 어떤 일을 시작했었더라면 불사조와 같이 유일한 존재가 되었을 것이다.

제일 먼저 어떤 일을 시작한 사람만이 명성이라는 유산을 차지한다. 나머지 사람들은 장남에게 상속되고 남은 부스러기나 받는 동생들과 같다. 먼저 시작한 사람을 모방하는 앵무새가 아니라고 아무리 주장해도 세상 사람들은 믿어 주지 않는다.

비범한 사람들은 남보다 뛰어나게 되는 새로운 길을 발견하고 항상 신중하게 행동한다. 그들이 새로운 길을 개척했다는 이유 때문에 지혜로운 사람들은 영웅들의 이름이 열거된 황금의 책에 그들의 이름을 기입한다.

어떤 사람들은 거창한 일을 두 번째 시작한 사람이 되기보다는 그보다 중요성이 떨어지는 일을 제일 먼저 시작한 사람이 되기를 더 원한다.

❀ 서양 속담 · 명언

All the winning is the first buying.
이기는 것은 제일 먼저 사는 것이다.   ✑ 스코틀랜드

걱정은 해결책이 아니다

걱정을 피하라. 이는 매우 분별 있는 행동이기 때문에 보상이 따른다. 즉, 많은 어려움을 피하게 되고, 따라서 편안하고 행복해지는 것이다.

실제로 도움이 되지 않는 한 불길한 소식이란 남에게 전하지도 말고 남에게서 듣지도 말라. 달콤한 아첨에만 귀를 기울이는 사람들이 있는가 하면, 가시 돋친 스캔들만 즐겨 듣는 사람들도 있다.

기원전 2세기 소아시아의 폰투스의 왕 미트리다테스 6세가 독살에 대비해서 날마다 독약을 조금씩 마시고 살았듯이, 어떤 사람들은 날마다 근심걱정이라는 독을 마시지 않고는 살지 못한다.

남들을 잠시 즐겁게 해 주기 위해 당신이 평생 지고 갈 걱정거리를 떠맡아야 한다는 인생의 법칙은 없다. 그들이 당신에게 더없이 가깝고 사랑스러운 경우라고 해도 역시 마찬가지이다.

충고는 해 주지만 일에 끼어들지 않는 사람들을 기쁘게 해 주려고 당신이 좋은 기회를 놓쳐서는 안 된다. 남을 기쁘게 해 주기 위해서 당신이 스스로 고통을 당하려고 할 때는, 당신이 보람도 없이 나중에 고통을 당하는 것보다는 다른 사람이 지금 당장 고통을 당하는 편이 더 낫다는 인생의 법칙을 기억하라.

066
유종의 미를 거두어라

어떠한 일이든지 끝을 잘 맺도록 주의하라. 게임에서 이기는 것보다는 그 게임의 어려운 과정을 더 중요시하는 사람들도 있다. 그러나 대부분의 사람들은 마지막 단계의 실패를 비난할 뿐이고, 그 이전의 노력은 인정해 주려고 하지 않는다. 승리하는 자는 아무것도 설명할 필요가 없다.

세상 사람들은 어떤 수단이 동원되었는지 자세히 살펴보지 않고, 오로지 결과가 좋은지 나쁜지에만 주목한다. 목적을 달성하면 당신은 아무것도 잃지 않는다. 수단이 아무리 불만족스러운 것이었다고 해도 좋은 결과는 모든 것을 황금빛으로 빛나게 만든다. 그러므로 인생의 원칙을 위반하지 않고서는 끝을 잘 맺기가 불가능한 경우에는, 그런 위반이 때로는 세상을 살아가는 지혜가 된다.

🌸 서양 속담 · 명언

A hundred hours of worry will not pay a farthing's worth of debt.
백 시간의 걱정도 한 푼의 빚을 청산하지 못할 것이다.　✎ 스페인

Let not praise be before the victory.
승리하기 전에는 칭찬하지 마라.　✎ 그리스

067
판단력을 연마하라

판단력을 연마하라. 지능과 마찬가지로 판단력도 연마할 수 있는 것이다. 어떤 것을 잘 알면 그것을 얻고 싶은 욕구가 강해지고, 또한 얻은 것을 즐기는 기쁨도 한층 더 커진다. 판단력이 발달한 사람을 보면 그가 고상한 정신의 소유자임을 알 수 있다.

포부가 큰 사람을 만족시킬 수 있는 것은 오로지 위대한 업적뿐이다. 입이 큰 사람이 많은 것을 한꺼번에 먹을 수 있는 것처럼, 높은 이상을 지닌 사람은 고상한 일을 추구한다. 높은 이상을 지닌 사람이 내리는 판단 앞에서는 가장 용감한 사람도 몸을 떨고, 가장 완전한 사람도 자신감을 잃는다.

판단력은 다른 사람들과의 교제를 통해서 연마할 수 있다. 판단력이 가장 우수한 사람들과 어울려 지낼 수 있다면 가장 큰 행운을 잡은 것이다.

그러나 어느 것 하나 불만족스럽지 않은 것이 없다는 말을 공공연하게 떠들어대지는 말라. 그것은 가장 어리석은 짓이다. 더구나 도달할 수 없는 이상 때문에 불만을 느끼는 것이 아니라, 불만을 느끼는 척하는 것에 불과하다면 그런 사람은 한층 더 밉게 보인다.

어떤 사람은 하느님이 자기들의 터무니없는 상상력을 만족시켜 주기 위해서 이 세상과는 또 다른 세상을 창조하고, 우리의 이상과는 다른 이상들을 제시해 주기를 바랄 것이다.

🌼서양 속담 · 명언

Everyone has judgment to sell.
누구나 팔려고 하는 판단은 있다. ✦ 이탈리아

Anger and haste hinder good counsel.
분노와 조급함은 분별력을 방해한다. ✦ 서양

He that has no sense at thirty will never have any.
30세에도 판단력을 갖추지 못하는 자는 평생 갖추지 못할 것이다. ✦ 프랑스

🚢 동양 고사성어

심중유수 心中有數 │ 처리할 자신이 있다. 마음속에 수가 있다.

피리춘추 皮裏春秋 │ 마음속에 공자가 지은 춘추를 간직하다. 사람은 누구나
　　　　　　　　　속셈과 분별력이 있다.

068
다양한 재능을 갖추어라

다양한 재능을 갖추어야 한다. 한 사람이 많은 종류의 탁월한 재능을 구비한 경우, 그는 많은 사람과 어깨를 겨룰 수 있다. 그는 자신의 삶을 즐기면서 그 기쁨을 친구들과 주위 사람들에게 나눠주어 그들의 삶을 풍부하게 만든다.

뛰어난 능력을 여러 가지 구비하는 것은 삶의 기쁨이며, 모든 좋은 것에서 이익을 얻는 것은 뛰어난 기술이다. 대자연은 사람들이 가장 완성된 단계에 이르렀을 때 자신을 닮도록 만들었다. 그러므로 우리는 지식과 교양을 풍부하게 쌓아서 참된 소우주를 각자 심안에 창조해야 한다.

🌺 서양 속담 · 명언

A fencer has one trick in his budget more than ever he taught his scholar.
검객은 자기 제자에게 가르쳐준 것보다 한 가지 재주를 항상 더 가지고 있다.   ✑ 영국

One cannot please all the world and his father.
아무도 모든 사람과 자기 아버지를 기쁘게 할 수는 없다.   ✑ 프랑스

🚢 동양 고사성어

다재다능 多才多能 ┃ 재주와 능력이 많다.

다재다예 多才多藝 ┃ 다방면에 재능과 기예가 많다.

069
겉모양에 따라 판단기준이 된다

  모든 사물은 실제 내용이 아니라, 그 겉모양에 따라서 평가된다. 실제 내용을 알아보는 사람은 극소수이고, 겉모양만 보고 판단하는 사람은 대다수이다. 그러므로 당신의 행동이 아무리 옳다고 해도, 허위의 행동, 잘못된 행동으로 보인다면 제대로 된 행동이 될 수 없다.

  🌸 **서양 속담 · 명언**

The entrance-hall is the ornament of the house.
현관은 집의 장식이다, 즉 첫 인상이 가장 중요하다. 〰️로마

Furniture and mane make the horse sell.
장식과 갈기는 말이 팔리게 만든다. 〰️서양

  ⚓ **동양 고사성어**

이모취인 以貌取人 ｜ 외모만 보고 그의 성품이나 능력을 평가하거나 그에 대한 대우를 결정하다.

이모상마 以毛相馬 ｜ 털빛만 보고 말의 좋고 나쁨을 판단하다. 외모만 보고 판단하다.

070
명성을 가져다주는 일을 선택하라

대부분의 일은 사람들에게 만족감을 주어야만 성공한다.

봄바람이 꽃들을 피게 하듯이 많은 사람들의 존경을 받으면 뛰어난 인물이 된다. 즉, 존경은 명성을 낳는 생명의 숨결인 것이다.

여러 가지 일 가운데는 모든 사람들이 인정하고 높이 평가해 주는 것이 있는가 하면, 한층 더 중요한데도 불구하고 별로 평가를 받지 못하는 것도 있다.

사람들이 인정하는 일은 모든 사람이 보는 가운데 행하기 때문에 누구나 칭송해 준다. 그러나 사람들이 인정하지 않는 일은 아무리 희귀하고 가치가 크다고 해도 그늘에 가려서 사람들이 잘 모른다. 일부 사람들의 존경은 받지만 모든 사람의 박수갈채는 받지 못한다.

수많은 군주들 가운데서도 정복자들이 가장 유명한 인물이 된다. 그래서 많은 사람이 스페인의 왕들을 무사, 정복자, 그리고 위대한 인물이라고 인정해 주고 박수갈채를 보내는 것이다.

능력이 뛰어난 인물은 남들이 알아주지 않는 일보다는 명성을 가져다 주는 일을 더 좋아한다. 즉, 모든 사람이 잘 알고 있고 또한 그들에게 혜택을 가져다 주는 일을 선택하는 것이다. 이렇게 해서 그는 모든 사람들로부터 인정을 받고 영원히 기억되는 인물이 된다.

071

영웅적인 인물을
인생의 목표로 삼아라

영웅적이고 이상적인 인물을 목표로 삼아라. 그리고 그를 모방하기보다는 차라리 그와 경쟁하라. 그는 위대함의 모범이고 명예의 산 교과서이다. 누구나 자기 분야에서 가장 우수한 인물을 마음속에 목표로 세워 두어야 한다. 그것은 그를 추종하기 위한 것이 아니라 스스로 더욱 분발하기 위한 것이다.

알렉산더 대왕이 눈물을 흘리며 운 것은 아킬레스가 이미 죽어서 땅 속에 묻혔기 때문이 아니라, 자기 명성이 아직 전 세계에 떨치지 못했기 때문이다. 다른 사람의 명성을 알리는 나팔 소리보다 더 강하게 야심을 불러일으키는 것은 없다. 시샘을 부채질하는 바로 그것이 위대한 정신을 길러 준다.

🌸 **서양 속담 · 명언**

He is born in a good hour who gets a good name.
명성을 얻는 자는 좋은 운수를 타고 태어났다.   ⚜️ 영국

Such a king, such a people.
그 왕에 그 백성이다.   ⚜️ 라틴어격언

🌸 **동양 고사성어**

거세문명 擧世聞名 | 온 세상이 그의 이름을 다 들어서 안다. 매우 저명하다.

군자의야 君者儀也 | 군주는 백성의 모범이 되어야 한다.

072
현명한 충고로 상대방이 깨닫게 하라

남이 잊어버린 것을 상기시켜 주는 것보다는 판단을 잘하도록 도와주는 편이 낫다.

기억을 더듬기만 하면 누구나 잊어버렸던 것을 생각해 내지만, 올바른 판단에는 깊은 생각이 필요하다.

많은 사람들은 적절한 조치를 취해야 할 때 무엇이 적절한 조치인지 몰라서 일을 망치고 만다. 이런 경우에 친구가 옆에서 해 주는 충고로 그들은 무엇이 자기에게 유리한 것인지 깨달을 수 있다. 상대방에게 필요한 충고를 적절한 때에 해 줄 수 있다면, 그것은 가장 뛰어난 능력 가운데 하나이다. 많은 일이 그런 충고를 얻지 못해서 실패하고 만다.

당신이 올바른 판단을 할 능력이 있다면 그 혜택을 남에게도 나누어 주라. 그리고 당신이 올바른 판단을 할 수 없는 경우에는 남에게 좋은 의견을 물어보라. 남에게 혜택을 베풀 때는 조심스럽게 베풀고, 남에게 좋은 의견을 구할 때는 간곡하게 구하라.

충고할 때는 암시만 해 주고 그 이상은 삼가라. 당신이 어떤 사람의 주의를 환기시켜 주려고 할 때, 당신의 충고가 그의 이해관계에 영향을 미치는 것이라면 암시만 주는 이 기술이 특히 필요하다. 우선은 슬쩍 변죽만 울려 주고, 그것으로 충분하지 않은 경우에 좀더 깊이 건드리는 충고를 해 주어야 한다.

그가 일의 성공 가능성에 대해 '부정적'으로 생각하고 있다면 당신은 그를 '긍정적'인 방향으로 유도하기 위해 지혜를 짜내도록 하라. 대부분의 일은 다른 이유 때문이 아니라 그것을 해내려는 시도조차 없기 때문에 성취하지 못하고 만다.

✿ 서양 속담 · 명언

No gift is more precious than good advice.
유익한 충고보다 더 값진 선물은 없다.   ✎ 라틴어격언

Counsel is to be given by the wise, the remedy by the rich.
충고는 현명한 자가 해주어야만 하고 해결책은 부자가 주어야만 한다.   ✎ 영국

It is safer to hear and take counsel than to give it.
충고는 해주기보다 듣고 받아들이는 것이 더 안전하다.   ✎ 서양

⛵ 동양 고사성어

양약고구 良藥苦口 │ 좋은 약은 입에 쓰다. 바른말은 귀에 거슬리지만 유익한 것이다.

납간여류 納諫如流 │ 바른 말을 잘 들어주다. 남의 의견을 기꺼이 받아들이다.

073
거절도 기술이다

거절할 줄 알라. 사람들의 요구를 모두 들어주어서는 안 된다. 그러므로 거절할 줄 아는 것은 남의 요구를 수락할 줄 아는 것만큼 중요하다. 특히 권력을 쥔 사람들에게는 이 두 가지가 똑같이 중요하다.

모든 것은 거절하는 방법에 달려 있다. 어떤 사람의 거절은 다른 사람의 수락보다 더 큰 호감을 얻는다. 그럴듯한 말로 하는 거절이 성의 없는 말투의 수락보다 더 듣기 좋은 법이기 때문이다.

어떤 사람은 입만 열면 언제나 거절을 해서 누구에게나 반감을 산다. 그는 일단 거절부터 해놓고 본다. 그러나 결국에 가서는 수락하는 경우도 종종 생기는데, 처음에 거절해서 불쾌감을 주었기 때문에 나중에 수락해도 그에게는 아무 도움이 안 된다.

거절할 때는 딱 잘라서 거절할 필요가 없다. 시간이 흐름에 따라서 상대방이 점차 실망을 느끼도록 하라. 또한 재고의 여지도 없을 정도로, 절대로 안 된다는 식으로 거절하지도 말라. 그렇게 하면 상대방은 당신에게 더 이상 의존하지 않으려고 할 것이다.

그러므로 거절당하는 상대방이 맛보는 쓴맛을 완화시키기 위해 그가 당신에게 희망을 걸 여지를 남겨 두라. 정중한 태도로 상대방의 반감을 누그러뜨리고, 수락해 주지 않는 대신에 말이라도 친절하고 그럴듯하게 해 주라.

남의 요구를 수락하거나 거절하는 말을 하는 데는 시간이 별로 걸리지 않는다. 그러나 오랫동안 깊이 생각해 본 뒤에 그런 말을 하라.

�</> 서양 속담 · 명언

Better be denied than deceived.
속는 것보다 거절당하는 것이 낫다.　✎ 서양

My No is as good as your Yes.
나의 거절은 너의 승낙만큼 좋은 것이다.　✎ 이탈리아

He is no man that cannot say No.
거절하는 말을 할 수 없는 자는 남자가 아니다.　✎ 이탈리아

🌸 동양 고사성어

반추반취 半推半就 ｜ 거절하는 척하다가 결국은 받아들이다.

추삼조사 推三阻四 ｜ 온갖 구실을 대면서 거절하다.

추삼핑사 推三宕四 ｜ 두 번 세 번 거절하고 미루다.

074
너 자신을 알라

　많은 사람들이 주장하는 것이라고 해서 그것을 일일이 따르지는 말라. 다른 사람들의 피상적인 견해에 절대로 영향을 받지 않는 사람은 위대하다.

　자신에 대한 반성은 지혜를 배우는 길이다. 그것은 자신이 현재 지니고 있는 성향을 알아내고 받아들이는 것이며, 더 나아가 천성과 후천적인 능력을 조화시킬 목적으로 자기 기질과 반대되는 극단의 다른 성향까지도 탐구해 보는 것이다. 자신에 관해서 잘 알고 나면 그때부터 자기 개선이 시작된다.

　어떤 사람은 기분이 너무 자주 변하기 때문에 자기가 진심으로 의도하는 바를 따르지 못하고 갈팡질팡하기만 한다. 그리하면 변덕으로 마음이 여러 갈래로 갈라지고, 상충되는 여러 가지 의무를 떠맡게 된다.

　이러한 극단적 성향은 의지를 약화시킬 뿐만 아니라, 판단력마저 모두 잃게 만든다. 그래서 자기가 원하는 것과 자신에 대한 자각이 양쪽에서 잡아당기는 바람에 그 사이에 끼여서 난처해진다.

🌸 서양 속담 · 명언

Know yourself and your neighbors will not mistake you.
네가 너 자신을 알면 너의 이웃들은 너를 잘못 알지 못할 것이다.　　스코틀랜드

075
변덕을 부리지 말라

마음이 흔들려서 행동을 이랬다저랬다 하지 말라. 기분이 내킨다고 해서 또는 남에게 일부러 보이려고 평소에 안 하던 비정상적인 행동을 하지는 말라.

지혜로운 사람은 언제나 가장 훌륭한 행실을 일관성 있게 하고, 바로 그 이유 때문에 사람들의 신뢰를 받는다. 그의 행실이 평소와 달라진다면, 그것은 타당한 이유가 있거나 깊이 생각한 다음에 내린 결론 때문에 그렇게 하는 것이다.

누구나 평소와 다른 행동을 하는 사람을 싫어한다. 어떤 사람은 말과 행동이 매일 달라진다. 생각이 날마다 바뀌고, 의지력은 더욱 심하게 변하며, 그래서 운수도 변하고 만다. 그런 사람은 어제는 희다고 해 놓고 오늘은 검다고 말하며, 어제 수락한 것을 오늘은 거절한다. 그렇게 하여 자신이 겉과 속이 다르다는 사실을 스스로 증명하고, 사람들에게 신용을 잃고 만다.

� 서양 속담 · 명언

A woman's mind and the winter's wind change often.
여자의 마음과 겨울바람은 자주 변한다. ⚞ 영국

Evening words are not like to morning.
저녁에 하는 말은 아침에 한 것과 다르다. ⚞ 서양

076
명석한 결단력이 성공을 이룬다

확고한 결단력을 발휘하라. 당신이 어떤 계획을 잘못 시행했다고 해도, 그것은 결단력이 없어서 계획을 세우지 못한 경우보다 그 피해가 적다. 물은 댐에 갇혀 있을 때보다 시냇물로 흐르고 있을 때 피해를 더 적게 주는 법이다.

어떤 사람들은 목적을 달성하려는 결단력이 약해서 언제나 다른 사람이 지시해 주기를 기다린다. 그러나 이런 사람들도 일을 어떻게 처리해야 좋을지는 알고 있다. 그런데도 그들이 다른 사람의 지시에 의존하는 유일한 이유는 그들에게 행동을 개시할 결단력이 전혀 없기 때문이다.

어려운 문제점들을 찾아내는 데도 상당한 기술이 필요하지만, 그것들을 해결하고 빠져나가는 데는 더 많은 기술이 필요한 것이다.

반면 어떤 사람들은 꼼짝달싹 못하는 난처한 지경에 결코 빠지는 법이 없다. 그들은 명석한 판단력과 단호한 성격과 결단력을 구비하고 있어서 가장 높은 지위를 차지할 자격이 있다. 그들의 재능은 얼핏 사소하게 보이지만, 앞으로 중대한 결과를 초래할 일을 어디서부터 착수해야 좋을지 알아낸다. 그리고 그들의 확고한 결단력은 그 일을 성공적으로 해내는 방법을 찾아낸다.

그들은 신속하게 모든 난관을 극복한다. 그리고 한 가지 일을 마쳤을 때는 이미 다른 일을 할 준비가 되어 있다. 이렇게 행운을 차지했기 때문에 그들은 반드시 성공한다.

🌸 서양 속담 · 명언

Reserve the master-blow.
결정적 타격을 유보해 두라.   ⚜️ 영국

Fools tie knots and wise men loose them.
바보들은 매듭들을 만들고 현명한 자들은 그것을 푼다.   ⚜️ 영국

There is a remedy for everything, could men find it.
사람들이 찾아낼 수만 있다면 모든 문제에는 해결책이 있다.   ⚜️ 서양

⛵ 동양 고사성어

일도양단 一刀兩斷	단칼에 둘로 가르다. 머뭇거리지 않고 즉시 결단을 내려서 행동하다. 관계를 단호하게 끊다. 결정하거나 해결하다.
쾌도난마 快刀亂麻	잘 드는 칼로 어지럽게 헝클어진 삼 가닥을 자르다. 복잡한 문제를 과감하고 신속하게 해결하다.

077
접근하기 쉬운 사람이 되라

접근하기 어려운 사람이 되지 말라. 가장 사나운 들짐승도 사람들이 가장 많이 몰려 있는 곳에서 산다. 지위가 높아질수록 더욱 거만해지는 사람은 자신마저 불신하기 때문에 다른 사람들이 접근하기 어려운 사람이 된다.

사람들을 까다롭게 대하면 그들의 호감을 결코 얻을 수 없다. 언제나 건방지고 으스대면서 남과 전혀 어울리지 않는 괴물들의 꼴은 얼마나 가관인가! 그런 괴물들을 모셔야만 하는 불운한 하인들은 마치 호랑이와 싸울 각오라도 하듯이, 공포심과 인내심으로 무장한 채 주인의 거실로 들어간다.

접근하기 어려운 이런 사람은 높은 지위를 얻기 위해서 모든 사람의 비위를 맞추지 않으면 안 되지만, 일단 높은 지위에 오르고 나면 모든 사람의 비위를 긁어서 앙갚음을 하려고 한다. 높은 지위에 올라가면 당연히 누구에게나 접근을 허용해야 하는데, 이런 사람은 오만과 악의 때문에 아무에게도 접근을 허락하지 않는다.

이런 사람을 처벌하는 점잖은 방법은 멋대로 하라고 내버려두는 것, 즉 사람들과 교제할 기회를 전혀 주지 않아서 그가 좀 더 나은 사람으로 개선되지 못하게 막는 것이다.

078
모든 재능에 신선미를 부여하라

당신의 우수한 능력이 늘 새롭게 보이게 하라. 그러면 당신의 능력은 불사조처럼 영원할 것이다.

능력이란 세월이 지나면 낡은 것이 되고 그에 따라 명성도 줄어든다. 또한 사람들은 오랫동안 쳐다봐서 자기 눈에 너무 익어 버린 것에 대해서는 별로 감탄하지 않는다. 그래서 새로 등장한 평범한 재능이 오래 명성을 유지해 온 뛰어난 재능을 능가하는 것처럼 보이는 경우가 많다.

그러므로 용기, 천재성, 행운과 같은 모든 재능을 새롭게 다시 구비하도록 노력하라. 놀라운 신선미를 보여 주어라. 태양처럼 매일 새롭게 솟아올라라.

또한 재능의 빛을 발산하는 장소도 바꾸어 보아라. 그래서 과거에 당신이 승리를 거두었던 낡은 곳에서는 사람들이 당신을 잃은 손해를 느끼게 하고, 새로운 곳에서는 당신이 갖고 있는 재능의 신선미가 박수갈채를 일으키게 하라.

🌸 서양 속담 · 명언

The more foolish a man is, the more insolent does he grow.
사람은 어리석으면 어리석을수록 더욱 오만해진다. ✐ 로마

Novelty sets the people a-gaping.
새로운 것은 사람들이 입을 딱 벌리게 한다. ✐ 서양

079

농담 때문에 신뢰를 잃지 말라

언제나 농담만 일삼지는 말라. 진지하게 처리하는 일에서 지혜가 드러나고, 사람들은 재치보다 지혜를 더 높이 평가한다. 언제나 농담만 일삼으려고 하는 사람은 진지한 일을 수행할 준비가 전혀 되어 있지 않다.

농담을 일삼는 사람과 거짓말쟁이는 다 같이 사람들의 신뢰를 받지 못한다. 거짓말쟁이는 거짓말을, 농담을 일삼는 사람은 농담을 할 것이라고 사람들은 언제나 예측하기 때문이다.

농담을 일삼는 사람이 언제 건전한 판단력으로 진지하게 말할지는 아무도 알 수가 없다. 이것은 그에게 건전한 판단력이 없는 것과 마찬가지이다.

농담이 계속되면 그 효과가 곧 사라지고 만다. 농담을 일삼는 사람들은 재치 있다는 평판을 얻지만, 그와 동시에 분별 없는 사람이 되고 만다. 농담은 잠깐 사이에 지나가는 것이다. 나머지 시간은 모두 진지하게 보내야 한다.

🌻 **서양 속담 · 명언**

True jests breed bad blood.
진짜 농담은 분노를 일으킨다.　ﾊﾞ서양

Leave jesting while it pleases, lest it turn to earnest.
농담이 진담이 되지 않도록 그것이 재미있을 때 그만 두어라.　ﾊﾞ서양

080
사소한 실수는 미덕이다

용서받을 만한 약간의 사소한 실수는 미덕이다. 이러한 부주의가 우수한 재능을 가장 확실히 증명해 주는 경우가 많다. 사람들의 시기를 받으면 우수한 사람은 따돌림을 당하게 되고, 시기하는 사람들이란 겉으로 정중할수록 속으로 더욱 날카롭게 칼을 가는 법이기 때문이다.

시기하는 사람은 완전한 사람을 모두 결함이 있다고 보고, 자기만은 결함이 전혀 없다고 믿는다. 자기는 모든 면에서 완전하다고 생각하기 때문에 모든 면에서 완전한 사람을 배척한다. 시기하는 사람은, 비록 자기 만족만을 위한 일이라 해도, 눈이 백 개나 달린 거인 아르고스가 되어 남의 결함을 찾아내려고 눈을 부라린다.

비난은 번개와 같아서 가장 높은 자리에 앉은 사람을 후려친다. 호메로스처럼 위대한 인물이라 해도, 가끔은 끄덕끄덕 졸라. 신중함을 제외하고는 용기나 지식 면에서 약간 모자라는 척하라. 그것은 다른 사람들이 악의를 품지 못하게 하거나, 적어도 그들이 독기를 뿜어 해치지는 못하게 막으려는 것이다.

🌸 서양 속담 · 명언

To pretend folly on occasion is the highest of wisdom.
때때로 어리석은 척하는 것은 최고의 지혜다.   로마

081

영리한 임기응변의 기술이 필요하다

모든 사람에게 모든 것이 되라. 신중한 프로테우스_변신을 잘 하는 바다의 신가 되라. 학자를 대할 때는 학자가 되고, 성자를 대할 때는 성자가 되라. 모든 사람의 지지를 받는다는 것은 대단한 기술이다. 그것은 바로 상대의 말에 수긍해 주는 것이다. 그리하면 상대의 호감을 얻게 된다.

사람들의 기분을 잘 살펴라. 그리고 상대방이 친절하면 친절하게, 진지하면 진지하게, 각 사람의 경우에 맞게 적응해서 처신하라. 상대방의 태도 변화에 그대로 따라가면서도 아무런 마찰이 없도록 최대한으로 영리하게 적응하라. 이것은 특히 남에게 의존해서 사는 사람들에게 반드시 필요한 것이다.

그러나 세상을 사는 지혜 가운데서도 특히 이 기술을 잘 사용하려면 대단히 영리해야 한다. 지식과 재치가 그 누구보다도 뛰어난 사람만이 이 기술을 사용하는 데 아무런 어려움이 없을 것이다.

서양 속담 · 명언

The cat knows whose lips she licks.

고양이는 자기가 누구에게 아첨해야 하는지 알고 있다. 영국

Trust not one night's ice.

하룻밤에 언 얼음은 믿지 마라. 서양

082
위험을 피하라

안전하게 일을 하는 방법을 배워라. 바보들은 문을 향해 무작정 달려가서 안으로 들어간다. 어리석으면 항상 무모해지기 때문이다. 그들은 너무나 단순하기 때문에 행동을 신중히 해야겠다는 생각을 못 할 뿐만 아니라, 실패를 해도 부끄러움을 전혀 느끼지 못한다.

그러나 신중한 사람들은 깊이 생각해 본 다음에야 문으로 들어간다. 그들은 조심하는 태도로 앞에 위험이 없는지 잘 살피고, 안으로 들어가도 안전한지 미리 확인한다.

앞으로 달려나가는 모든 행동은 미리 조심만 했더라면 위험을 피할 수도 있었을 것이다. 그러나 미리 조심하는 경우에도 때로는 행운의 도움이 필요하다.

건너가야 할 물이 너무 깊어서 위험할지도 모른다는 의심이 들 때는 조심해서 앞으로 나아가라. 지혜로운 사람들은 자기 발이 닿는 땅바닥의 상태를 차근차근 확인하면서 조심스럽게 전진한다.

요즘 사람들은 남과 교제할 때 위험이 따를지도 모른다는 의심을 해 보지 않는다. 그러나 사람을 사귈 때도 미리 위험을 확인해 보고 나서 행동해야 한다.

083
때로는 농담이 좋은 수단이다

농담을 즐기는 기질은 적절히 조절되기만 한다면 결점이 아니라 장점이 된다. 사소한 농담이 분위기를 부드럽게 만든다.

지위가 대단히 높은 사람도 때로는 농담에 참여한다. 그러면 모든 사람이 그를 좋아하게 된다. 물론 그런 경우에도 그는 위신을 지켜야 하고, 예의의 한계를 벗어나서도 안 된다.

한편, 어떤 사람은 농담을 이용해서 난처한 지경을 재빨리 벗어난다. 다른 사람이 진지하게 말한 것이라도, 당신으로서는 농담으로 받아들여야만 하는 것이 있다. 이럴 때 당신의 침착성이 드러나는데, 그 침착성은 자석처럼 모든 사람의 마음을 끌어당긴다.

� 서양 속담 · 명언

What seems a joke is very often the truth.
농담으로 보이는 것이 진담인 경우가 매우 많다.　 이탈리아

A head with a good tongue in it is worth double the price.
말재주를 갖춘 머리는 두 배의 값을 받을 만하다.　 서양

🚢 동양 고사성어

능언설변 能言舌辯 ┃ 말재주가 좋고 변론에 능숙하다.

교언이구 巧言利口 ┃ 교묘하게 속이는 말과 날카로운 말재주.

084
중용의 지혜를 가져라

좋은 것이든 나쁜 것이든, 어떠한 것도 극단적으로 끝까지 밀어붙이지 말라. 지혜로운 사람은 이미 중용에 모든 가치를 부여했다. 옳은 것이라 해도 극단적으로 밀고 가면 그것은 그른 것이 된다. 오렌지에서 즙을 모조리 짜내고 나면, 그 오렌지는 맛이 써진다. 어떤 것을 즐길 때에도 결코 극단에 치우치지 말라. 지나치게 약삭빠른 생각은 어리석은 것이다. 암소의 젖을 지나치게 쥐어짜면 우유가 아니라 피가 나온다.

🌸 서양 속담 · 명언

Overdone is worse than underdone.
지나친 것은 못 미친 것보다 더 나쁘다.   ✖ 서양

In excess nectar poisons.
좋은 술도 지나치면 독이 된다.   ✖ 힌두

🌸 동양 고사성어

과유불급 過猶不及 ｜ 지나친 것은 도달하지 못한 것과 같다.

중용지도 中庸之道 ｜ 중용의 길.

085
정보의 진실과 거짓을 잘 구별하라

남이 전해 주는 정보를 들을 때는 항상 조심하라. 우리는 눈으로 본 사실이 아니라, 귀로 들은 정보에 의존해서 산다. 우리는 다른 사람들을 믿고 살아가는 것이다. 귀는 진실이 들어올 때는 쪽문이지만, 거짓말이 들어올 때는 대문이다. 그런데 진실이란 귀로 듣는 경우는 드물고, 눈으로 보는 경우가 대부분이다.

진실은 조금도 변형되지 않은 채 귀에 도달하는 경우는 거의 없다. 특히 아주 먼 곳에서 전달되는 때는 더욱 그러하다. 진실을 전달하는 사람의 감정이 어느 정도는 항상 거기 섞이게 마련이다.

진실은 그것을 전해 주는 사람의 감정이 때로는 우호적으로, 때로는 악의적으로 작용하는 데 따라서 왜곡된다. 그리고 그것을 전하는 사람의 성품을 드러내 준다.

그러므로 어떤 사실을 칭찬하는 사람에게서는 그것을 조심해서 받아들이고, 비난하는 사람에게서는 한층 더 조심해서 받아들인다. 당신에게 진실을 전달하는 사람의 숨은 의도에 주의하라. 당신은 그가 어떤 입장에 서 있는지 미리 파악해야만 한다. 잘 생각해서 허위와 과장을 가려내도록 하라.

깊은 성찰은 마음을 비추는 거울이다

자신을 알라. 판단과 성향 면에서 당신의 소질과 능력을 파악하라. 자신을 알지 못하면 당신은 자신을 지배할 수 없다.

얼굴을 보여 주는 거울은 있지만 마음을 보여 주는 거울은 없다. 그러므로 자신에 관한 주의 깊은 성찰을 마음을 보여 주는 거울로 삼아라. 외모는 잊어버리고 내면의 자질을 간직한 채 그것을 개선하고 완성시켜라.

일을 처리하기 위한 당신의 지식과 능력이 어느 정도인지 파악하고 용기를 발휘하기에 앞서서 먼저 그 용기를 시험하라.

당신의 발판은 튼튼하게 유지하고, 모든 일에 관해서 항상 명석하게 생각하라.

❀ 서양 속담 · 명언

Gossip and lying go hand in hand.
소문과 거짓말은 손을 잡고 다닌다.   ❧ 서양

No man is the worse for knowing the worst of himself.
자신의 가장 나쁜 면을 안다고 해서 더 나쁜 사람이 되는 자는 없다.   ❧ 서양

❀ 동양 고사성어

가담항설 街談巷說 | 길거리에서 떠도는 소문.

자지지명 自知之明 | 자기 능력을 정확히 아는 현명함.

087
적을 이용하라

당신의 적을 이용하라. 손을 베는 칼날이 아니라, 부상당하지 않게 막아 주는 손잡이를 잡는 법을 배워야만 한다. 특히 적의 행동에 대처할 때 더욱 그렇다.

바보가 친구에게서 얻는 이익보다 지혜로운 사람이 적에게서 얻는 이익이 더 크다. 적이 품은 증오심을 이용하면 엄청난 어려움도 해결되는 경우가 많다. 그렇지 않다면 그런 어려움에 손을 대려고도 하지 않을 것이다. 많은 사람들은 적을 잘 이용해서 위대한 명성을 얻었다.

아첨은 증오심보다 더 위험한 것이다. 적의 증오심은 자신의 결함을 말끔히 없애도록 자극해 주지만, 아첨은 결함을 덮어 주기만 하기 때문이다.

지혜로운 사람은 적의 증오심을 거울로 삼는다. 이것은 남의 친절을 거울로 삼는 경우보다 한층 효과가 커서, 그는 증오심의 거울에 비친 결함들을 제거하거나 개선한다.

적대감과 경쟁심을 품은 사람들이 주위에 있을 때 사람은 더욱 신중해지는 법이다.

✸ 서양 속담 · 명언

Set a thief to catch a thief.

도둑을 잡기 위해 도둑을 이용하라. ✐✐ 서양

나쁜 소문을 예방하라

나쁜 소문을 미리 막아라. 어중이떠중이가 모인 일반 대중에게는 악의를 품고 노려볼 두 눈과 심심풀이로 날름거릴 혀가 있다. 나쁜 소문이 한 가지라도 퍼지면 당신의 좋은 평판에 오점이 찍히고, 그것 때문에 당신에게 좋지 않은 별명이 붙는다면 명성이 위험해진다.

나쁜 소문이란 원래 눈에 띄는 결함이나 잘못에서 시작되는 것이지만, 때로는 개인적인 시기심이 악의로 부풀려서 만들어 내기도 한다. 그리고 이런 헛소문이 결국 모든 사람의 불신을 초래한다. 직설적인 비난보다도 이러한 사악한 헛바닥들이 더 쉽게 대단한 명성을 재치 있는 조롱으로 무너뜨리기 때문이다.

나쁜 소문이란 완전히 없애기도 어렵고, 사람들이 더욱 쉽게 믿는 것이다. 그렇기 때문에 나쁜 평판을 얻기가 쉬운 것이다. 그러므로 지혜로운 사람은 항상 경계하여 더러운 소문을 예방함으로써 나쁜 평판을 얻지 않도록 한다. 나쁜 소문에 대해서 자기의 정당성을 주장하기보다는 사전에 예방하는 것이 훨씬 더 쉽다.

🌸 서양 속담 · 명언

Bad news is the first to arrive.

나쁜 소식은 제일 먼저 도착한다.   이탈리아

089

우수한 재능의 사용을 조절하라

무슨 일이든 다 해결해 주는 팔방미인이 되지 말라. 우수한 인재의 약점은 그의 이용 가치가 너무나 커서 오히려 악용되기가 쉽다는 것이다. 모든 사람이 그를 탐내기 때문에 그는 모든 사람에게 걱정거리가 된다.

아무에게도 쓸모 없는 사람이 되는 것은 대단히 큰 불행이지만, 모든 사람에게 쓸모 있는 사람이 되는 것도 그에 못지않은 큰 불행이다. 모든 사람에게 쓸모가 있는 단계에 이른 사람은 어떤 것을 얻어도 사실은 잃는 것이다. 결국에 가서는 과거에 그의 도움을 원하던 사람들에게 귀찮은 존재가 되고 만다.

이러한 팔방미인은 우수한 재능을 모두 소모해 버린다. 그러면 과거에 극소수의 사람들로부터 받던 존경도 잃고, 천박한 일반 대중의 불신까지 산다.

이러한 비참한 신세를 피하려면 우수한 재능의 사용을 조절해야 한다. 원한다면, 남보다 훨씬 많이 우수한 재능들을 구비하라. 그러나 그 재능의 사용은 남들이 하는 수준으로 하라.

횃불이 밝으면 밝을수록 기름은 그만큼 많이 소모되고, 불이 꺼질 시간은 한층 가까이 다가온다. 당신의 재능을 적게 드러내라. 그러면 더욱 큰 존경으로 보상받을 것이다.

090
장수의 비결은 선한 생활이다

오래 사는 비결은 착하게 사는 것이다. 사람이 빨리 죽게 되는 원인은 두 가지이다. 그것은 어리석음과 부도덕한 생활이다. 어떤 사람들은 목숨을 부지하는 데 필요한 지혜가 없기 때문에, 또 어떤 사람들은 목숨을 부지할 의지가 없기 때문에 자기 목숨을 잃는다. 미덕은 그 자체가 보상인 것과 마찬가지로, 악습은 그 자체가 처벌이 된다. 방탕하게 사는 사람은 죽음을 향해서 다른 사람보다 두 배로 빨리 달려가는 셈이다.

도덕적으로 선하게 사는 사람은 장수를 누린다. 정신이 강인하면 그 영향을 받아서 육체도 건강하다. 선한 생활은 목숨을 오래 유지할 뿐만 아니라, 삶 자체를 보람으로 가득 채워 준다.

✿ 서양 속담 · 명언

At the end of his Latin.
그의 라틴어 실력의 끝, 즉 지식이 바닥났다.　✿ 프랑스

As long lives a merry heart as a sad.
즐거운 사람은 슬픈 사람만큼 오래 산다.　✿ 영국

✿ 동양 고사성어

심장약허 深藏若虛 ｜ 아무 것도 없는 듯이 깊이 감추다.

무병장수 無病長壽 ｜ 병 없이 오래 살다.

091
교양을 갖춘 사람이 되라

교양과 고상한 세련미를 갖추어라. 우리는 누구나 야만 상태에서 태어나지만, 교양 덕분에 비로소 짐승보다 차원이 높은 사람이 된다. 교양이 사람을 사람답게 만드는 것이다.

훌륭한 사람일수록 교양도 그만큼 더 풍부하다. 그리스인들은 풍부한 교양을 지녔기 때문에 자기들 이외의 온 세상 사람들을 야만인이라고 부를 수 있었다.

무지는 매우 조잡한 것이다. 교양의 함양에는 지식이 가장 큰 기여를 한다. 그러나 지식마저도 고상한 세련미를 구비하지 못하면 조잡한 것이 된다.

지식은 물론이고 욕구도 고상해져야 하고, 무엇보다도 특히 대화가 고상한 세련미를 갖추어야 한다. 어떤 사람은 내면적·외면적 여러 가지 특질, 그리고 생각, 말, 옷차림 등에서 고상한 세련미를 타고 난다. 이런 특성이 그의 정신을 감싸고 있고, 그의 재능은 이러한 정신에서 나온다.

반면 어떤 사람은 너무나 천박해서 그가 갖춘 모든 것, 심지어는 가장 우수한 재능마저도 고상한 세련미가 전혀 없는 경우가 있다. 이런 사람은 뛰어난 재능조차 너무 거칠게 표현하여 사람들의 인정을 받지 못한다.

092
지혜는 모든 것보다 뛰어난 것이다

　지혜는 그 어떠한 것보다도 뛰어난 것이다. 한 가지 지혜가 수만 가지의 영리함보다 훨씬 더 가치가 있다는 것은 모든 행동과 말에 있어서 가장 중요한 법칙이다. 지위가 높으면 높을수록, 맡은 직책이 많으면 많을수록, 이 법칙을 따르는 것이 더욱 필요하다. 비록 이 법칙에 대해 사람들이 별로 박수갈채를 보내지 않는다고 해도, 오로지 이것만이 안전한 길이다. 지혜롭다는 평판은 명성이 거두는 마지막 승리이다. 당신이 지혜로운 사람들을 만족시킨다면 그것으로 충분하다. 그들의 평가가 참된 성공의 시금석이기 때문이다.

✿ 서양 속담 · 명언

Better short of pence than short of sense.
교양이 없는 것보다는 돈이 없는 것이 낫다. 　✼ 서양

A wise man is out of the reach of fortune.
지혜로운 사람은 행운의 지배에서 벗어난다. 　✼ 서양

⛵ 동양 고사성어

고인일사 高人逸士 │ 고상하고 소탈하며 명리를 탐내지 않는 인물.

지자불혹 知者不惑 │ 지혜로운 사람은 사물에 관해 흔들리지 않고 잘 분별한다.

세련되게 행동하라

　세련되고 고상하게 행동하라. 높은 지위를 가진 사람이 치사하게 행동해서는 안 된다. 매사에 너무 꼬치꼬치 파고들어서도 안 되며, 특히 불쾌한 일에 관해서는 절대로 파고들지 말아야 한다. 모든 일을 잘 아는 것이 중요하다고 해도, 모든 일의 내용을 전부 알 필요는 없기 때문이다.

　그러므로 불쾌한 일에 관해서는 신사다운 관용으로, 그리고 대범한 사람답게 행동해야만 한다. 알면서도 모른 척하고 지나가 주는 것은 남을 다스릴 때 언제나 대단히 중요하다.

　친척과 친구들에 대해서, 심지어는 적들에 대해서도, 대부분의 일을 모른 척하고 내버려두어야 한다. 지나친 간섭은 모두가 귀찮은 것이다. 속 상하는 일에 관한 간섭은 특히 그렇다. 불쾌한 문제에 계속해서 간섭하는 것은 미친 짓이다.

　사람은 누구나 자기 마음이 내키는 대로, 그리고 자기가 아는 바에 따라서 행동하는 법이다.

✿ 서양 속담 · 명언

Let people talk and dogs bite.
사람들이 떠들고 개들이 물도록 하라. ∽ 독일

Do not spur a willing horse.
제 발로 잘 달리는 말에 박차를 가하지 마라. ∽ 서양

성공에 대한 확신이 필요하다

어떤 일이든 성공에 의심이 들면 절대로 착수하지 말라. 일을 하는 사람 자신이 그 일이 실패할지도 모른다고 의심한다면 주위 사람들, 특히 그의 경쟁자는 그가 실패할 것이 뻔하다고 생각하게 된다. 일이 한창 진행되는 도중에 당신이 성공에 대해 의심한다면 그것은 나중에 냉정하게 반성해 볼 때 어리석은 짓이었다는 비난을 받을 것이다.

어떤 행동이 신중하지 못하다는 의심이 들 때 그런 행동을 하는 것은 위험하다. 그런 행동은 아예 하지 않는 편이 더 낫다. 지혜로운 사람은 어쩌면 성공할지도 모른다는 가능성에 매달리지 않고, 이성의 밝은 광채가 성공의 확신을 줄 때만 전진한다.

사업을 구상하자마자 실패할 것이라는 생각이 든다면 그 사업이 어떻게 성공할 수 있겠는가? 마음속으로 성공을 확신했는데도 결국은 실패하는 경우가 많은데, 성공을 확신하지 못한 상태에서 착수한 일에 대해 어떻게 그 성공을 기대할 수 있겠는가?

❀ 서양 속담 · 명언

Trust yourself only and another shall not betray you.
오로지 너 자신만 믿으면 남이 너를 배신하지 않을 것이다. ◈ 서양

능력의 한계를 남들이 모르게 하라

당신이 가지고 있는 능력의 한계를 남들에게 알리지 말라. 모든 사람들로부터 존경을 받으려는 경우, 지혜로운 사람은 자신의 지식과 능력을 있는 그대로 전부 드러내는 일이 절대로 없다. 사람들에게 자기를 알리기는 하겠지만, 자기를 완전히 이해하도록 만들지는 않는다.

지혜로운 사람에 대해 실망하지 않기 위해서는 그의 능력의 한계를 몰라야 한다. 지혜로운 사람은 자기를 완전히 파악할 기회를 남에게 절대 주지 않는다. 그의 모든 재능의 한계를 다른 사람들이 정확하게 알고 있는 경우보다는 추측하고 의문을 품고 있는 경우에 그를 더욱 존경하게 되기 때문이다.

🌞 서양 속담 · 명언

Cats hide their claws.
고양이는 발톱을 감춘다.   ✑ 영국

Art consists in concealing art.
재능은 그것을 감추는 데 들어 있다.   ✑ 로마

⛵ 동양 고사성어

회재불로 懷才不露 │ 재능을 감추고 드러내지 않다.

096
철학과 논리학은 중요하다

　망상을 품지 않는 사람, 지혜롭고 올바른 사람, 그리고 철학을 좋아하는 사람이 되라. 실제로 그러한 인물이 되라. 단순히 남의 눈에 그런 사람으로 보이는 데 그치지 말라. 하물며 그런 사람인 척 가장해서는 절대로 안 된다.

　요즘에는 사람들이 철학을 대수롭지 않게 여긴다. 그러나 철학은 지혜로운 사람들이 언제나 가장 중요시해 온 학문이다.

　논리학도 중요하다. 논리학은 세네카가 로마에 도입하여 한때 로마 귀족층의 애호를 받았지만, 이제는 아무 짝에도 쓸모없는 것으로 취급받고 있다. 그러나 오류를 발견해 내는 이 기술이야말로 사려 깊은 정신을 언제나 잘 길러 주었고, 올바른 정신을 참된 기쁨으로 채워 주었다.

🌸 서양 속담 · 명언

Philosophy is not a theory but an activity.
철학은 이론이 아니라 행동이다.　〰️ 비트겐슈타인

There is much more learning than knowledge in the world.
세상에는 지식보다 공부가 훨씬 더 많다.　〰️ 서양

⛵ 동양 고사성어

다문위부 多文爲富 ｜ 학문이 깊은 것이 부유한 것이다.

097
기대감을 유지하라

사람들이 당신에 대해 기대감을 계속 품고 있도록 하라. 그 기대감을 끊임없이 부추기도록 하라. 약속을 더욱 많이 해 주고, 뛰어난 업적을 앞으로 계속해서 보여 준다고 알려라.

한 가지 공적을 세웠다고 해서 평생의 행운을 거기에만 걸지 말아라. 당신에 대해 사람들이 품고 있는 기대감이 사라지지 않도록 하기 위해 모든 능력을 동원하는 데는 대단한 기술이 필요하다.

✺ 서양 속담 · 명언

A man apt to promise is apt to forget.
쉽게 약속하는 사람은 쉽게 잊는다.　✺✺ 서양

To promise is one thing, and to keep is another.
약속하는 것과 약속을 지키는 것은 전혀 별개의 일이다.　✺✺ 영국

✺ 동양 고사성어

초요과시 招搖過市 │ 사람이 많은 시장을 지나갈 때 일부러 자기를 과시하여 남들의 주목을 끌다.

경낙과신 輕諾寡信 │ 쉽게 승낙하는 사람은 약속을 지키는 경우가 드물다.

신중한 사람은 잠시 멈춘다

최상의 신중함은 이성의 옥좌이고, 분별력의 발판이다. 신중하게 행동하면 대가를 별로 치르지 않아도 성공한다. 신중함은 모든 재능 가운데 가장 뛰어나고 가장 좋은 것이며, 하늘이 내려 주는 선물이다. 그래서 우리는 이것을 달라고 기도해야만 한다. 또한 신중함은 우리가 갖추어야 할 무기 가운데 가장 필수적인 것이다. 그리고 이것은 너무나도 중요해서 완전한 인간이 되는 데 누구에게나 반드시 필요하다. 반면 다른 재능들은 어느 정도만 필요할 따름이다.

모든 행동의 성공은 신중함에 달려 있다. 그래서 신중함의 도움이 필요하다. 올바른 판단을 먼저 해야 그 다음에 행동할수 있기 때문이다. 신중함이란 가장 합리적인 방안을 따르는 천성, 그리고 가장 확실한 것을 좋아하는 성질에서 나온다.

❀ 서양 속담 · 명언

Measure thrice before you cut once.
한 번 자르기 전에 세 번 재라.   ❧ 서양

❀ 동양 고사성어

삼사이행 三思而行 │ 세 번 생각하고 나서 행동하다. 언행이 매우 신중하다.

노성지중 老成持重 │ 경험이 많고 노련하여 일을 신중하게 하다.

탁월한 재능은 좋은 평판을 유지한다

좋은 평판을 얻고 그것을 유지하라. 좋은 평판은 오로지 명성만이 허용해 줄 수 있다. 그러나 좋은 평판을 얻는 데 치르는 대가는 비싸다. 좋은 평판은 뛰어난 재능을 가진 사람에게만 따르기 때문이다. 세상에는 평범한 재능을 가진 사람은 많지만 뛰어난 재능을 가진 사람은 매우 드문 법이다.

일단 좋은 평판을 얻고 나면 유지하기는 쉽다. 좋은 평판을 얻으면 많은 의무를 지게 되지만, 동시에 큰 일을 많이 할 수도 있다. 탁월한 능력이나 고상한 행동으로 좋은 평판을 얻은 사람이 있다면, 사람들은 그를 숭배하게 되고, 그는 대단한 권위를 지니게 된다. 그러나 좋은 평판도 그 바탕이 튼튼해야만 오래 지속된다.

✿ 서양 속담 · 명언

A good name is better than oil.
명성은 기름보다 낫다.   ✑ 네덜란드

Virtue brings honor and honor vanity.
미덕은 명성을 가져오고 명성은 자만심을 가져온다.   ✑ 서양

⚓ 동양 고사성어

공성명수 功成名遂 | 공적을 세우고 명성을 떨치다.

진짜 속셈을 감추어라

당신의 진짜 속셈은 남들이 모르도록 감추어라. 진짜 속셈이란 남들이 당신의 내면 세계 전체를 들여다볼 수 있는 유리창이다. 그 유리창을 가려 둘 줄 아는 것이 가장 실리적인 지식이다. 자기 카드를 보여 주고 게임을 하는 사람은 본전을 잃어 버릴 위험이 크다.

다른 사람들이 호기심에 차서 아무리 질문을 퍼부어도 먹물을 뿜는 오징어처럼 연막을 치고 경계해야 한다. 심지어 당신의 능력마저도 다른 사람들에게 알리지 말라. 그것을 알게 되면 사람들이 거기 대항하거나 아첨하는 식으로 악용할 우려가 있기 때문이다.

🌸 **서양 속담·명언**

Many kiss the child for the nurse's sake.
많은 사람이 유모 때문에 어린애에게 키스한다.　✾ 영국

Who takes the child by the hand takes the mother by the heart.
어린애의 손을 잡는 자는 그 어머니의 마음을 잡는다.　✾ 덴마크

🏯 **동양 고사성어**

성동격서 聲東擊西 ┃ 동쪽을 칠 듯이 말하고 서쪽을 치다. 상대방을 속여 교묘하게 공격하다.

Chapter 3

101
친구는 제2의 자기이다

절친한 친구들을 사귀어라. 친구는 제2의 자기이다. 친구란 어떤 경우에도 도움과 지혜를 나눠준다. 누구나 다른 사람들의 지원이 필요하다. 따라서 사람들이 자기에게 호감을 품도록 하고, 자기에 관해 좋게 말하도록 해야만 한다. 자기에 대한 사람들의 평가가 갑자기 호전되는 마술은 없다. 남들에게 우호적으로 행동해야 그들의 호감을 얻는다.

우리가 가진 가장 좋은 것은 대부분이 다른 사람들의 호감에서 나온 것이다. 결국 우리는 친구들과 더불어 살든가, 아니면 적들에게 둘러싸여 살아야 한다. 그러므로 친구는 못 된다고 해도, 당신이 잘 되기를 기원해 줄 사람을 찾아내려고 날마다 노력하라. 그들 가운데 몇 명은 시험을 거친 뒤에 언젠가는 당신이 신뢰할 만한 사람이 될 것이다.

❀ 서양 속담 · 명언

Many friends in general, one in special.
친구는 많아도 특별한 친구는 하나뿐이다. ⋙ 서양

When fortune smiles on you, take the advantage.
행운이 네게 미소할 때 그 기회를 잡아라. ⋙ 영국

102
행운을 담는 큰 그릇이 되라

행운이 주는 떡 가운데 가장 커다란 떡을 집어삼킬 능력을 지녀라. 지혜를 몸에 비유한다면, 그 몸에서 가장 중요한 것은 커다란 위장이다. 위장이 커야만 많은 분량을 저장할 수 있기 때문이다. 행운이 커다란 떡을 줄 때 그보다 더 큰 것도 소화할 수 있는 사람은 당황하지 않는다. 작은 행운으로도 배가 터질 지경인 사람이 있는가 하면, 아무리 큰 행운을 집어삼켜도 여전히 지독하게 배가 고픈 사람이 있다.

대부분의 사람들이 행운을 잡은 경우에도 위장이 작아서 그 행운을 제대로 소화하지 못한 채 괴로움을 겪는다. 그들은 큰 일을 감당할 능력을 타고나지도 않았고, 또 노력으로 그런 능력을 얻지도 못했기 때문에 그런 것이다.

그들은 행동을 그르칠 뿐 아니라, 자격도 없이 과분하게 얻은 명예가 내뿜는 연기에 심한 현기증을 느끼고 정신을 못 차린다. 그 결과, 지위가 높아질수록 더 큰 위험에 부딪친다. 그들은 행운을 제대로 소화할 수 없기 때문에 자기 분수에 맞는 자리를 발견하지 못한다.

그러므로 재능이 뛰어난 사람은 자신에게 좀더 큰 일도 감당할 여지가 충분하다는 것을 보여 주어야 한다. 반면 통이 작은 사람이라는 인상을 주어서는 절대로 안 된다.

일마다 필요한 재능이 다르다

어떤 일에 어떤 재능이 필요한지 잘 알고 있어라. 일마다 어떤 재능이 필요한지 알려면 주의를 기울여 세심하게 분별해야 한다. 어떤 일에는 용기가, 또 어떤 일에는 재치가 필요하다.

정직하기만 하면 누구나 할 수 있는 일은 가장 쉽고, 영리한 사람만이 해낼 수 있는 일은 가장 어렵다. 앞의 것은 훌륭한 인격만 갖추면 충분하지만, 뒤의 것은 열성만 가지고는 부족하고 완전한 주의 집중이 필요하다.

원래 사람들을 다스리는 일은 어렵지만, 바보나 얼간이들을 다스리는 일은 한층 더 어렵다. 지각이 없는 사람들을 다스리려면 머리를 두 배나 써야 하기 때문이다.

일정한 노동 시간과 고정된 일과에 사람을 얽매는 일은 견디기 힘들다. 그보다는 일하는 사람이 스스로 고안해 낸 처리 방식을 따르고, 중요성이 서로 다른 여러 가지 임무를 부여받는 일이 좋다. 그러한 변화로 일할 의욕이 새삼 샘솟기 때문이다.

사람들이 가장 선망하는 일은 다른 사람의 지시를 가장 적게 받거나 거의 안 받는 일이다. 그리고 가장 나쁜 일이란 살아있을 때 뿐만 아니라 죽은 후에도 우리를 괴롭히는 일이다.

✱ 서양 속담·명언

All things are easy that are done willingly.
자발적으로 하는 일은 모두가 쉽다. ✍ 서양

짧게 끝내는 말이 효과적이다

불필요한 말로 사람들을 지루하게 하지 말라. 한 가지 일이나 화제에 너무 매달려 있으면 다른 사람들이 지루해하기 쉽다. 무슨 말이든지 짧게 하면 듣기에 좋고, 효과도 한층 크다. 그것은 무례한 태도가 잃은 것을 예의로 획득하는 것과 같다. 짧게 그치는 말이 그 내용도 좋다면 두 배로 효과를 낸다.

요점만 찔러 주는 말이 세부 사항을 잡다하게 늘어놓는 말보다 더 효과적이다. 잘 알려진 사실이지만, 가까이 있는 물건을 설명하거나 그 기능을 알려 줄 때 수다쟁이가 지혜롭게 말하는 경우는 거의 없다.

떠받치는 기둥이 아니라 장애물이 되는 사람들이 있는데, 그들은 사사건건 다른 사람을 방해하기만 하는 무용지물이다.

지혜로운 사람은 상대를 짜증나게 하지 않는다. 특히 일에 쫓겨서 한가한 시간이 전혀 없는 높은 지위의 사람들의 시간을 뺏는 행동은 절대로 하지 않는다. 높은 지위에 있는 분주한 사람 한 명에게 방해가 되는 것은 다른 모든 사람에게 방해가 되는 경우보다도 더 고약한 행동이다. 빨리 끝낸 말이 잘한 말이다.

🌺 **서양 속담 · 명언**

Truth needs not many words, but a false tale a long preamble.
진실은 많은 말이 필요가 없지만 거짓말은 긴 서론이 필요하다. 🌿 서양

105
군주처럼 위엄 있게 행동하라

각자 자신의 위엄을 지켜라. 비록 왕은 아니라 해도 모든 행동을 군주의 행동 못지않게 하고, 또한 군주처럼 위엄 있게 행동하라. 생각은 가장 고상하게, 행동은 가장 위엄 있게 하라.

권력은 같을 수 없더라도 적어도 업적에서는 군주와 대등하게 행동하라. 군주의 진정한 자격은 한 점 흠도 없는 올바른 언행에 있는 것이기에, 올바른 언행의 모범이 될 수 있는 사람은 군주의 권력을 부러워할 필요가 없기 때문이다.

특히, 군주를 가까이 모시는 사람은 남보다 우수한 인재가 되어야 한다. 그는 단순히 왕궁의 행사에 참가하기보다는 오히려 군주의 진정한 자격을 공유하기를 더욱 선호해야 한다. 그것도 군주의 결점을 본받아 잘난 척하는 것이 아니라 군주의 진정한 위엄을 공유해야 하는 것이다.

❁ 서양 속담 · 명언

"Say well" is good, but "do well" is better.
말을 잘 하는 것은 좋지만 행동을 잘하는 것이 더 좋다.   ∽ 영국

⛵ 동양 고사성어

언행일치 言行一致 ┃ 말과 행동이 같다.

위풍늠름 威風凜凜 ┃ 위엄 있는 풍모가 사람들에게 존경심과 두려움을 품게 하다.

106
남들이 인정하지 않는다고
실망하지 말라

세상 사람이 절반씩 두 패로 나뉘어서 서로 비웃는데, 양쪽 모두 어리석다. 당신이 질문을 던지는 상대방에 따라서 모든 것이 옳거나 모든 것이 틀리거나 한다. 한쪽이 칭찬하는 것을 다른 쪽은 배척한다. 다른 사람의 견해는 무시한 채 자기 견해에 따라 모든 것을 판단하려는 사람은 참아 주기 힘든 멍텅구리이다. 한 개인이 모든 종류의 탁월한 재능을 전부 구비한 경우는 없다. 사람은 누구나 나름대로 재능이 있고, 그 재능은 모두 서로 다르다. 누구나 부족한 재능이 있는 법이다.

당신의 재능을 어떤 사람이 평가해 주지 않는다고 해서 실망할 필요는 없다. 다른 사람은 당신의 재능을 칭찬해 줄 것이기 때문이다. 또한 어떤 사람의 박수갈채에 넋을 잃을 필요도 없다. 다른 사람은 분명히 비난할 것이기 때문이다.

칭찬의 참된 가치는 명망 높은 사람들과 그 분야의 전문가들의 인정을 받을 때 비로소 확인이 되는 것이다. 그러므로 당신은 한 가지 의견, 한 가지 유행, 일정한 시기의 가치관 따위에 얽매이지 않도록 해야만 한다.

✸ 서양 속담 · 명언

One head cannot hold all wisdom.
머리 하나에 모든 지혜를 담을 수는 없다. ✧ 서양

지위가 높다고 존경받는 것은 아니다

당신의 지위를 과시하지 말라. 자기 지위에 관해서 자랑스럽게 떠벌리는 행동은 개인적인 자랑을 할 때보다 상대방을 더욱 불쾌하게 만든다. 중요한 인물이라고 거들먹거리면 남들의 미움을 사게 마련이다. 높은 자리에 앉았을 때 이미 당신은 충분히 시기를 받았을 것이다.

존경은 받으려고 애를 쓰면 쓸수록 더욱 적게 받는 것이다. 존경이란 다른 사람들의 평가에 달려 있는 것이기 때문이다. 지위가 높다고 해서 당연히 존경받는 것은 아니다. 존경이란 당신이 자격을 구비하면 다른 사람들이 자진해서 바치는 것이다.

높은 지위에 있는 사람은 권위를 충분히 발휘해야만 한다. 아무 권위도 없는 사람을 높은 지위에 앉힌다면, 그것은 잘못된 인사이다. 그러므로 지위에 수반되는 임무를 완수하기 위해서는 항상 위엄을 충분히 유지하라.

남에게 존경을 강요하지 말고, 남들이 스스로 당신을 존경하게 만들라. 높은 지위에 있으니까 당연히 존경받아야 한다고 주장하는 사람은 자신에게 그 지위를 차지할 자격이 없다는 사실뿐만 아니라, 그 지위도 과분하다는 사실도 아울러 드러내고 있다.

남들에게 높은 평가를 받고 싶다면, 당신이 요행으로 얻은 것 때문이 아니라, 당신의 우수한 재능 때문에 높은 평가를 받도록 하라. 심지어 군주들도 왕이기 때문에 받는 칭송보다 개인적인 능력 때문에 받는 칭송을 더 원한다.

✿ 서양 속담 · 명언

It is hard to be high and humble.
지위가 높으면서 겸손하기는 어렵다.   ✿ 서양

Be you never so high, the law is above you.
법이 너보다 더 높이 있으니 결코 너무 높이 올라가지 마라.   ✿ 서양

Tall trees catch much wind.
높은 나무는 많은 바람을 맞는다.   ✿ 네덜란드

✿ 동양 고사성어

위불기교 位不期驕 ┃ 높은 자리에 앉으면 자연히 교만한 마음이 생긴다.

귀천무이 貴賤無二 ┃ 부귀한 사람이나 비천한 사람이나 다 똑같이 대하다.

귀지약수 歸之若水 ┃ 강물이 바다로 흘러가는 것과 같다. 민심은 훌륭한 사람에게 기운다.

108
자기만족에 빠지지 말라

자기 만족을 남에게 드러내 보이지 말라. 자신에 대해서 불만을 품지 말라. 그것은 정신력이 쇠약해진 결과이다. 또한 자기 만족에 빠지지도 말라. 그것은 어리석은 짓이다.

자기 만족이란 대개 자신을 모르는 상태에서 나온다. 다만 이러한 무지는 그동안 쌓아 온 좋은 평판을 무너뜨리지만 않는다면 그 나름대로 다행한 무지가 될 것이다. 사람이란 다른 사람들처럼 뛰어난 재능을 갖추지 못했을 경우, 그나마 자신이 지닌 평범한 재능에 대해서라도 만족하기 때문이다.

불운을 피하기 위해서 또는 불운이 닥쳤을 때 마음의 위안을 받기 위해서는 행운을 믿지 않는 것이 현명하고 유익하다. 불운이란 그것을 미리 두려워한 사람을 놀라게 만들 수가 없기 때문이다.

원숭이도 나무에서 떨어질 때가 있고, 알렉산더 대왕도 착각 때문에 실수를 저질렀다. 무슨 일이든 그 결과는 상황에 따라 달라진다. 그래서 어제 승리를 가져온 바로 그 상황이 오늘은 패배의 원인이 된다.

이러한 가운데서도 공허한 자기 만족은 교정이 불가능한 어리석음으로 남아 있다. 그것은 싹이 트고 꽃을 피워도 자기 만족의 씨를 남길 뿐이다.

109

자신과 반대되는 사람과 사귀어라

훌륭한 사람이 되는 지름길은 다른 사람들과 잘 어울려 지내는 것이다. 상대방을 제대로 선택해서 교제하면 효과가 매우 크다. 예의와 교양을 서로 배우고, 건전한 판단력과 재능까지도 자기도 모르는 사이에 향상된다.

자신과 반대되는 성미를 가진 사람과 교제하라. 그러면 억지로 애쓰지 않아도 자연히 중용의 상태에 이를 것이다.

다른 사람과 의견의 일치를 보는 것도 탁월한 기술이다. 상반되는 것들의 상호 교류를 통해서 세상이 아름다워지고 잘 유지된다. 이러한 교류가 물질 세계를 조화시킬 수 있다면, 정신 세계에서는 더 큰 조화를 이룰 수 있다.

친구와 후원자를 선택할 때는 양극단을 결합하면 한층 효과적인 중용의 길이 발견된다는 원칙을 적용하라.

🌸 서양 속담 · 명언

Positive men err most of any men.
자만하는 자들은 그 누구보다 더 많이 잘못한다.   ◈ 서양

Keep good men company, and you shall be of the number.
좋은 사람들과 어울리면 너도 그들 가운데 하나가 될 것이다.   ◈ 스페인

110
남에 대한 비난은
사악한 성격에서 나온다

남을 함부로 비난하지 말라. 세상에는 성격이 비열하고 속이 좁은 사람들이 있다. 그들은 어느 것이나 제대로 된 것이 하나도 없다고 보는데, 이는 나쁜 동기 때문이 아니라, 타고난 천성 때문에 그런 것이다. 그들은 모든 사람을 비난한다. 어떤 사람에 대해서는 과거의 행동 때문에, 또 어떤 사람에 대해서는 앞으로 할 행동 때문에 비난하는 것이다.

이것은 매우 저열하고 사악한 성품이다. 그들은 티끌을 가리키면서 눈을 후벼 파내는 막대기라는 식으로 크게 과장해서 남을 비난한다. 그리고 낙원을 지옥으로 변하게 할 수도 있는 감시자의 역할을 수행한다. 게다가 열성을 부리게 되면 무슨 일이든 극단으로 몰고 간다.

반면 고상한 사람은 남의 잘못에 대해서 어떻게 하면 적절한 변명의 구실을 찾아내 줄 것인지 그 방법을 언제나 잘 알고 있다. 그는 상대방의 잘못을 선의로 한 일 또는 잘못 보고 실수한 것에 불과하다고 말해 주는 것이다.

🌸 **서양 속담 · 명언**

A fault-mender is better than a fault-finder.
남의 잘못을 찾아내는 사람보다 자기 잘못을 고치는 사람이 낫다. ∞ 서양

111
은퇴시기를 늦추지 말라

자신이 지는 해가 될 때까지 시간을 끌지 말라. '자기를 버리기 전에 스스로 먼저 그들을 떠나라' 는 것이 지혜로운 사람들의 격언이다. 태양은 가장 찬란히 빛날 때에도 자주 구름 뒤에 숨어서 자신이 지고 있다는 사실을 사람들이 느끼지 못하게 한다. 해가 이미 졌는지 여부에 관해 사람들이 의심을 품도록 내버려둔다. 이와 마찬가지로 사람도 마지막 순간에 승리를 획득할 수 있어야만 한다.

불운이 실제로 닥친 뒤에 마지못해 뒤로 물러서는 일이 없도록 하려면, 불운이 닥칠 기미만 보여도 지혜롭게 뒤로 물러서라. 사람들이 당신에게 싸늘하게 등을 돌린 채 존경을 전혀 받지 못하는 산송장이 된 당신을 무덤으로 운반할 때까지 기다리지 말라.

지혜로운 조련사는 경주마들이 달리다가 쓰러져 사람들의 조롱을 받기 전에 그 말들을 미리 목장에 풀어놓아 먹인다. 미녀는 나중에 늙고 추해진 자신의 모습을 보지 않으려면 미리 거울을 깨 버려야만 한다.

✿ **서양 속담 · 명언**

Leave the court before the court leave you.
궁중이 너를 버리기 전에 네가 먼저 궁중을 떠나라. ◁◁스코틀랜드

다른 사람들의 호의는 출세를 만든다

다른 사람들의 호의를 획득하라. 그렇게 해야 우선 매우 높은 지위의 사람들에게 소개되고 그들과 사귀는 범위를 넓혀 나갈 수 있다. 높은 사람들의 호의를 획득하면 다른 사람들도 당신에 대해 좋은 평가를 내린다.

어떤 사람은 자기 실력에만 지나치게 의존한 나머지 다른 사람들의 호의를 무시한다. 그러나 지혜로운 사람은 다른 사람들의 호의가 지원해 주지 않는다면, 자기가 걸어가는 길이 멀고 험난하다는 사실을 잘 안다.

호의는 모든 일을 쉽게 만들고, 또 모든 것을 제공해 준다. 또한 상대방에게 용기, 열성, 지식, 신중함 등의 재능이 있다고 미리 인정해 주거나, 그런 것을 제공해 주기도 한다. 반면 상대방의 결함을 찾아내려고 하지 않기 때문에, 그것을 보지 못할 것이다.

호의의 원천은 기질, 국적, 가족, 종족, 직업 등과 같이 구체적이면서 공동의 이해관계가 걸린 것이거나, 아니면 능력, 의무, 좋은 평판, 실력 등과 같이 추상적이면서도 한층 차원이 높은 공통점이다.

호의를 얻기는 대단히 어렵지만, 그것을 유지하기는 쉽다. 그러나 우리는 호의를 얻기 위해서 노력해야만 하고 얻은 뒤에는 반드시 활용해야 한다.

113
고결한 성품은 호의적이다

고결한 성품을 가져라. 이런 성품에는 인격 전체를 감싸 주는 관대한 정신이 있다. 그러나 이러한 성품은 넓은 아량을 바탕으로 하기에 흔하지 않다.

이러한 성품의 가장 두드러진 특징은 적에 대해서 호의적으로 말할 뿐만 아니라, 행동은 한층 더 호의적으로 한다는 것이다. 이러한 성품은 특히 적에게 복수할 기회가 왔을 때 가장 찬란하게 빛난다. 단순히 복수의 기회를 피하는 것이 아니라, 자신이 승리하기 직전에 적에게 관용을 베풀어서 자신을 한층 돋보이게 한다.

이것은 고도의 정치적 수완이며, 통치 기술의 핵심 그 자체이다. 고결한 성품을 가진 사람은 승리를 탐내지 않는다. 아무것도 탐내는 것이 없기 때문이다. 그리고 상을 받으면서도 자신의 공적은 감춘다.

🌸 서양 속담 · 명언

An ounce of favor is worth more than a pound of justice.
한 숟가락의 호의는 한 말의 정의보다 더 낫다.　✎ 프랑스

A favor ill-placed is great waste.
잘못 선택한 상대방에게 베푼 호의는 대단한 낭비다.　✎ 서양

114

역경에서 도와줄 사람을 마련하라

한창 번영하고 있을 때 역경에 대비하라. 겨울 살림을 여름에 비축해 두는 것이 한층 지혜로울 뿐만 아니라 더 쉬운 일이다. 번영할 때는 남들의 호의를 쉽게 얻을 수 있고, 친구들도 많다. 그러므로 역경에 대비해서 남들의 호의와 친구들을 많이 쌓아 두는 것이 좋다. 역경을 만났을 때는 남들의 호의를 얻기가 매우 어렵고, 도와주는 사람이 하나도 없기 때문이다. 당신에게 신세를 진 친구와 친지들을 많이 준비해 두라. 언젠가는 그들이 크게 도움이 되는 날이 올 것이다.

천박한 정신의 소유자들은 언제나 친구가 전혀 없다. 행운을 만나면 그들이 친구들을 모른 척하고, 불운을 만나면 친구들이 그들을 모른 척하기 때문이다.

🌞 **서양 속담 · 명언**

A man prepared has half fought the battle.
준비된 사람은 전투를 이미 절반은 한 것이다. ✑ 스페인

Every bird thinks its own nest charming.
모든 새는 자기 둥지가 멋지다고 여긴다. ✑ 프랑스

🌼 **동양 고사성어**

유비무환 有備無患 │ 준비를 미리 충분히 해두면 재앙을 면할 수 있다.

자아도취 自我陶醉 │ 자기를 좋게 여기는 감정에 맹목적으로 빠지다.

115
자아도취에 빠지지 말라

자기가 내세우는 주장에 스스로 도취되지 말라. 남들이 수긍해 주지도 않는 주장을 해 놓고 스스로 자아도취에 빠진다면, 그것은 아무 소용도 없는 일이며, 사람들은 당신을 경멸하고 만다. 당신은 자아도취 때문에 경멸이라는 벌을 받게 되는 것이다.

당신은 자신의 주장보다 다른 사람들의 의견에 더 큰 관심을 기울여야 마땅할 것이다. 자신의 주장에 대한 자아도취가 좋은 평판을 가져올 리가 없다.

혼자 있을 때 큰 소리로 떠들어대는 것이 미친 짓이라면, 다른 사람들과 같이 있을 때 어떤 주장을 해 놓고 스스로 도취되어 버리는 것은 두 배로 미친 짓이다.

높은 사람들의 결점은 '내가 이미 말했지만' 또는 '뭐라고?' 라는 말을 반복하여, 듣는 사람들을 역겹게 만드는 것이다. 그리고 이야기의 한 대목이 끝날 때마다 박수갈채나 아첨의 말을 기다려, 지혜로운 사람들을 화나게 만든다.

시건방진 사람들도 이와 마찬가지로 사방이 쩌렁쩌렁 울리게 말하는데, 그들의 말이란 허풍의 힘으로 간신히 이어질 수 있는 것이기 때문에, 한 마디가 끝날 때마다 '정말 잘했어!' 라는 어리석은 후렴의 지원이 필요한 것이다.

116

명예는 흠이 없어야 한다

오로지 명예로운 사람들만 상대하라. 당신은 그들을, 그들은 당신을 신뢰할 수 있다. 그들의 행동에 대해서는 그들의 명예가 가장 확실하게 보증해 준다. 심지어 오해가 있는 경우에도 믿어주는 것이 좋다. 그들은 언제나 자기 인격에 따라서 행동하기 때문이다. 그러므로 명예가 없는 사람들에게 승리하는 것보다 명예로운 사람들과 겨루는 편이 더 낫다. 명예를 잃은 사람들을 상대하면 일이 제대로 될 리가 없다. 그들은 올바르게 행동해야 할 이유가 전혀 없기 때문이다.

명예에 대한 애착이 없기 때문에 그들에게는 진정한 우정이 없고, 그들의 합의는 겉으로 아무리 강한 듯이 보인다 해도 실제로는 구속력이 조금도 없는 것이다. 이런 사람들은 절대로 상대하지 말라. 사람은 명예를 지키기 위해 올바른 행동을 하는 법인데, 명예가 그들에게 억제력을 발휘하지 못한다면 미덕도 역시 그러할 것이기 때문이다.

🌸 서양 속담 · 명언

Honorable things than splendid.
찬란한 것들보다는 명예로운 것들이 낫다.   ◈ 로마

Honor and profit lie not all in one sack.
명예와 이익은 같은 자루에 들어 있지 않다.   ◈ 서양

117
남과 적대관계를 만들지 말라

남과 절대로 적대관계를 만들지 말라. 적대관계란 그 어느 것이나 당신의 좋은 평판을 해친다. 적대관계에 있는 사람은 당신을 능가하기 위해서 당신의 평판을 해칠 기회를 언제나 노리고 있다.

정정당당하게 싸우는 사람은 없다. 특히 적대관계에 있는 사람은 예의가 감추어 주는 잘못들까지 들추어낸다.

많은 사람들이 적대관계가 없는 동안에는 명성을 유지하며 살았다. 그러나 심한 적대관계는 지나간 추문들을 다시 거론해서 소생시키고, 오래 전에 잊혀졌던 잘못들을 다시 파헤친다.

적대관계는 비난하는 일부터 시작하여, 정당한 근거가 있든 없든 어디서나 닥치는 대로 비난거리를 긁어모은다. 그리고 비난이라는 무기를 사용해도 목적을 달성하지 못하면 복수하려고 덤빈다. 당신에게 불리한 것은 무엇이든지 사람들에게 상기시키는 것이다. 남의 호의를 얻은 사람들은 언제나 평화롭게 지낸다. 좋은 평판과 위엄을 지닌 사람들이 바로 남의 호의를 얻은 사람들이다.

✿ 서양 속담 · 명언

The war is not done, so long as my enemy lives.
내 원수가 살아 있는 한 전쟁은 끝나지 않았다.   ✑ 서양

118
자화자찬은 쓸데없다

자신에 관한 이야기를 절대로 하지 말라. 그런 이야기를 할 때 당신은 자신을 칭찬하거나 아니면 비난하지 않으면 안 된다. 자화자찬을 하면 쓸데없는 짓이고, 자신을 비난하면 의지가 약한 행동이 된다. 어느 쪽이든 모두 당신에게는 꼴사나운 일이고, 듣는 사람에게는 불쾌한 일이 되고 만다.

일상의 대화에서도 이런 일을 피해야 한다면, 공무를 처리하는 경우에는 이런 말을 피하기 위해 얼마나 더욱 조심해야 하겠는가! 무엇보다도 여러 사람 앞에서 이야기할 경우에는 가장 세심한 주의를 기울여야 한다. 여러 사람 앞에서 지혜롭지 못하다는 인상을 조금이라도 풍기면, 그것은 실제로 지혜롭지 못한 행동이다.

본인이 있는 자리에서 그에 관해서 이야기하는 것도 눈치 없는 짓이다. 아첨과 비난이라는 양극단 가운데 어느 한쪽으로 치우칠 위험이 있기 때문이다.

✺ 서양 속담 · 명언

He who is his own lawyer has a fool for his client.
자기가 자기를 변호하는 자는 바보가 그의 고객이다. ⚜ 서양

Who praises himself fouls himself.
자기를 칭찬하는 자는 자기를 더럽힌다. ⚜ 이탈리아

119

가는 말이 고우면 오는 말도 곱다

예의가 바르다는 평판을 얻어라. 남들이 당신을 좋아하게 만드는 데는 이것으로 충분하다. 정중함은 교양 있는 사람의 기본이다. 무례함은 모든 사람의 반감과 배척을 초래하는 반면, 정중함은 모든 사람의 호감을 사는 마술이다.

무례한 사람은 거만하다는 이유로 사람들의 미움을 사고, 가정교육이 나쁘다는 이유로 경멸을 당한다. 누구에게나 과도한 예의를 차리는 것은 예의를 벗어나는 짓이지만, 그렇게 지나치게 예의를 차리지만 않는다면 과도한 예의가 무례함보다 더 낫다.

적대관계에 있는 상대방에게 예의를 차리면 그것은 용기의 증거로서 특별한 가치가 있다. 치르는 대가는 별로 없으면서 크게 도움이 되는 것이다. 상대방을 존중해 주는 사람은 누구나 자기도 존중을 받는다. 예의와 존중은 바로 그것을 베푼 사람에게 돌아온다.

✾ **서양 속담 · 명언**

He may freely receive courtesies, that knows how to requite them.
답례를 할 줄 아는 사람은 예의를 자유롭게 받아들일 수 있다. ◈ 영국

Courtesy on one side only lasts not long.
일방적이기만 한 예의는 오래 지속되지 못한다. ◈ 영국

남을 미워하지 말라

남에게 미움받는 사람이 되지 말라. 남의 미움을 사는 행동을 일부러 한다면 그것은 잘못된 행동이다. 그런 행동을 하지 않아도 미움을 받을 때가 많은 것이다.

미워할 이유나 증오의 표현 방법도 모르면서 멋대로 남을 미워하는 사람들이 많다. 그들은 우리가 비위를 맞추어 주려고 하기도 전에 이미 악의를 품고 우리를 미워하고 있다. 그들은 탐욕에 따라 자기 이익을 확보하기보다는 사악한 천성 때문에 남을 해치는 일에 더욱 열을 올리게 마련이다.

어떤 사람은 주위의 모든 사람과 불화를 일으킨다. 언제나 다른 사람을 불쾌하게 만들거나 아니면 스스로 불쾌감에 젖어 있기 때문이다. 증오가 일단 마음속에 자리잡고 나면, 나쁜 평판과 마찬가지로 그것을 뿌리뽑기는 어렵다.

사람들은 지혜로운 사람을 두려워하고, 악의를 품은 사람을 혐오하며, 오만한 사람을 경멸하고, 바보를 모욕하며, 괴짜를 무시한다. 그러므로 남의 존중을 받으려면 먼저 남을 존중하라. 그리고 남의 존경을 받기 위해서는 당신도 남을 존경하지 않으면 안 된다는 사실을 깨달아라.

✺ 서양 속담 · 명언

If you hate a man, let him live.
남을 미워한다면 그를 살려두어라.   일본

121

이미 내린 결정도 재고하라

이미 내린 결정들을 수정하라. 속으로 곰곰이 다시 생각해 본다면 모든 일이 안전해진다. 특히, 행동 방침이 확실하지 않을 때에는 결정을 확인하거나 보완할 시간을 벌 수가 있다. 이때 판단 기준을 강화하거나 뒷받침해 주는 새로운 근거들을 마련할 수 있다.

당신이 남의 요구를 들어 주는 경우라면 상대는 자신이 원하는 바를 너무 쉽게 얻은 것이 아니라, 충분한 고려를 거친 뒤에 얻게 된 것이기 때문에 그만큼 더 고맙게 여긴다. 오래 기다린 뒤에 얻은 것은 그 가치가 가장 높아지는 것이다.

한편, 남의 요구를 거절하는 경우에는 거절의 말이 귀에 거슬리지 않도록 거절의 시기와 방법을 정하는 데 필요한 시간을 확보할 수 있다. 더욱이 한창 부풀었던 기대감이 일단 식고 나면, 거절당할 때 느끼는 반발도 그만큼 약해지는 법이다.

특히, 사람들이 당신의 답변을 재촉할 때는 그 답변을 미루는 것이 가장 좋은 방법이다. 그것이 상대방의 주의를 다른 데로 돌리는 유일한 방법인 경우도 있기 때문이다.

✵ 서양 속담 · 명언

Second thoughts are certainly wiser.
두 번째 생각이 분명히 더 지혜롭다. ∾ 에우리피데스

122
현실에 적응하라

현실에 적응해서 실리적으로 살라. 지식의 활용도 시대의 흐름에 보조를 맞추어야 한다. 그렇지 못할 때는 아무것도 모르는 척하는 것이 현명한 처사이다. 사고 방식과 취향도 시대에 따라 변한다. 낡은 사고 방식은 버리고, 취향도 최신 조류를 따르도록 하라.

모든 일에 있어서 대다수 사람의 취향이 시대 조류를 지배하는데, 그것을 한층 높은 단계로 이끌기를 원한다면 당분간은 그것을 따라야 한다. 비록 과거의 방식이 현재 방식보다 더 낫게 보인다 해도, 현재의 방식에 따라서 살라.

그러나 이 원칙을 착한 마음에 적용할 수는 없다. 착한 마음이란 어느 시대에나 변함이 없기 때문이다. 오늘날에는 착한 마음이 무시당할 뿐만 아니라, 시대에 뒤떨어진 것처럼 보인다. 진실을 말하고 약속을 지키는 행동, 그리고 이러한 미덕을 갖춘 착한 사람들마저도 구시대의 유물처럼 보이지만, 그래도 사람들은 이 모든 미덕 때문에 아직도 그들을 좋아한다.

그러나 아무리 그렇다고 해도 그들은 시대의 주류를 이루지 못하고, 사람들은 그들을 본받지도 않는다. 우리 시대는 미덕을 이상한 것으로 보고, 악습을 당연한 것으로 본다. 이것은 우리 시대를 위해서도 얼마나 큰 불행인가!

당신이 지혜롭다면 능력을 마음껏 발휘해서 살라. 만일 그렇게 할 수 없다면, 현실에 적응해서 살라. 운명이 당신에게 주지 않은 것보다는 이미 준 것을 더욱 소중하게 여겨라.

🌸 서양 속담 · 명언

His mill will go with all winds.
그의 물방앗간은 어떠한 바람이 불어도 돌아갈 것이다. ∽ 서양

We must take the world as we find it.
우리는 우리가 보는 그대로 세상을 받아들여야만 한다. ∽ 영국

Being on sea, sail; being on land, settle.
바다에 있을 때는 항해하고 육지에 있을 때는 정착하라. ∽ 서양

🌸 동양 고사성어

적자생존 適者生存 │ 환경에 가장 잘 적응하는 자만 살아남는다.

탁영탁족 濯纓濯足 │ 물이 맑으면 갓끈을 씻고 물이 흐리면 발을 씻는다. 어떠한 경우에 처하든 기꺼이 적응하여 스스로 만족하다.

123

궤변은 속임수다

진부함을 피하기 위해서 궤변을 주장하지는 말라. 이러한 양극단은 모두 좋은 평판을 해친다. 어떠한 주장이든 합리성에서 멀리 떨어져 나가면 어리석음에 가까이 간 것이다.

궤변은 속임수이다. 그것은 신기하고 자극적이기 때문에 처음에는 박수갈채를 받지만, 나중에는 그 속임수가 들여다보이고 그 공허함이 드러나서 사람들이 불신할 것이다.

궤변은 일종의 사기이고, 그것이 정치에 이용된다면 그런 나라는 파멸할 것이다. 뛰어난 재능을 발휘해서 위대한 업적을 당당하게 세울 수 없거나 감히 시도하지도 못하는 사람들이 궤변이라는 얄팍한 수단을 쓴다. 어리석은 사람들은 그러한 궤변에 감탄한다. 그러나 지혜로운 사람들은 그 허위성을 제대로 예언한다.

궤변은 균형을 잃은 판단에서 나오는 것이다. 그 기초가 전적으로 허위는 아니라 해도 불확실하다는 것은 분명하다. 그래서 궤변은 우리 삶의 중요한 일들을 위태롭게 한다.

❀ 서양 속담 · 명언

What, would you have an ass chop logic?
아니, 너는 당나귀의 궤변을 부리려는가?   ✿ 영국

124

공연히 야단법석을 떨지 말라

아무것도 아닌 일을 가지고 공연히 법석을 떨지 말라. 어떤 사람은 쓸데없는 소문을 지어내는가 하면, 또 어떤 사람은 아무것도 아닌 일을 가지고 언제나 공연히 법석을 떤다. 그들은 항상 허풍을 떨 뿐 아니라, 매사에 발벗고 나서서 분쟁을 일으키거나 은밀한 소문을 지어낸다.

당신이 피해 갈 수도 있는 골치 아픈 일이라면, 그것을 너무 심각하게 취급하지 말라. 모른 척하고 지나쳐야 마땅한 일들을 가지고 속을 썩는 것은 어리석은 일이다.

중대한 일이라고 여겨지던 것이 그냥 내버려두면 하찮은 것이 되는 경우가 많다. 반면 하찮았던 일도 그것이 중요시되었기 때문에 중대한 일로 변하는 경우도 많다.

무슨 일이든 초기 단계에서는 쉽게 처리할 수 있지만, 나중에는 쉽지가 않다. 병을 치료한다고 손을 댔다가 오히려 그 병을 덧나게 만드는 경우가 많다. 손대지 말고 그냥 내버려두라는 것은 인생의 교훈들 가운데 결코 사소한 것이 아니다.

❋ 서양 속담 · 명언

Horseplay is fools' play.
야단법석은 바보들의 장난이다.　 ❧ 서양

125
뛰어난 말솜씨로 마음을 움직여라

말재주가 뛰어나고 행동도 훌륭한 사람이 되라. 그러면 당신은 어디서나 좋은 지위를 얻고, 존경도 받게 마련이다. 이러한 재능은 대화, 용모, 걸음걸이 등 모든 면에서 당신을 남보다 돋보이게 만든다.

사람들의 마음을 정복하면 위대한 승리를 거둔 것이다. 이러한 승리는 어리석고 주제넘은 말이나 거창한 허풍 따위로 얻는 것이 아니라, 뛰어난 자질과 실력에서 나오는 권위의 멋진 말로 거두는 것이다.

✺ 서양 속담 · 명언

Soft words do not flay the tongue.
부드러운 말은 혀의 가죽을 벗기지 않는다. ✎ 서양

He that has no honey in his pot, let him have it in his mouth.
자기 항아리에 꿀이 없는 자는 입에 꿀을 가져야만 한다. ✎ 서양

⚓ 동양 고사성어

삼촌지설 三寸之舌 ┃ 세 치 혀가 백만 대군보다 강하다. 뛰어난 말재주.

구여현하 口如懸河 ┃ 흐르는 강물처럼 말을 잘 하다.

126
친구의 충고에 감사하라

남들이 접근할 수 없는 사람이 되지 말라. 남의 충고가 전혀 필요 없을 정도로 완벽한 사람은 없다. 남의 충고를 절대로 듣지 않는 사람은 개선이 불가능한 멍텅구리이다.

가장 탁월한 재능을 가진 사람이라도 우호적인 충고를 받아들일 여유가 반드시 있어야 한다. 군주라 해도 신하에게 의존할 줄 알아야만 한다.

남들이 접근할 수 없다는 그 한 가지 이유 때문에 개선이 불가능한 사람들이 있다. 아무도 감히 그들을 고립 상태에서 구출해 주려고 하지 못하기 때문에 그들은 파멸하고 만다. 지위가 가장 높은 사람도 친구의 우정을 받아들일 문을 열어 두어야 한다. 그러면 그 문을 통해서 크게 도움을 받을 것이다.

친구란 우리에게 아무런 거리낌 없이 자유롭게 충고하고, 책망도 할 수 있어야 한다. 우리가 친구의 변함없는 신의를 믿기 때문에, 친구는 우리에게 그렇게 할 수 있는 것이다. 모든 사람을 존경하거나 신뢰할 필요는 없다. 그러나 우리의 잘못들을 고쳐 주는 친구에게는 진심으로 존경하고 감사해야 한다.

✿ 서양 속담 · 명언

To advise and to be advised is a feature of real friendship.
충고를 주고받는 것이 참된 우정의 특징이다.　키케로

127
재능을 가진 자는 겸손하다

잘난 척하지 말라. 재능이 많을수록 잘난 척하는 짓을 더욱 더 피해야만 한다. 잘난 척하는 짓은 모든 사람들이 천하게 본다. 그런 짓은 남들에게 구역질을 일으키고, 본인에게도 골칫거리가 된다. 위신을 유지해야 할 엄청난 걱정거리를 떠맡고, 자기에게 쏠리는 남들의 시선 때문에 공연히 시달리기 때문이다.

잘난 척하면 가장 뛰어난 재능을 가진 사람들도 대부분 실패하고 만다. 그들의 재능이 천성의 산물이기는커녕 오만과 인위적 노력에서 나온 것으로 보이기 때문이다. 사람들은 인위적인 것보다는 천성의 산물이 언제나 더 바람직하다고 생각한다.

어떤 사람이 자기 재능을 내세워서 잘난 척하는 경우, 다른 사람들은 그에게 바로 그 재능이 없다고 분명히 느낀다. 어떤 재능을 갈고 닦는 데 노력을 많이 할수록 당신은 그것을 더욱 감추어야 한다. 그래서 그것이 마치 당신의 천성에서 자연스럽게 나온 것처럼 보이게 해야 한다. 그러나 잘난 척하지 않는다고 일부러 위장하다가 오히려 실제로 잘난 척하는 꼴이 되지는 말라.

지혜로운 사람은 자신의 재능을 스스로 알고 있는 것처럼 행동하지 않는다. 자신의 재능을 의식하지 않고 있어야만 다른 사람들이 그것을 주목하도록 만들 수가 있기 때문이다.

본인을 제외한 모든 사람이 그가 가장 뛰어난 재능을 가졌다고 인정해 준다면, 그는 두 배로 뛰어난 것이다. 즉, 그는 상반되는 양쪽 진영에서 박수갈채를 받게 되는 것이다.

🌸 서양 속담 · 명언

Art consists in concealing art.
재능은 그것을 감추는 데 들어 있다.　　⚜ 로마

There is no such flatterer as a man's self.
어느 누구에게나 자기 자신이 가장 심한 아첨꾼이다.　　⚜ 영국

Every fool is pleased with his own folly.
바보는 누구나 자기 어리석음에 취해 있다.　　⚜ 프랑스

🚢 동양 고사성어

자존자만 自尊自慢 ┃ 스스로 자기를 높여 잘난 체하고 뽐내다.

회재불로 懷才不露 ┃ 재능을 감추고 드러내지 않는다.

128

남들에게 필요한 존재가 되라

당신이 필요하기 때문에 사람들이 당신을 찾도록 만들라. 꼭 필요하기 때문에 사람들이 찾아다닐 만큼 훌륭한 인물은 드물다. 그러니 보통 사람이 아닌 지혜로운 사람이 필요해서 찾는 사람이 있다면 그는 가장 행복한 사람이다.

누구나 자기가 맡은 일을 끝내면 냉정한 평가를 받는다. 그러나 사람들의 호의를 보상으로 받는 방법이 있다. 즉, 우수한 재능을 갖추고 맡은 일을 훌륭하게 처리하는 것이다. 게다가 상냥한 태도까지 갖춘다면, 당신에게 지위가 필요한 것이 아니라, 그 지위가 당신을 필요로 하는 단계에 이른다.

어떤 사람은 자기가 지위를 빛내 주지만, 어떤 사람은 지위가 그를 빛내 준다. 후임자의 자질이 떨어져서 전임자가 한층 돋보인다 해도, 전임자가 크게 덕을 보는 것은 아니다. 이것은 사람들이 전임자를 아쉬워한다는 뜻이 아니라, 다만 후임자가 빨리 떠나 주기를 바란다는 의미일 뿐이기 때문이다.

🌸 서양 속담 · 명언

Necessity is a hard weapon.
필요는 강한 무기다. ∞ 라틴어격언

Need makes greed.
필요는 탐욕을 낳는다. ∞ 스코틀랜드

129
남의 잘못을 모른 체 하라

남의 잘못을 조목조목 들추어내서 블랙리스트를 만드는 사람이 되지 말라. 다른 사람의 불명예를 부추기는 짓을 하면 분명히 당신의 이름도 더럽혀지고 만다. 어떤 사람은 다른 사람의 비행을 들추어내서 자신의 비행을 숨기거나, 축소시키려고 한다. 또는 그런 짓으로 스스로 위안을 삼으려고 하는데, 그것은 바보들이 맛보는 위안이다.

온 동네에 더러운 소문의 오물을 뿌리고 다니는 사람은 그입에서 반드시 악취가 난다. 더러운 소문을 많이 주무를수록 그의 손은 더욱 더러워진다. 어딘가 구린 데가 전혀 없는 사람은 거의 없다. 세상에 거의 알려지지 않은 사람들의 잘못에 대해서만 사람들이 모르고 있는 것이다. 그러므로 남의 비행을 모아서 블랙리스트를 만드는 사람이 되지 않도록 조심하라. 그런 짓을 하면 인간성을 상실한 채 헛사는 사람이 되고 만다.

🏵 **서양 속담 · 명언**

Everyone's faults are not written on their foreheads.
모든 사람의 잘못이 각자의 이마에 적혀 있는 것은 아니다. 〰️영국

🏵 **동양 고사성어**

불념구악 不念舊惡 ┃ 남의 지나간 잘못을 염두에 두지 않는다.

130

자기 잘못을 잊어버릴 줄 알라

어리석음은 어리석은 짓을 하는 데 있는 것이 아니라, 그런 짓을 하고도 감추지 않는 데 있다. 장점은 반드시 감추어야 하고, 단점은 그보다 더욱 잘 감추어야만 한다. 사람은 누구나 때때로 잘못을 저지른다. 그러나 지혜로운 사람은 자기 잘못을 감추려고 애쓰는 반면, 어리석은 사람은 크게 자랑한다.

평판이란 현재의 행동보다 숨겨진 과거에 더 크게 좌우된다. 현재 결백하지 못한 상태에서 사는 사람이라면, 그는 조심해서 살지 않으면 안 된다. 높은 지위의 사람들이 저지르는 잘못은 해나 달이 어두워지는 일식 또는 월식과 같다.

친한 친구에게도 자기 잘못을 드러내지 말아야 한다. 아니, 가능하기만 하다면 자신에게도 자기 잘못을 감추어야 한다. 이 경우에는 인생의 다른 중대한 법칙이 도움이 된다. 그 법칙이란 자기 잘못을 잊어버릴 줄도 알라는 것이다.

🌻 서양 속담 · 명언

A broken sleeve holds the arm back.
터진 소매는 팔을 감춘다. ⚮ 영국

The height of cleverness is to be able to conceal it.
최고의 영리함은 그것을 감출 수 있는 능력이다. ⚮ 라로슈푸코

131
관대함으로 남을 용서하라

　모든 것에 관대함을 보여라. 관대함은 재능의 생명이고, 말의 숨결이며, 행동의 영혼이고, 장식품 가운데 가장 훌륭한 장식품이다. 완벽함은 우리의 천성을 장식해 준다. 그러나 관대함은 완벽 그 자체를 장식해 준다. 심지어 우리 생각 속에서까지 관대함은 자신을 드러낸다. 관대함은 대개의 경우 천성에서 자연히 우러나오는 것이고, 교육의 결과로 얻어지는 경우는 매우 드물다. 수련을 통해서도 관대함은 얻을 수 없다.

　관대함은 물질적 풍조로움보다 더 위력이 크다. 또한 아무런 구애를 받지 않아 자유롭고, 여유 만만하고, 모든 난관을 극복하며, 인격 완성의 끝마무리를 지어 준다.

　관대함이 없다면 아름다움은 생기를 잃고, 우아함도 볼품이 없게 된다. 관대함은 용기, 신중함, 현명함, 심지어는 위엄보다 더 뛰어난 것이다. 관대함은 성공의 지름길이고, 난처한 지경에서 쉽게 빠져나가는 지름길이다.

🌸 서양 속담 · 명언

Forgive any sooner than yourself.
자기 자신보다 남을 먼저 용서하라. 　🌼 서양

Give a loaf and beg a slice.
빵은 덩어리를 주고 조각을 요청하라. 　🌼 영국

132
불평은 어리석은 짓이다

절대로 불평하지 말라. 불평은 자기에 대한 남들의 신뢰를 무너뜨릴 뿐이다. 남들의 동정을 구하기보다는 그들의 견해에 맞서는 자신감을 당당하게 보여 주는 것이 더 낫다.

불평을 듣는 사람도 그 불평의 대상이 된 사람들과 마찬가지로 행동하기 쉽다. 또한 당신이 불평을 토로하면 그들은 당신에게 새로운 모욕을 줄 구실을 얻게 된다. 한 가지 더 불평하면 앞으로 한 번 더 모욕이 닥칠 기회를 제공하게 될 뿐이다.

남들의 도움이나 충고를 얻으려다가 오히려 무관심이나 경멸만 사기도 한다. 따라서 차라리 한 사람이 베푼 호의를 칭찬해 주어서 다른 사람들이 그를 본받아야겠다고 생각하게 만드는 것이 한층 더 현명하다.

우리가 어떤 사람에게 신세를 졌을 때, 본인이 없는 자리에서 그에 관해 이야기하는 것은 듣는 사람들에게도 똑같은 호의를 요구하는 것이다. 그런 식으로 우리는 한 사람에게 얻은 신용을 다른 사람에게 판다.

그러므로 영리한 사람들은 자신의 실패나 결점을 세상 사람들에게 절대로 알리지 않는다. 그들은 오히려 우정을 계속 활발하게 유지하고, 적들을 침묵하게 만드는 데 도움이 되는 자신의 장점들만 알릴 것이다.

133
겉모양이 세상을 지배한다

어떠한 행동을 하든지 그것을 다른 사람들에게 보여 주어라. 사물은 안에 든 내용보다도 겉에 드러나는 겉모양에 따라서 평가된다. 남에게 쓸모 있는 존재가 되고, 또한 그 사실을 드러내 보일 줄 안다면, 당신의 유용성은 두 배로 증가한다.

사람들의 눈에 띄지 않는 것은 없는 것과 같다. 아무리 올바른 것이라도 그것이 올바른 것으로 보이지 않는다면, 제대로 평가를 받지 못한다. 겉모양만 보고 속는 사람들보다 내용을 세밀히 관찰하는 사람들의 숫자가 훨씬 적다. 속임수가 세상을 지배하고, 모든 사물이 겉모양으로 판단된다. 그래서 겉모양이 실제 내용과 딴판인 것이 많다. 그러나 겉모양이 그럴듯하면 알맹이도 좋을 것이라고 사람들은 생각한다.

🌸 서양 속담 · 명언

Grumbling makes the loaf no larger.
불평이 빵 덩어리를 더 크게 만들지는 않는다.   ⚜ 서양

A good presence is a letter of recommendation.
훌륭한 외모는 추천장이다.   ⚜ 서양

🌸 동양 고사성어

이모취인 以貌取人 │ 외모만 보고 그의 성품이나 능력을 평가하고 결정하다.

힘의 원천을 두 가지씩 비축해 두어라

당신을 도와주는 사물과 힘을 각각 두 가지씩 준비하라. 그렇게 해서 당신의 삶을 이중으로 보호하라. 사물이나 힘이 아무리 탁월한 것이라 해도 한 가지에만 의지해서는 안 된다. 모든 것을 두 가지씩 마련해 두어야 한다. 특히 성공, 호의 또는 존경을 얻는 데 필요한 바탕이나 수단은 반드시 두 가지씩 가지고 있어야 한다.

모든 것은 유한하고 세월에 따라 변하게 마련이다. 그리고 그 가운데 가장 변하기 쉬운 것이 사람의 마음이며, 이러한 마음에 좌우되는 사물은 특히 변화가 심하다. 지혜로운 사람은 이러한 변화와 유한성에 대처하는 방안을 마련해야 한다.

이를 위한 가장 중요한 인생의 법칙은 크게 도움이 되는 우수한 사물과 힘을 두 가지씩 비축해 두라는 것이다. 대자연이 우리 몸에서 가장 중요하고 또 위험에 가장 많이 노출되어 있는 부분을 각각 두 개씩 마련해 준 것과 마찬가지로, 우리도 성공에 반드시 필요한 사물과 힘을 각각 두 가지씩 준비해 두어야 한다.

✿ 서양 속담 · 명언

The mouse that has but one hole is easily taken.
구명이 하나밖에 없는 쥐는 쉽게 잡힌다. ✑ 서양

135
매사에 트집 잡기는 의견충돌일 뿐이다

매사에 남과 의견 충돌을 일으키려는 마음을 버려라. 의견 충돌을 일으키는 짓은 당신이 어리석거나 화를 잘 내는 사람이라는 것을 드러낼 뿐이다. 매사에 트집을 잡는다면 영리하다는 소리를 들을지는 모르지만, 결국 당신에게 바보라는 낙인이 찍히고 만다. 이런 종류의 사람들은 가장 유쾌한 대화도 언쟁으로 만든다. 그것도 전혀 모르는 사람들이 아니라, 바로 자기 동료들을 적으로 삼는 것이다.

정교한 물건일수록 그 속에서 움직이는 잔모래가 잡음을 더욱 크게 내듯이, 즐거운 모임일수록 의견 충돌은 더욱 큰 피해를 가져온다. 야수와 가축을 한 울타리에 넣는 사람은 어리석을 뿐만 아니라, 잔인하기도 하다.

🌑 서양 속담 · 명언

Every eye forms its own beauty.
모든 눈은 제각기 아름답게 보는 것이 있다.　🐾 영국

So many heads, so many counsels.
수많은 머리가 의견이 서로 다르다.　🐾 프랑스

🐢 동양 고사성어

각지기견 各持己見 │ 각자 자기 견해를 고집하다. 의견이 일치하지 못하다.

136

가장 위대한 지혜는 무지 속에 있다

홀로 지혜로운 사람이 되기보다는 온 세상 사람들과 더불어 함께 미치는 편이 낫다. 이것은 정치가들이 하는 말이다. 세상 사람이 모두 미쳤다면 그들의 우열을 가릴 수 없지만, 홀로 지혜로운 사람은 홀로 어리석은 사람이 되고 만다. 그러므로 강물을 거스르지 말고 그 흐름을 따라서 항해하는 것이 중요하다. 가장 위대한 지혜는 무지 속에 또는 무지한 척하는 그 속에 들어 있는 경우가 많다. 사람은 누구나 다른 사람들과 어울려서 살아야 하는데, 그들은 대다수가 무지하다.

'홀로 떨어져서 살고 싶은 사람이 있다면 그는 신이 되거나 야수와 비슷한 인간이 되지 않으면 안 된다' 는 격언이 있다. 그러나 나는 이 격언을 '홀로 떨어져서 사는 어리석은 사람보다는 대다수와 함께 어울려 사는 지혜로운 사람이 더 낫다. 그렇지만 여러 가지 망상을 추구해서 독창적인 존재가 되려고 애쓰는 사람들도 있어야 한다' 라고 바꾸고 싶다.

🌼 서양 속담 · 명언

Puff not against the wind.
바람을 거슬러서 입김을 불지 마라. ∞ 영국

One swallow makes not summer.
제비 한 마리로는 여름이 되지 못한다. ∞ 서양

137
자립심은 지혜로운 삶을 만든다

   지혜로운 사람에게는 자기 이외에는 아무도, 아무것도 필요하지 않다. 자신을 가장 소중하게 여기고 자신의 주인이 된 사람은 모든 것을 지니고 사는 것이다. 로마를 비롯한 온 세상에 관해서 설명해 줄 수 있는 사람이 있다면, 바로 당신이 스스로에게 그런 사람이 되도록 노력하라. 그러면 당신은 홀로 떨어져서도 살아갈 수 있다.

   자신보다 지성이 뛰어나고 취향이 고상한 사람이 없는데, 그 누구를 아쉬워하겠는가? 결국 그는 오로지 자신에게만 의존할 것이다. 이러한 상태는 그에게 가장 큰 행복이 되고, 그는 최고 절대자처럼 가장 높은 존재가 된다. 사람들과 떨어져서 홀로 살아갈 수 있는 사람은 야생에서 생활하는 야수가 아니라, 스스로에게 만족할 수 있는 지혜로운 사람이다. 그는 모든 면에서 신과 비슷하다.

❀ 서양 속담 · 명언

If you yourself can do it, rely not on another.
네가 그 일을 할 수 있다면 남에게 의존하지 마라.　 ⚜ 영국

Let every dog carry his own tail.
모든 개는 각자 자기 꼬리를 운반해야만 한다.　 ⚜ 영국

138
단점보다는 장점을 발견하라

어떤 사물이든 그 안에 있는 좋은 것을 즉시 찾아내라. 이것이 훌륭한 취향의 장점이다. 꿀벌은 벌집을 지으려고 꿀을 향해 날아가고, 뱀은 독을 마련하려고 쓴 즙을 찾아간다. 취향도 이와 마찬가지이다. 어떤 사람은 좋은 것을, 어떤 사람은 나쁜 것을 찾아내려는 취향이 있는 것이다.

어떠한 사물이든 좋은 면을 가지고 있지 않는 것은 하나도 없다. 특히 책은 정신에 영양분을 공급해 주는 것이기 때문에 그 안에 반드시 좋은 것이 들어 있다.

그러나 많은 사람들은 괴상한 후각을 가지고 있어서, 남이 가진 그 많은 장점 가운데서 군이 한 가지의 단점에 눈독 들이고 그것을 끄집어내서 비난한다. 이것은 다른 사람의 마음과 정신의 쓰레기나 파먹고 사는 짐승이 되는 것이다.

그래서 그들은 남의 단점들을 모아서 목록을 작성하는데, 이런 짓은 그들의 지성을 돋보이게 하기는커녕 비열한 취향을 폭로할 뿐이다. 그들은 시궁창 물을 마시고, 쓰레기로 살을 찌우면서 우울하게 살아간다.

반면 남이 가진 그 많은 단점 가운데서도 우연히 발견한 단 한 가지의 아름다움을 끄집어내 칭찬하는 사람들은 매우 고상한 취향을 가진 것이다.

139
속임수는 겉모양이 매우 번지르르하다

어떤 사물이든 겉모양보다는 속을 잘 살펴라. 사물이란 겉모양이 전부는 아니다. 언제나 겉모양만 보고 판단하는 무지한 사람들은 당신이 사물의 알맹이를 보여 줄 때 실망하는 법이다.

거짓말은 변함없이 천박한 바보들의 입을 통해서 가장 빨리 퍼진다. 반면 진리는 알려지는 데 시간이 걸리고, 그것도 언제나 가장 뒤늦게 알려진다.

모든 사람의 어머니인 대자연은 모두에게 귀를 두 개씩 주었다. 그래서 지혜로운 사람들은 한쪽 귀를 언제나 진리를 향해서 열어두고 있다. 그러나 어리석은 사람들은 언제나 두 귀를 모두 거짓말을 듣는 데 사용한다.

속임수는 겉모양이 매우 번지르르하다. 그래서 겉모양만 보고 판단하는 사람들은 속임수에 쉽게 빠진다. 그러나 지혜는 외딴 곳에 깊이 숨어 있고, 오로지 지혜로운 사람들만이 그것을 찾아내는 것이다.

🌸 서양 속담 · 명언

Good things are mixed with evil, evil things with good.
좋은 것에도 나쁜 점이 있고 나쁜 것에도 좋은 점이 있다. ✍ 로마

You cannot judge of a tree by its bark.
나무껍질만 보고 나무를 판단할 수는 없다. ✍ 이탈리아

140
격한 감정의 태풍은
스스로 가라앉히도록 하라

　사태가 아무리 험해도 그냥 내버려두어서 스스로 진정되도록 하라. 사회생활에서나 사생활에서 파도가 거칠게 일어날수록, 그대로 내버려두는 기술이 더욱 필요하다. 사람과 사람 사이의 관계에서는 돌풍, 즉 격한 감정의 태풍이 몰아치게 마련인데, 그럴 때는 항구로 피난해서 닻줄에 의지한 채 그것이 지나가기를 기다리는 것이 지혜롭다.

　치료에 손을 대면 오히려 질병의 증세를 더욱 악화시키는 경우가 많다. 그럴 우려가 있을 때는 자연스러운 흐름에 내맡기는 것이 좋다. 지혜로운 의사는 처방을 내리지 않는 것이 더 좋을 때가 있다는 것을 안다. 때로는 치료를 전혀 해 주지 않는 것이 한층 뛰어난 치료법이 된다.

　천박한 사람들이 일으킨 격한 감정의 태풍을 가라앉히는 방법은 뒤로 물러나서 그 태풍이 스스로 가라앉을 때까지 기다리는 것이다. 지금 당장은 양보하지만, 그것이 나중에는 승리가 된다.

　샘물은 조금만 휘저어도 흙탕물이 된다. 그러나 그것은 손을 댄다고 해서 맑아지는 것이 아니라, 그냥 내버려두면 저절로 맑아진다. 소란스럽고 혼란스러운 사태에 대한 최상의 해결책은 그런 상태가 갈 데까지 가도록 내버려두는 것이다. 그러면 스스로 진정된다.

141

문제의 핵심부터 파악하라

어떠한 문제든 그 핵심에 서서 바라보아라. 그러면 그 문제의 복잡한 상황을 모두 파악할 수 있다. 많은 사람들은 가장 중요한 것이 가까이 있는데도 그것을 한 번도 깨닫지 못한 채, 무익한 토론이라는 샛길 또는 지루한 수다라는 잡목 숲에 빠져서 헤매기만 한다. 그들은 한 가지 사항을 백 번이나 논의해서 자신과 다른 사람들을 지치게 만들면서도 가장 중요한 핵심은 전혀 건드리지 않는다.

이것은 그들이 탈피할 수 없는 혼란스러운 정신 상태에서 나오는 결과이다. 그들은 손을 대지 말고 그냥 내버려두어야 마땅한 문제들과 씨름하느라 시간과 인내심을 낭비한다. 그렇게 하고 나면 문제의 핵심을 다룰 시간이 조금도 남지 않게 된다.

✸ 서양 속담 · 명언

Where the sun enters, the doctor does not.
햇빛이 드는 곳에 의사는 들어가지 않는다.   ✥ 이탈리아

Take a man by his word and a cow by her horn.
사람은 그의 말을 잡고 암소는 그 뿔을 잡아라.   ✥ 스코틀랜드

⚓ 동양 고사성어

피지즉길 避之則吉 ┃ 피하는 것이 가장 좋은 방법이다.

삼촌지할 三寸之轄 ┃ 사물의 요점. 가장 중요한 곳.

누구나 운수가 좋지 않은 날이 있다

운이 따르지 않는 시기를 잘 깨달아라. 누구에게나 그런 시기가 분명히 있다. 그 기간에는 무슨 일이든 제대로 되는 것이 없고, 이것저것 일을 바꾸어 본다 해도, 불운은 계속해서 따라다닌다. 자기에게 오늘 운이 따를지를 확인하기 위해서는 두 번 시험해 보는 것으로 충분하다.

모든 것은 변하고 있고, 운도 변하고 있다. 항상 지혜로운 사람도 없다. 모든 것이 우연의 영향을 받고 있는 것이다. 심지어 편지를 잘 쓰는 방법마저도 그러하다. 모든 성취는 때에 따라 달라지고, 아름다움마저도 잠시 반짝할 뿐이다. 지혜도 때로는 너무 많이 또는 너무 적게 일을 해서 제 기능을 발휘하지 못할 때가 있다.

무슨 일이든 그 일에 알맞은 때에 해야만 좋은 성과를 거둘 수 있다. 어떤 사람은 하는 일마다 나쁜 결과를 보는 반면, 어떤 사람은 훨씬 적은 노력으로도 모든 일에서 좋은 결과를 내는 이유가 바로 여기 있다.

매사에 결과가 좋은 사람들에게는 모든 조건이 갖추어져 있다. 그들은 기지가 번득이고, 그들을 인도하는 수호신은 우호적이며, 그들의 행운의 별은 한창 떠오르고 있는 것이다. 이럴 때는 가장 사소한 우연도 놓치지 말고 기회를 잡아야 한다.

그러나 영리한 사람은 행운이나 불운이 가져다 주는 한 가지 결과만 가지고 하루의 운세를 판단하지는 않을 것이다. 행운의 결과는 단순한 우연에서 나왔을지도 모르고, 불운의 결과는 사소한 액땜에 불과할지도 모르기 때문이다.

🏵 서양 속담 · 명언

The best remedy against ill fortune is a good heart.
불운에 대한 가장 좋은 치료법은 편안한 마음이다.　✳️ 서양

Accusing the times is but excusing ourselves.
때를 탓하는 것은 핑계를 대는 것에 불과하다.　✳️ 서양

Good courage breaks ill luck.
뛰어난 용기는 불운을 꺾는다.　✳️ 서양

🏵 동양 고사성어

신불우시 身不遇時 ｜ 좋은 때를 만나지 못하다. 불우한 시기.

운졸시괴 運拙時乖 ｜ 운이 나쁘고 시기가 부적절하다.

능굴능신 能屈能伸 ｜ 굽힐 수도 있고 일어설 수도 있다. 불우할 때는 참을 수 있고 뜻을 얻으면 포부를 펼 수 있다.

143
교묘한 위장술을 써서 성공하라

무슨 일이든 당신이 원하는 결말을 얻으려면 남이 원하는 대로 그 일을 시작하라. 이것이 바로 당신의 목적을 달성하는 교묘한 수단이다.

심지어 성직자나 선교사들도 하늘 나라의 일에 관해서 이 거룩한 꾀를 사용하라고 가르친다. 이것은 매우 효과적인 위장술이다. 사람들은 자기 뜻대로 일이 이루어져서 이익을 볼 것이라고 예상하여 당신이 하는 대로 내버려두기 때문이다.

겉으로는 다른 사람의 뜻대로 일이 잘되는 듯이 보이지만, 실제로는 당신이 노리는 목적을 향해서 진행되고 있을 뿐이다. 전진할 때는 반드시 위장해야만 하고, 위험한 지역을 통과할 때는 위장을 더욱 잘해야 한다.

무슨 일이든 우선은 거절부터 해 놓고 보는 사람들에 대해서도 이 위장술을 써야 한다. 그들이 양보해도 별로 손해가 없다고 여기도록 당신의 계획을 설명함으로써 최초의 거절을 결국은 승낙으로 바꾸는 데 이 위장술이 매우 효과적이다.

이 충고는 세상을 사는 지혜 가운데 가장 교묘한 기술을 다루는 격언, 즉 두 번 생각하고 나서 행동하라는 격언과 관련이 있는 것이다.

144
고결함은 불운도 막아 준다

    고결함은 신사의 기본 자격 가운데 하나이다. 고결해지려면 모든 방면에서 고상해지지 않을 수 없다. 취향을 개선하고, 관대한 마음을 길러야 한다. 또한 정신 수준을 향상시키고, 세련된 감성을 개발하며, 위엄을 증가시켜야 한다. 그래서 고결한 상태가 되면 지위도 올라가게 된다.

    고결한 사람은 닥쳐오는 불운을 자신의 고결함 덕분에 면하는 경우가 종종 있다. 불운이 그를 차지하려는 것을 행운이 보고 시기해서 되돌아오기 때문이다. 고결함은 행동으로 자기를 드러낼 수 없을 때는 정신 속에 굳게 자리잡는다. 넓은 아량, 관용, 그리고 영웅적인 모든 자질은 고결함의 샘에서 흘러나온다.

🌸 서양 속담 · 명언

Full of courtesy full of craft.
예의 바른 사람이 술책을 품고 있다.   🚢 스코틀랜드

All are presumed good till they are found in a fault.
모든 사람은 잘못이 드러날 때까지는 결백한 것으로 추정된다.   🚢 영국

🚢 동양 고사성어

만천과해 瞞天過海 | 천자를 속여서 바다를 건너가다.

고절청풍 高節淸風 | 인품이 고결하다.

145

강자의 편에 서라

양쪽 군대가 전투를 벌이고 있을 때, 당신의 적이 선수를 쳐서 강한 쪽에 가담했다고 해서 공연한 고집으로 약한 쪽을 선택하는 행동은 절대하지 말라.

그렇게 하면 당신은 패배가 뻔한 싸움을 시작하는 것이고, 머지않아 수치스럽게 도주하게 된다.

나쁜 무기로는 우수한 무기를 가진 적을 이길 수 없다. 당신의 적이 우세한 편을 먼저 택한 것은 민첩한 동작이고, 당신이 늦게 와서 열세한 편에 가담하는 것은 어리석은 짓이다.

이런 고집은 말을 할 때보다도 행동을 할 때 더욱 위험하다. 말보다는 행동에 더 큰 위험이 따르기 때문이다. 완고한 사람들의 공통된 잘못은 진리를 부정해서 진리를 잃고, 자기에게 유익한 사람들과 다투어서 그들과 등진다는 것이다.

지혜로운 사람은 격한 감정만 내세우는 약한 쪽에 절대로 가담하지 않는다. 대신 올바른 명분을 먼저 발견하거나 나중에 그것을 강화하고 올바른 명분을 가진 우세한 쪽과 손을 잡는다. 그러나 어리석은 적은 그와 반대되는 쪽을 선택하고 나쁜 결과를 볼 것이다. 그러므로 당신의 적을 우세한 쪽에서 내모는 유일한 방법은 당신이 먼저 우세한 쪽을 선택하는 것이다. 당신의 적은 어리석음 때문에 우세한 쪽을 스스로 버리고, 공연한 고집 때문에 오랫동안 처벌을 받을 것이다.

146
남의 결점에 익숙해져라

주위 사람들의 결점에 익숙해져라. 남의 못생긴 얼굴에 익숙해지듯이 그렇게 해야 한다. 이것은 그들이 당신에게 의존하거나 당신이 그들에게 의존하는 경우에 반드시 필요한 것이다.

도저히 더불어 살 수가 없을 정도로 성미가 매우 고약한 사람들이 있다. 그런데 그들과 더불어 살지 않을 수 없는 경우도 있다. 따라서 못난 얼굴에 익숙해지듯이 그들의 고약한 성미에도 익숙해지는 것이 현명하다. 그러면 아무리 힘든 상황이라도 참을 수 있을 것이다. 처음에는 그들에게 불쾌감을 느끼겠지만, 그 불쾌감은 점차 약해지고, 우리는 그런 불쾌감에 대비하거나 참고 지내게 된다.

🌸 서양 속담 · 명언

God helps the strongest.
하느님께서는 가장 강한 자를 도우신다.　　✖ 독일

No man is a hero to his valet.
아무도 자기 하인에게는 영웅이 아니다.　　✖ 서양

🌸 동양 고사성어

목유이염 目濡耳染 ｜ 늘 보고 들으면 점차 익숙해진다.

견관불경 見慣不驚 ｜ 눈에 익숙한 것을 보고는 놀라지 않는다.

147
물건의 제값을 받아라

무슨 물건이든 반드시 당신이 원하는 제값을 받아라. 물건이란 품질이 우수하다고 해서 반드시 제값을 받는 것은 아니다. 모든 사람이 우수한 품질을 알아주는 것도 아니고, 그것을 파악하려고 하지도 않기 때문이다.

대개의 경우 사람들은 많은 사람들이 하는 대로 따라간다. 그들은 많은 사람들이 그렇게 하는 것을 자기 눈으로 보기 때문에 자기도 따라 하는 것이다.

어떠한 물건이든 그 품질에 맞는 제값을 부르는 것은 뛰어난 기술을 발휘하는 것이다. 때로는 어떤 물건을 칭찬하는 방법으로 그 값을 올릴 수 있다. 칭찬을 들은 사람은 그것을 더욱 가지고 싶어할 것이기 때문이다.

때로는 어떤 물건을 매우 유명하게 만드는 방법으로 그 값을 올릴 수 있다. 값을 크게 올리는 데는 이 방법이 효과적이다. 다만 이 방법에는 속임수를 써서는 안 된다.

또한 물건을 제대로 알아보는 전문가들에게만 그것을 공급한다고 선전하면, 대개의 경우 많은 사람이 몰려온다. 사람들은 누구나 자신이 전문가라고 생각하며, 실제로 전문가가 아닌 경우에는 열등감 때문에 그것을 더욱 사고 싶어하기 때문이다.

어떤 물건이든 그것이 흔한 것이라거나 얻기 쉬운 것이라고 말하지 말라. 그렇게 말한다면 사람들이 몰려오기는커녕 그 물건을 싸구려로 보기 때문이다. 사람은 누구나 보기 드문 것, 자신의 취향과 정신적 욕구 양쪽에 한층 매력적인 것을 얻으려고 몰려드는 법이다.

🌻 서양 속담 · 명언

He that buys dearly must sell dearly.
비싸게 사는 자는 비싸게 팔아야만 한다.　∾ 영국

Who finds fault means to buy.
결함을 찾아내는 사람은 사려고 하는 것이다.　∾ 서양

Buying and selling is but winning and losing.
매매는 승패에 불과하다.　∾ 영국

⛵ 동양 고사성어

매우매마 賣牛買馬 │ 소를 팔아 말을 사다.

천렴귀발 賤斂貴發 │ 싸게 사서 비싸게 팔다.

148
당신의 약점을 남에게 보이지 말라

당신의 부러진 손가락, 즉 약점을 남에게 보여 주지 말라. 모든 공격이 그 손가락에게만 집중될 것이기 때문이다. 손가락이 아프다고 불평하지도 말라. 악의를 품은 적은 당신의 약한 곳을 때려서 해치려고 항상 노리고 있기 때문이다.

걱정을 해도 아무 소용이 없다. 당신의 그 걱정거리가 남들의 구설수에 오르게 되면 그 자체가 당신의 또 다른 걱정거리가 될 뿐이다. 악의를 가진 사람들은 남의 상처를 찾아내 덧나게 할 기회를 노리고, 남의 성미를 건드려서 시험하며, 성미가 급한 사람을 자극하기 위해 온갖 방법을 끈질기게 동원한다.

지혜로운 사람은 그들의 공격을 받아도 태연하고, 개인적인 것이든 유전적인 것이든, 자신의 아픈 곳을 남에게 절대로 알리지 않는다. 남들뿐만 아니라 운명도 때로는 우리의 가장 약한 곳을 때려서 상처를 입히려고 노리기 때문이다. 운명은 우리 몸의 상처를 언제나 괴롭힌다.

그러므로 당신의 고통이 사라지고 언제나 즐거움이 계속되기를 바란다면, 그 고통이나 즐거움이 어디서 오는지 남에게 절대로 밝히지 말라.

149
책임을 남에게 떠넘겨라

책임을 남에게 떠넘길 줄도 알라. 사람들의 악의에 찬 공격을 막아 줄 방패막이를 마련하는 것은 뛰어난 기술이고, 남을 다스리는 사람에게는 이 기술이 반드시 필요하다.

당신의 실패를 바라는 사람들이 상상하듯이 당신이 무능력하기 때문에 그런 방패에 의존하는 것은 아니다. 오히려 불만을 품은 사람들의 비난, 그리고 혐오감을 품은 대다수가 요구하는 처벌을 누군가가 당신을 대신해서 받게 하는 고차원적인 정책에서 그렇게 하는 것이다.

모든 일이 다 성공할 수는 없고, 모든 사람을 다 만족시킬 수도 없다. 그러므로 우리의 자존심이 상한다 해도, 자기를 대신해서 실패의 책임을 질 희생양, 즉 사람들이 공격할 목표물을 마련하는 것은 현명한 조치이다.

서양 속담 · 명언

The thread breaks where it is weakest.
실은 가장 약한 곳이 끊어진다. 서양

Everyone puts his fault on the times.
누구나 자기 잘못을 세월에 전가한다. 서양

대화의 기술을 몸에 익혀라

대화를 잘할 줄 아는 기술을 몸에 익혀라. 대화를 통해서 각자의 사람됨이 그대로 드러난다. 대화는 일상생활에서 가장 흔한 것이지만, 이것을 가장 중요시해야 한다.

모든 일은 대화로 그 성패가 결정된다. 말로 표현할 내용을 깊이 생각해 본 뒤에 글로 기록한 것에 불과한 편지를 쓰는 데도 조심하는데, 각자의 능력이 즉시 드러나는 대화를 하는 데는 얼마나 더 조심해야 하겠는가?

대화에 능숙한 사람들은 말을 통해서도 상대방의 사람됨을 파악할 수 있다. 그렇기 때문에 지혜로운 사람은 "당신 말을 들어봅시다. 그래야 내가 당신을 알 수가 있습니다"라고 말했다.

최고의 대화 기술이란 기교를 전혀 부리지 않는 것이라는 말이 있다. 즉, 옷차림의 경우와 마찬가지로 대화도 까다롭게 격식을 차릴 것이 아니라, 허물없이 수수한 것이 되어야 한다는 것이다.

이것은 친구들끼리 나누는 대화에 대해서는 옳은 주장이다. 그러나 정중하게 모셔야 할 상대방과 대화할 때는 그의 위신에 걸맞도록 대화도 한층 정중해야 한다. 적절한 대화를 하려면 상대방의 생각과 주장에 잘 어울려 주어야 한다.

상대방의 말꼬리를 잡아서 비판하지 말라. 그렇게 하면 당신은 쓸데없는 이론만 내세우는 얼간이로 취급받을 것이다. 남의 아이디어나 수집하는 사람도 되지 말라. 그렇게 하면 사람들이 당신을 피하거나, 적어도 자기 아이디어의 대가를 비싸게 요구할 것이다. 대화에서는 능숙한 말솜씨보다 신중함이 더 중요하다.

🌸 서양 속담 · 명언

Conversation teaches more than meditation.
명상보다 대화가 더 많이 가르친다.　　서양

What the heart thinks, the mouth speaks.
마음이 생각하는 것을 입이 말한다.　　영국

Sweet discourse makes short days and nights.
즐거운 대화는 세월이 가는 줄 모르게 만든다.　　서양

⛵ 동양 고사성어

개성포공 開誠布公 ｜ 제갈공명이 재상으로서 다스릴 때 참된 마음을 열고 공정한 도리를 시행한 일. 이야기할 때 자기 속마음을 솔직하게 털어 놓다.

저족담심 抵足談心 ｜ 같은 침대에서 자면서 친밀하게 대화하다.

Chapter 4

151
미리 앞을 내다보고 깊이 생각하라

무슨 일이든 그것에 관해서 미리 심사숙고하라. 내일의 일, 심지어는 여러 날 뒤의 일도 오늘 미리 생각해 보라. 앞날을 가장 잘 내다보는 사람은 어려움이 닥치기 전에 미리 대처 방안을 마련해 둔다.

선견지명이 있는 사람은 불의의 재난이라는 것을 당하지 않고, 신중한 사람은 재난을 간신히 모면하는 일이 없다. 발등에 불이 떨어질 때까지 사전 대책을 미뤄서는 절대로 안 된다. 충분히 미리 생각해 두면, 아무리 심한 난관도 극복할 수 있다.

'베개는 말없는 예언자' 라는 격언이 있다. 무슨 일이든 미리 깊이 생각해 보고 나서 잠드는 것이 재난이 닥친 다음에 뜬눈으로 밤을 새우는 것보다 낫다는 말이다.

많은 사람들이 일단 행동을 하고 나중에 생각을 해 본다. 그들은 일의 결과를 미리 내다보는 것이 아니라, 실패의 변명거리를 더 열심히 찾는 것이다. 일을 시작하기 전이든 일을 시작한 뒤든, 그 일에 관해서 깊이 생각해 보지 않는 사람도 있다.

우리는 어떻게 하면 올바른 길에서 벗어나지 않을 수 있을지 평생 동안 곰곰이 생각하지 않으면 안 된다. 깊이 생각하고 앞날을 내다보는 사람은 자기가 걸어갈 길을 결정할 수 있다.

152
구관이 명관이다

뛰어난 업적을 남긴 사람의 뒤를 잇지 말라. 그러나 전임자를 능가할 자신이 있다면 당신은 그 후임자가 되어도 좋다. 전임자와 대등한 인물이라는 평가를 얻는 데만도 전임자보다 두 배로 업적을 쌓아야만 하는 것이다. 사람들이 당신이 맡은 일을 내놓고 떠나는 것을 아쉬워한다면 그런 후임자를 둔 당신의 솜씨가 뛰어난 것이다. 이와 마찬가지로 전임자가 자신의 그늘에 당신을 묻어 버리지 못하도록 하는 것도 현명한 대책이다.

구관이 명관이라는 말이 나오지 않게 만들기는 매우 어렵다. 지나간 일은 언제나 좋게 보이게 마련이기 때문이다. 전임자에 못지않은 업적을 세운다고 해서 될 일도 아니다. 전임자는 먼저 그 자리에 앉았다는 이유로 일단 높이 평가받기 때문이다.

그러므로 당신이 전임자보다 더 높은 평가를 받으려면, 그가 과거에 세운 공적보다 훨씬 더 많은 공적을 쌓아야만 한다.

🌸 **서양 속담 · 명언**

Good foresight furthers the work.
뛰어난 선견지명은 사업을 발전시킨다.   ✎ 스코틀랜드

The last comers are often the masters.
맨 나중에 온 자가 주인이 되는 경우가 많다.   ✎ 프랑스

153

당신보다 못난 사람을 곁에 두어라

당신보다 뛰어난 사람은 절대로 곁에 두지 말라. 당신보다 뛰어난 사람일수록 동반자로서는 바람직하지 않다. 당신보다 재능이 뛰어난 사람일수록 당신보다 그만큼 더 큰 명성을 얻는다. 따라서 그는 언제나 주역을 맡고, 당신은 그를 보조하게 될 뿐이다. 당신이 사람들의 인정을 받게 된다면, 그것은 그의 명성에서 떨어지는 부스러기에 불과하다.

달은 무수한 별들 가운데서 홀로 찬란히 빛나지만, 해가 뜬 뒤에는 보이지 않거나 알아보기 힘들게 된다. 당신을 자기 그늘로 가리는 사람을 절대로 곁에 두지 말라. 오히려 당신을 한층 더 빛나게 만들어 주는 사람과 동행하라.

로마 제국의 시인 마르시알리스의 작품에 등장하는 교활한 여자 파불라는 이 방법을 써서 빼어난 미모와 눈부신 자태를 자랑할 수 있었다. 그녀는 늘 못생기고 저속한 여자들을 주위에 거느리고 있었다.

그러나 사악한 사람을 칭찬해서 사람들의 불신을 받아서는 안 된다. 또한 사악한 사람과 어울려서 위험에 빠지는 짓은 더욱 하면 안 된다. 높은 지위나 성공을 향해서 전진하는 동안에는 당신보다 뛰어난 사람들과 어울리고, 일단 성공하고 나면 당신보다 못난 사람들을 주위에 거느리도록 하라.

남의 어리석음에는 인내심이 필요하다

어리석은 사람들을 대할 때는 인내심을 발휘하라. 지식이 늘면 늘수록 어리석음에 대한 인내심은 그만큼 줄어들기 때문에, 지혜로운 사람은 어리석은 사람에 대해서 언제나 참을성이 적다.

로마의 스토아학파 철학자인 에픽테투스에 따르면, 인생의 가장 중요한 첫째 법칙은 모든 사물에 대해서 인내심을 발휘하는 것이다. 그는 이것이 모든 지혜의 절반이라고 평가했다.

모든 종류의 어리석음을 참아 주려면 엄청난 인내심이 필요하다. 우리는 우리가 크게 의존하는 사람들의 어리석음을 참아야 할 때가 많은데, 이것은 자제력을 기르기에 좋은 훈련이다.

인내에서 평화가 나온다. 인내는 모든 사람들의 행복이라는 가장 값진 혜택을 주는 것이다. 그러나 남에게 인내심을 발휘할 힘이 없는 사람은 자신의 내면 세계로 도피하라. 그 속에서도 여전히 자신에 대한 인내심을 발휘해야만 한다고 해도, 남들과 담을 쌓고 자아의 껍질 속으로 도피하는 것이 좋다.

🌸 **서양 속담 · 명언**

One bee is better than a handful of flies.
벌 한 마리가 파리떼보다 낫다.   ✳ 서양

He that will be served must be patient.
남의 시중을 받으려고 하는 자는 참아야만 한다.   ✳ 서양

155
남을 함부로 믿지 말라

남을 경솔하게 믿거나 함부로 좋아하지 말라. 정신이 성숙한 단계에 이른 사람은 오래 사귄 뒤에야 비로소 남을 신뢰하는 법이다. 세상에는 남을 속이는 일이 너무나 흔하다. 그러므로 되도록 남을 믿지 말라. 남의 말에 쉽게 넘어가는 사람은 머지 않아 경멸을 받는다.

사람들이 당신에게 신뢰감을 표시할 때, 그들의 진심이 의심 스럽다고 해도 그것을 반드시 내색할 필요는 없다. 그런 의심 은 무례할 뿐만 아니라 모욕적인 것이다. 당신이 의심을 드러 내면 당신에게 정보를 전달해 준 사람이 거짓말쟁이가 되거 나, 그 사람이 남에게 속았다는 것을 의미하기 때문이다.

거짓말쟁이의 특징은 남을 믿지 않는 것이다. 그리하여 그는 두 가지 측면에서 피해를 본다. 즉, 그는 남을 믿지 않고, 사람 들도 그를 믿지 않는 것이다.

어떤 정보를 남에게 전해 듣는 사람은 그 정보의 사실 여부 에 대해 판단을 보류하는 것이 현명하다. 정보를 전해 주는 사 람은 그 정보의 출처를 밝혀서 사실이라고 단언할 것이다.

남을 너무 쉽게 좋아하는 것도 역시 현명하지 못한 행동이다. 속임수는 말뿐만 아니라 행동을 통해서도 작용하는데, 행동에 의한 속임수가 현실 생활에서 한층 더 위험하기 때문이다.

156
말을 조심하라

말을 조심해서 하라. 경쟁자와 함께 있을 때 말조심하는 것은 현명한 처사이다. 경쟁자가 아닌 다른 사람들과 함께 있을 때 말조심하는 것은 체면을 지키기 위한 것이다.

한 마디를 추가할 시간은 항상 있어도, 한 마디를 취소할 시간은 절대로 없다. 유언을 남긴다는 각오로 평소에 말을 하라. 말이 짧을수록 분쟁도 적다. 사소한 일에 관해 하는 말은 한층 중대한 일에 관한 연설을 준비하는 연습으로 삼아라.

깊이 숨겨진 비밀은 신비한 빛을 발산한다. 말을 빨리하는 사람은 파멸도 빨리한다.

✿ 서양 속담 · 명언

Trust no man until you have consumed a peck of salt with him.
오랫동안 사귀어보지 않고서는 아무도 믿지 마라.   로마

There is no venom like that of the tongue.
혀의 독과 같은 독은 없다.   서양

✿ 동양 고사성어

불신지심 不信之心 │ 남을 믿지 않는 마음.

구시화문 口是禍門 │ 입은 재앙의 문이다. 말을 조심하라.

457
건전한 우정을 선택하라

친구들을 잘 선택하라. 꾸준한 교제로 정을 쌓고 행운의 도움으로 우정이 지속되는 친구에게 비로소 당신은 사랑뿐 아니라 존경도 주게 된다. 이것이 인생에서 가장 중요한 일인데도 불구하고 사람들은 거의 주목하지 않는다.

열심히 노력해서 친구를 사귀는 사람도 있지만, 대부분은 우연히 친구를 사귄다. 그런데도 어떤 친구들을 사귀는가에 따라 각자의 사람됨이 평가되고 있다. 지혜로운 사람과 어리석은 사람 사이에는 우정이 자리잡지 못하기 때문이다.

반면 어떤 사람과 어울리는 것이 아무리 즐겁다고 해도, 그것이 친밀한 우정을 증명해 주지는 못한다. 그러한 즐거움은 상대방의 우정에 대한 신뢰에서 나온 것이 아니라, 같이 어울릴 때 기분이 좋아져서 생긴 느낌일지도 모르기 때문이다.

우정에는 건전한 것과 불건전한 것이 있다. 불건전한 우정은 쾌락을, 건전한 우정은 풍성한 아이디어와 대화의 주제를 얻기 위한 것이다.

상대방의 참모습을 알아보고 친구가 되는 사람은 거의 없고, 대부분은 겉모습만 보고 친구가 된다. 한 명의 진실한 친구가 해 주는 충고가 그렇지 않은 여러 명의 친구가 보여 주는 호의보다 더 유익하다.

그러므로 친구는 아무나 우연히 만나서 사귀지 말고 스스로 잘 선택해서 사귀도록 하라. 지혜로운 친구는 근심 걱정을 해소해 주지만, 어리석은 친구는 오히려 걱정거리를 몰아온다. 그러나 친구에게 행운을 너무 많이 기원해 주지는 말라. 친구가 행운을 잡게 되면, 당신은 친구를 잃을지도 모른다.

✿ 서양 속담 · 명언

Keep not ill men company lest you increase the number.
악인들의 숫자를 늘리지 않으려면 악인들과 어울리지 마라.   ✄ 서양

Have few friends, though much acquaintance.
친지가 많다 해도 친구는 극히 적게 유지하라.   ✄ 영국

Friends are lost by calling often and calling seldom.
친구는 너무 자주 방문하거나 전혀 방문하지 않아서 잃는다.   ✄ 게일족

✿ 동양 고사성어

택교이우 擇交而友 │ 친구를 골라서 사귀다.

양금택목 良禽擇木 │ 현명한 새는 나무를 가려서 둥지를 튼다. 현명한 사람은 자기 재능을 알아주는 인물을 가려서 섬긴다.

158
정열을 통제하라

정열을 통제하는 기술을 배워라. 가능한 한 현명한 심사숙고를 통해서 정열이 거칠게 날뛰지 못하게 막아라. 이것은 현명한 사람에게는 그리 어렵지 않은 일이다.

정열을 통제하는 첫 단계는 당신이 정열에 휩쓸리고 있다는 사실을 솔직히 인정하는 것이다. 그러면 당신은 자신의 감정을 지배하면서 싸움을 시작할 수 있다. 사람은 누구나 정열이 필요 이상으로 거세지지 못하도록 조절해야 한다.

정열의 조절은 격정 상태에 빠질 때와 거기서 벗어날 때 사용되는 최고의 기술이다. 당신은 정열의 불길을 언제 어떻게 꺼야 할지 알아야 한다. 그 불길이 급속도로 거세질 때는 끄기가 가장 힘들다. 걷잡을 수 없을 정도로 격한 상태에서도 명석한 분별력을 유지한다면, 그보다 더 뚜렷한 지혜의 증거는 없다.

지나친 정열은 이성적인 행동을 언제나 방해한다. 그러나 정열이 완전히 통제된다면, 이성은 절대로 무시되지 않을 뿐만 아니라, 지혜도 잃지 않을 것이다. 정열을 통제하기 위해서는 주의력의 고삐를 단단히 쥐고 있어야 한다. 그렇게 할 수 있는 사람은 '호랑이에게 물려가도 정신은 차리는' 최초이자 어쩌면 마지막일지도 모르는 사람이 될 것이다.

159
현재의 사태를 파악하라

바람의 방향을 알아보기 위해 지푸라기를 공중에 뿌려 보라. 사람들이 당신의 일을 어떻게 받아들일 것인지, 특히 그 일을 못마땅하게 여기거나 성공을 의심하는 사람들의 반응을 알아내라. 이렇게 하면 당신은 그 일의 성공을 확신할 수 있고, 정직하게 밀고 나가든가, 아니면 완전히 손을 떼든가 하는 기회를 얻게 된다.

지혜로운 사람은 이런 식으로 남들의 의도를 타진함으로써 자신의 처지를 확인한다. 이것은 남에게 어떤 것을 요구하거나 부탁할 때, 그리고 남을 다스릴 때, 그 결과를 예측하는 데 필요한 매우 중요한 방법이다.

🌸 서양 속담 · 명언

When you ride a lion beware of his claw.
사자를 타고 달릴 때는 그 발톱을 조심하라. ✄ 아랍

Turn your coat according to the wind.
바람에 따라서 네 외투를 돌려라. ✄ 독일

🚢 동양 고사성어

기호지세 騎虎之勢 │ 호랑이를 올라타고 달리다. 중도에서 멈출 수 없는 형세.

수파축류 隨波逐流 │ 물결치는 대로 표류하다. 대세를 따르다.

160
친구들을 잘 활용하라

당신의 친구들을 잘 활용하라. 그렇게 하려면 친구들을 잘 구별하는 기술을 모두 동원해야 한다. 어떤 친구는 멀리 떨어져 있어야 좋고, 어떤 친구는 가까이 있어야 좋다. 대화의 상대로는 쓸모가 없지만, 서신 교류의 상대로는 매우 뛰어난 친구도 있다. 가까운 거리에서는 참아 주기 힘든 그의 결점을 먼 거리가 덮어 주는 것이다.

친구는 삶을 즐겁게 보내기 위해서도 필요하지만, 그보다는 오히려 잘 활용해야 할 대상이다. 친구 사이에는 우애, 진실, 유익함이 있어야 한다.

친구란 가장 소중한 존재이다. 그러나 훌륭한 친구가 될 자격이 있는 사람은 매우 드물다. 게다가 이런 사람들마저도 날로 줄어드는데, 그것은 사람들이 그들을 선택할 줄 모르기 때문이다.

친구를 새로 사귀는 것보다는 기존의 우정을 유지하는 것이 더 중요하다. 오랫동안 우정을 유지할 사람을 친구로 선택하라. 처음에는 서먹서먹할지 모르지만, 그들이 우정을 오래 유지할 것이라고 생각하면 어느 정도 위안이 된다.

경험이 풍부한 사람은 충분한 시험을 거쳐야만 최선의 친구가 될지도 모른다. 그러나 그들을 친구로 선택하는 것이 가장 좋다.

친구가 없는 삶이란 건너가기가 가장 힘든 사막과 같다. 우정은 삶의 즐거움을 증가시키고, 괴로움을 서로 나누어 가진다. 맑은 공기가 정신을 씻어 주듯이 우정은 불행을 없애 주는 유일한 약이다.

🏵 서양 속담 · 명언

A good friend is my nearest relation.
유익한 친구는 나의 가장 가까운 친척이다. ✎ 서양

It is a good friend that is always giving, though it be ever so little.
적은 것이라도 항상 주는 친구가 좋은 친구다. ✎ 영국

🏵 동양 고사성어

구식신교 舊識新交 ┃ 오래된 친구와 새로 사권 친구. 사귀는 친구가 많다.

막역지우 莫逆之友 ┃ 마음에 거슬리는 것이 없는 친구.

익자삼우 益者三友 ┃ 사귀면 유익한 세 가지 벗, 즉 정직한 자, 성실한 자, 식견이 많은 자.

461
당신의 사소한 결점들을 파악하라

당신의 사소한 결점들을 잘 알고 있어야 한다. 가장 완벽한 사람에게도 사소한 결점은 있게 마련인데, 그는 자기 결점을 포용하거나 사랑한다.

사소한 결점이란 재능에서 나오는 경우가 많다. 재능이 뛰어날수록 그 결점도 더욱 커지거나, 적은 것도 한층 눈에 잘 띈다. 사소한 결점을 본인이 모르고 있는 것은 그리 큰 문제가 아니다. 그러나 자기 결점을 사랑한다면, 그것은 없앨 수도 있는 것이다.

이러한 결점은 재능을 최대한으로 발휘하지 못하게 막는 장애물이다. 자신의 결점이 본인의 마음에 들지는 모르겠지만, 그것을 바라보는 다른 사람들은 불쾌하게 만든다.

당신이 이러한 결점들을 제거하고, 당신의 다른 재능들이 발휘될 기회를 마련한다면 그것은 멋진 일이다. 이런 결점이 우연히 사람들의 눈에 띄게 되면, 그들은 당신의 재능은 무시한 채 이 결점만 물고 늘어지면서 최대한으로 심하게 험담할 것이다. 또한 당신이 가진 다른 재능들마저도 모두 인정을 받지 못하게 될 것이다.

✿ 서양 속담 · 명언

A fault-mender is better than a fault-finder.
남의 잘못을 찾아내는 사람보다 자기 잘못을 고치는 사람이 낫다. 서양

162
시기하는 사람은 여러 번 죽는다

경쟁자와 비방하는 자에게 승리하는 법을 배워라. 그들을 경멸하는 것이 현명한 경우도 많지만, 경멸만으로는 승리할 수 없고, 용감하게 참고 견디는 것이 가장 중요하다. 자기를 비난하는 사람을 오히려 칭찬하는 사람이 있다면, 그는 최고의 칭찬을 받을 가치가 있다.

당신을 시기하는 사람들을 당신의 재능과 업적으로 능가하여 그들을 괴롭게 만드는 식으로 복수한다면, 그보다 더 영웅적인 복수는 없다. 당신의 성공은 당신의 불행을 빌던 사람들의 목에 감긴 밧줄을 더욱 세게 조이고, 당신의 영광은 당신의 경쟁자들에게 지옥이 된다.

남을 시기하는 사람은 한 번만 죽는 것이 아니다. 그는 자기가 시기하는 사람이 박수갈채를 받을 때마다 매번 죽는다. 시기받는 사람의 명성이 영속적인 것이 되면, 시기하는 사람의 고통은 무한해지고, 전자는 무한한 명예 속에, 후자는 무한한 고통 속에 산다. 명성의 나팔이 전자에게는 영원한 명성을, 후자에게는 시기심의 죽음을 선포한다.

🌸 **서양 속담 · 명언**

The envious man shall never want woe.
시기하는 자는 반드시 불운을 만날 것이다.   ✖️ 영국

163
남의 불운은 당신의 행운이다

불행한 사람들의 운명에는 절대로 개입하지 말라. 그들을 동정해서 개입하는 일도 절대로 없어야 한다. 남의 불운은 당신의 행운이다. 다른 사람이 불운을 겪지 않는다면, 당신이 행운을 누릴 수 없기 때문이다.

불운한 사람들은 이상하게도 다른 사람들에게서 호의를 짜낸다. 그리고 사람들은 무익한 호의를 베풀어 그들이 받은 불운의 타격을 완화해 주려고 한다. 번영할 때 모든 사람의 미움을 받았던 사람이 역경에 처하면 모든 사람의 존경을 받는 일도 있다. 하늘을 날아다니던 복수의 칼이 땅에 떨어져 동정심으로 변하는 것이다.

그러나 운명이 트럼프 카드를 어떻게 섞는지 주목해야 한다. 불운한 사람들과 항상 어울려 지내는 사람들이 있다. 어제는 행복하게 하늘 높이 날아다니더니, 오늘은 불운한 사람들 곁에 비참한 신세로 서 있는 것이다. 이것은 정신의 고상함을 드러내기는 하지만, 세상을 살아가는 지혜를 보여 주는 것은 결코 아니다.

❀ 서양 속담 · 명언

Where luck is wanting diligence avails nothing.
행운이 없는 곳에서는 근면이 아무 소용 없다.   ✑스페인

164

사람을 외모로 판단하지 말라

상대방의 사람됨을 판단할 때 외모를 보고 판단을 그르치지 말라. 이것은 가장 큰 잘못이다. 그러면서도 또한 가장 쉽게 저지르는 잘못이기도 하다. 어떤 물건을 살 때도 그 품질보다 값에 속는 편이 더 낫다.

세상에서 가장 중요한 것은 사람을 상대하는 일인데, 이럴 때는 그의 겉모습이 아니라, 사람됨을 파악해야 한다. 사람을 안다는 것은 물건에 관해서 아는 것과는 다르다.

상대방의 미묘한 감정을 이해하고 그 사람됨을 자세히 알아내는 일은 심오한 철학처럼 어렵다. 책의 내용을 다룰 때와 마찬가지로 사람에 관해서도 아주 깊이 연구해야만 한다.

✿ 서양 속담 · 명언

Judge not according to the appearance.
외모에 따라 판단하지 마라.　✣ 영국

All are not hunters that blow the horn.
나팔을 부는 사람이 모두 사냥꾼인 것은 아니다.　✣ 영국

✿ 동양 고사성어

이모취인 以貌取人 │ 얼굴만 보고 사람을 가리거나 채용하다. 외모만 보고 그의 성품이나 능력을 평가하거나 그에 대한 대우를 결정하다.

165
싸움은 명예롭게 하라

싸움을 할 때는 명예롭게 하라. 당신은 본의 아니게 싸워야만 할 때도 있을 것이다. 그러나 그런 경우에도 반드시 독화살을 쏘아야만 하는 것은 아니다. 사람은 누구나 다른 사람들의 요구에 따라서 행동할 것이 아니라, 자신의 본성 그대로 행동해야만 한다.

삶이라는 전쟁터에서 보여 주는 용기는 누구에게서나 칭찬을 받는다. 승리를 위해 싸워야만 하지만, 그 승리는 힘으로만 얻는 것이 아니라, 그 힘을 발휘하는 정당한 방식으로도 얻는 것이다. 비열한 승리는 영광을 가져오기는커녕 오히려 불명예를 초래한다.

무엇보다도 명예가 항상 우선한다. 명예로운 사람은 금지된 무기를 절대로 사용하지 않는다. 싸움이 막 시작됐을 때, 과거에 이미 끝난 우정을 이용하는 것은 금지된 무기를 사용하는 짓이다. 또한 상대방의 신뢰를 이용해서 그에게 복수해서는 절대로 안 된다. 배신의 오점은 아무리 작은 것이라 해도 명성을 완전히 먹칠하고 만다.

명예를 존중하는 사람은 가장 사소한 비열함도 배척한다. 고상한 것과 저열한 것은 하늘과 땅 사이처럼 멀리 떨어져 있어야 한다.

세상에서 용기, 관용, 그리고 신의를 찾아볼 수 없다 해도 당신의 마음속에서는 사람들이 그러한 미덕을 다시 발견할 것이라고 자부할 수 있는 사람이 되라.

✺ 서양 속담 · 명언

He that fight and run away may live to fight another day.
싸우다가 달아나는 자는 다른 날에 싸울 수 있다.   ✄ 영국

Quarrel and strife make short life.
분쟁과 싸움은 수명을 단축시킨다.   ✄ 서양

✺ 동양 고사성어

무도약마 舞刀躍馬 │ 칼을 휘두르며 말을 몰다. 용감하게 분투하다.

인자위전 人自爲戰 │ 각자 자기 힘으로 용감하게 싸우다.

명쟁암투 明爭暗鬪 │ 공개적인 싸움과 은밀한 싸움. 있는 힘을 다해 권세와
이익을 다투다.

166

말과 행동이 다른 사람을 경계하라

말만 앞세우는 사람과 자기가 말한 대로 성실히 행동하는 사람을 구별하라. 친구들, 사회에서 대하는 사람들, 그리고 고용 관계에 있는 사람들의 경우처럼 사람마다 서로 다르기 때문에 이러한 구별은 매우 중요하다. 비난하는 말은 해로운 행동을 수반하지 않더라도 그 자체가 나쁜 것이고, 칭찬하는 말은 해로운 행동을 수반하는 경우 더욱 나쁜 것이다.

사람은 빈 바람에 불과한 헛소리로 배를 채울 수가 없고, 정중한 속임수에 불과한 정중한 대우를 받는다고 해서 배가 부르지도 없다. 거울을 비추어서 새를 잡겠다는 것은 망상이다. 바람처럼 공허한 말에서 보람을 찾는 것은 오로지 속이 텅 빈 사람뿐이다.

말은 행동을 보장해야만 하고, 전당포의 전표처럼 정가가 붙어 있어야만 한다. 잎새는 무성하지만 열매를 맺지 못하는 나무들은 대개 속이 비어 있다. 그런 나무들의 정체를 깨달아라. 그것들은 그늘을 드리우는 것 이외에는 아무 쓸모가 없다.

🌸 **서양 속담 · 명언**

Much talkers, little walkers.
말이 많은 자는 실천이 적다. ❧ 서양

167
시련은 깨달음을 준다

자신에게 의지할 줄 알라. 심각한 위기에 처했을 때는 당신의 대담한 마음보다 더 든든한 협력자가 없다. 마음이 약해진다면, 당신의 다른 능력들로 그것을 강화시켜야만 한다. 근심은 자신감이 강한 사람에게서 멀리 달아난다.

불운에 굴복해서는 안 된다. 굴복한다면, 그 불운은 견딜 수 없는 것이 될 것이다. 역경을 자기 힘으로 극복하려고 하지 않는 사람이 많다. 그들은 역경을 어떻게 극복해야 좋을지 모르기 때문에 역경의 압력을 두 배로 증가시킨다.

자신의 역량을 잘 아는 사람은 어떻게 자신의 약점을 보강해야 좋을지 안다. 그리고 지혜로운 사람은 모든 것을 정복한다. 심지어는 운행 중인 행운의 별들의 궤도까지도 자기에게 유리하도록 바꾼다.

🌸 **서양 속담·명언**

Wind in the face makes a man wise.
얼굴을 때리는 바람은 사람을 현명하게 만든다.　　프랑스

🌸 **동양 고사성어**

악전고투 惡戰苦鬪 ｜ 힘겹게 괴로운 싸움을 하다. 있는 힘을 다해 역경을 헤쳐 나가다.

육체의 병보다 정신의 병이 더 역겹다

어리석음이 낳는 괴상한 정신 상태에 집착하지 말라. 그런 정신 상태란 허영, 시건방짐, 자기중심주의, 불성실, 변덕, 완고함, 엉뚱함, 과장, 기분에 좌우되기, 지나친 호기심, 의견 충돌, 그리고 편협함 등이다. 이런 것들은 모두 무례함에서 나온 괴상망측한 것이다. 이러한 정신의 비정상이야말로 세상의 아름다움을 해치기 때문에 육체의 비정상보다 하나같이 더 역겹다. 그런데 이처럼 일그러진 정신은 바로잡아 주기도 힘들다. 자제력을 잃은 사람들은 남이 인도해 주는 대로 따라가지도 못한다. 그들은 남들이 실제로 퍼붓는 조롱에 대해 주의하기는커녕 남들이 보내지도 않는 박수갈채를 공연히 바라면서 현실을 외면한다.

✿ 서양 속담 · 명언

To hide disease is fatal.
병을 감추는 것은 치명적이다.   ∞ 로마

Unsound minds, like unsound bodies, if you feed you poison.
병든 정신은 스스로 독을 마시고 병드는 몸과 같다.   ∞ 서양

✿ 동양 고사성어

신불수사 神不守舍 | 마음과 정신이 매우 불안하다. 정신이 집중되지 않다.

실패를 조심하라

백 번의 성공보다 한 번의 실패를 더욱 조심하라. 중천에 떠서 찬란히 빛나는 해는 아무도 쳐다보지 않는 반면, 서산에 걸린 해는 누구나 쳐다본다. 사람들의 입방아에 오르는 것은 잘되고 있는 일이 아니라, 잘못되고 있는 일이다. 나쁜 소문은 그 어떠한 칭찬보다도 더 멀리 퍼진다.

많은 사람들이 세상을 떠나기 전까지는 세상에 전혀 알려지지 않는다. 한 사람의 평생 업적을 모두 합친 것도 그의 단 한 가지 사소한 오점을 씻어 없애는 데는 충분하지 않다.

그러므로 악의를 품은 사람들이 남의 성공에 대해서는 외면한 채 실패에 대해서는 낱낱이 주목한다는 사실을 깨닫고, 실패하지 않도록 조심하라.

🏵 서양 속담 · 명언

One false move may lose the game.
한 가지 실수로 게임에서 진다.　〰 서양

A little gall spoils a great deal of honey.
극소량의 쓸개가 많은 양의 꿀의 맛을 망친다.　〰 프랑스

🏵 동양 고사성어

공패수성 功敗垂成 │ 성공을 이루기 직전에 실패하다. 거의 다 된 일이 실패하다.

170

지식, 능력, 물자를 비축하라

무슨 일을 하든 당신의 능력이나 물자의 일부를 예비용으로 비축해 두어라. 이것은 당신의 중요성을 유지하는 확실한 방법이다. 사람은 기회가 있을 때마다 즉시 자신의 재능과 힘을 모조리 동원해야만 한다. 지식의 경우에도 뒤에서 밀어 줄 것을 비축해 두었다가, 필요할 때 지식의 힘이 두 배로 증가되도록 해야만 한다.

패배의 우려가 있을 때 당신에게 도움이 되어 줄 수 있는 어떤 것을 항상 미리 마련해 두어야 한다. 예비 부대는 용기와 명성이 뛰어나기 때문에 공격 부대보다 더 중요하다. 현명한 사람은 항상 안전을 확인한 뒤에 일을 착수한다. 이 점에 관해서는 '절반이 전체보다 더 크다' 는 신랄한 역설이 들어맞는다.

❋ 서양 속담 · 명언

Save something for a sore foot.
아픈 발을 위해 무엇인가 남겨두라. ∂⁄ 서양

Forewarned, forearmed.
미리 경고를 받는 것은 미리 무장하는 것이다. ∂⁄ 로마

🚢 동양 고사성어

불우지비 不虞之備 │ 뜻밖에 생기는 일에 대비해서 준비하다.

171
높은 사람의 지원은 비상용이다

높은 사람의 영향력을 사소한 일에 낭비하지 말라. 높은 지위에 있는 친구들은 중대한 일에만 동원해야 한다. 높은 사람들의 신뢰를 사소한 일에 이용해서는 안 된다. 그것은 그들의 지원을 낭비하는 것이다.

비상용 닻은 마지막 수단으로 남겨 두어야만 한다. 높은 사람들을 사소한 목적을 위해 모두 동원하고 나면, 그 다음에는 누구를 동원할 수 있겠는가? 요즘은 후원자보다 더 소중한 것이 없고, 그의 지원보다 더 효과적인 것은 없다.

높은 사람의 지원은 온 세상을 얻거나 잃게 할 수 있다. 심지어 당신의 재치까지도 돋보이게 하거나 퇴색하게 만들 수 있다. 대자연과 명성은 지혜로운 사람에게 우호적인 반면, 행운은 그들을 시기한다. 그러므로 재산을 보존하는 것보다는 강한 권력가의 지원을 계속 받는 것이 더 중요하다.

✿ 서양 속담 · 명언

He that stands high should not stir too quickly.
높은 자리에 있는 자는 너무 빨리 움직여서는 안 된다.　✑ 서양

One favor qualifies for another.
한 가지 총애는 다른 총애를 받을 자격을 준다.　✑ 서양

172
경쟁은 경쟁을 낳는다

잃을 것이 아무것도 없는 사람과는 절대로 경쟁하지 말라. 그런 경쟁을 한다면 당신은 대등하지 못한 조건에서 다투기 시작하는 것이다. 상대방은 아무런 걱정도 없이 경쟁에 나선다. 그는 수치감을 포함해서 모든 것을 잃었기 때문에 잃어버릴까 두려워할 것이 하나도 없는 것이다. 그러므로 무례한 말과 행동, 어떠한 종류의 것이든지 모두 동원한다.

이처럼 위험 부담이 엄청난 경쟁에 당신의 소중한 명성을 내맡겨서는 절대로 안 된다. 오랜 세월에 걸쳐서 얻었지만, 순식간에 잃을지도 모르는 명성이라면 더욱이나 안 된다. 단 한 번의 실수로 십 년 공부가 나무아미타불이 될지도 모르는 것이다.

명성을 지니고 있는 사람은 잃을 것이 많기 때문에 자신의 명성과 상대방의 명성이 동등한 것인지를 미리 저울질해 본다. 그리고 최대한으로 조심하면서 경쟁에 나선다. 그런 다음에는 적절한 시기에 물러설 기회를 잡는 현명함이 발휘되도록, 또한 자신의 명성도 보호될 수 있도록 신중한 태도로 일에 착수한다. 비록 그가 승리한다고 해도, 그 승리로는 스스로 위험에 몸을 던졌다가 잃은 명성을 회복할 수 없기 때문이다.

173
마음이 움직이는 일만 하라

마음이 내키지 않는 일은 절대로 하지 말라. 특히, 마음이 내키지 않는 행동을 해서 낭패를 본 경우가 많다면 더욱 조심해야 한다. 무슨 일이든 자기 마음이 내키는 것인지 아닌지를 항상 살펴보아야 한다. 그러면 가장 중요한 일들에 대해서 미리 예측하고 대비하게 된다. 많은 사람들이 마음이 내키지도 않는 일을 했기 때문에 파멸하고 말았다. 더 좋은 결과가 나온다는 보장도 없는데 그런 일을 해야 무슨 소용이 있겠는가?

사람은 천성적으로 참된 마음을 타고났다. 사람의 마음은 항상 불운을 경고해 주고, 불운의 악영향을 막아 준다. 불운과 맞서서 극복해 보려고 하는 경우가 아니라면, 그것을 일부러 찾아다니는 행동은 어리석다.

🌸 서양 속담 · 명언

Slow and steady wins the race.
느리면서도 꾸준하면 경쟁에서 이긴다.   ᐯᐯ 서양

To be too busy gets contempt.
지나치게 바쁘면 경멸당한다.   ᐯᐯ 서양

성급하게 서두르지 말라

허겁지겁 서두르며 살지는 말라. 사물을 분리해서 구별할 줄 아는 것은 그것을 즐길 줄 아는 것이다. 많은 사람들은 숨을 거두기 전에 이미 자신의 행운을 소모시켜 버린다. 그들은 즐거움을 제대로 누리지도 못한 채 즐거운 시절을 보내고, 그 시절로 돌아가고 싶어할 때는 이미 때가 늦었다.

삶이라는 마차를 모는 마부들은 스스로 재촉하고 서둘러서 정상적인 속도보다 한층 더 빨리 달려간다. 그리고 평생 동안에 소화시킬 수 있는 것보다 더 많은 것을 하루 만에 먹어치운다. 즐거운 생활도 앞당겨서 미리 거치고, 세월도 미리 먹어치우며, 모든 것을 서둘러서 빨리 거쳐 지나간다.

지식을 추구하는 데도 속도를 적절히 조절해야 한다. 아는 게 병이 되는 지식을 얻어서는 안 되기 때문이다. 우리에게는 즐거움을 누릴 기간보다 살아갈 세월이 더 길다. 그러니 즐길 때는 천천히 즐기고, 일할 때는 민첩하게 움직여라. 사람은 누구나 일은 즐겁게 끝나기를 바라고, 즐거움은 아쉽게 끝나기를 바라기 때문이다. 빨리 끝낸 일은 즐거운 것이고, 천천히 즐긴 즐거움은 여운이 남는 것이다.

🌼 **서양 속담 · 명언**

Keep your hurry in your fist.
너의 성급함을 주먹으로 꽉 쥐고 있어라. 👒 아일랜드

175
공부란 죽을 때까지 하는 것이다

　지식을 쌓아라. 아니면 이미 지식을 쌓은 사람들과 알고 지내라. 자신의 지식이든 남의 지식이든, 지식이 없이는 참된 삶이 불가능하다. 많은 사람들은 자신이 무지하다는 사실을 모른다. 또 아무것도 모르면서도 다 안다고 생각하는 사람도 많다. 자신의 무지를 모르는 사람들의 결함은 고쳐 줄 길이 없다. 그들은 자기 자신을 모르고, 따라서 자기가 모르는 것을 배울 수도 없기 때문이다.

　많은 사람들이 스스로 지혜롭다고 생각하지 않았더라면 정말 지혜로웠을 것이다. 지혜의 신탁이 비록 귀중하다고 해도, 그것이 활용된 경우는 매우 드문 것이다.

　남에게 충고를 부탁한다고 해서 자신의 뛰어난 능력이 줄어들거나 무능하다는 비난을 초래하는 것은 아니다. 그와 반대로, 그것은 당신이 충고를 잘 받아들이는 사람임을 증명해 준다. 패배를 원하지 않는다면 이성의 충고에 귀를 기울여라.

✾ 서양 속담 · 명언

Live to learn, and learn to live.
배우기 위해 살고 살기 위해 배워라.　✎ 서양

A good man is always a learner.
좋은 사람은 항상 배우는 사람이다.　✎ 로마

176
인간관계를 쉽게 끊지 말라

　인간관계를 함부로 끊지 말라. 특히 친구관계를 함부로 끊어서는 더욱 안 된다. 어떤 사람들은 대인관계를 쉽게 끊어버리는데, 이것은 그들에게 일관성이 없다는 것을 보여 준다. 그들은 받지도 않은 모욕을 받았다고 상상하고, 상대방이 어떤 의도를 자기들에게 강요한다고 생각한다. 그들의 감정은 시력보다 더 예민해서, 농담으로든 진담으로든 건드려서는 안 된다.

　그들은 상대방의 중대한 잘못을 기다릴 필요도 없이 사소한 결점만 보고도 화를 낸다. 함께 어울려 지내는 다른 사람들은 그들을 최대한으로 세심하게 다루고, 그들의 예민성을 존중하며, 그들의 안색을 잘 살펴야 한다. 그들은 아주 사소한 실수에 대해서도 불쾌하게 여기기 때문이다.

　그들은 대개의 경우 매우 이기적이고, 자기 기분의 노예가 되며, 그래서 자기 기분을 위해서라면 모든 것을 내버린다. 그들은 전혀 보잘것도 없는 사소한 것들을 숭배한다. 반면 남을 진실로 사랑하는 사람의 기질은 다이아몬드와 같아서 더없이 단단하고 영원히 지속되는 것이다.

❀ 서양 속담 · 명언

Friendship is a single soul dwelling in two bodies.
우정은 두 육체에 깃들인 한 영혼이다. ✤ 아리스토텔레스

177
과묵함으로 비밀을 유지하라

과묵함은 당신의 능력을 보호해 준다. 비밀을 감추어 두지 못하는 마음이란 모든 사람에게 공개된 편지와 같다. 마음의 기초가 튼튼하다면 거기 비밀들을 깊숙이 숨겨서 간직할 수 있다. 그런 마음 안에는 중요한 비밀들을 숨겨 놓을 특별한 방들이 있는 것이다.

과묵함은 자제력에서 나오고, 말을 자제하는 것은 진정한 승리이다. 당신은 자신이 한 말에 모두 책임을 져야만 한다. 확고한 정신으로 자제력을 발휘할 때 지혜가 안전하게 보존된다.

상대방이 다른 사람들을 불러서 심문하거나, 비밀을 캐내기 위해 당신에게 말싸움을 걸거나 심하게 조롱할 경우, 당신은 과묵함을 지키기가 어려울 것이다. 그러나 현명한 사람은 이러한 경우들을 피하기 위해서 더욱 과묵해진다. 반드시 일어날 일에 관해서는 말로 떠들 필요가 없고, 반드시 남들의 구설수에 오를 일이란 굳이 말할 필요도 없는 것이다.

서양 속담 · 명언

Confine your tongue lest it confine you.
혀가 너를 가두지 않도록 네가 혀를 가두어라. 영국

That man is wise who speaks little.
과묵한 사람이 현명하다. 라틴어격언

178
인격의 기초 공사는 진리이다

진리의 벽돌로 인격의 기초 공사를 튼튼하게 하라. 그렇게 한 사람은 인격의 기초가 약한 사람들을 못마땅하게 여긴다. 인격의 기초가 빈약한데도 높은 지위나 차지하고 있는 사람들은 참으로 가련하기 때문이다.

인격의 기초가 튼튼하게 보이는 사람이라고 해서 실제로도 인격이 훌륭한 것은 아니다. 어떤 사람들은 일삼아 속임수를 만들어 낸다. 터무니없는 계획들을 세워서 사기를 치는 것이다. 진리보다 거짓말을 더 좋아하는 사람도 앞의 사람들과 별로 다르지 않다. 그들이 진리를 좋아하지 않는 것은 진리의 성과가 별로 없기 때문이고, 거짓말을 좋아하는 것은 거짓말이 많은 것을 약속해 주기 때문이다.

그러나 변덕스러운 그들은 인격의 견고한 기초가 없기 때문에 결국에 가서는 나쁜 결과를 얻고 만다. 오로지 진리만이 참된 명성을 주고, 오로지 현실만이 실질적인 이익을 초래한다.

한 가지 속임수에는 다른 많은 속임수가 뒤따르게 마련이고, 그래서 공중누각이 생기는 것이다. 공중누각이란 곧 땅에 떨어져 부서질 수밖에 없는 것이다.

기초가 없는 것들은 결코 오래 가지 못한다. 그런 것들은 약속을 너무 많이 해 주기 때문에 조금도 신뢰할 수 없는 것이다. 너무 많은 것을 증명해 주는 것은 진실이 될 수 없다.

179

사물의 양면성을 살펴라

적이 반드시 해야만 하는 일을 적에게 가르쳐 주지 말라. 어리석은 사람은 지혜로운 사람이 내리는 올바른 판단을 따르는 일이 절대로 없다. 그렇게 할 능력이 없기 때문이다.

신중한 사람은 남들이 권하는 방법, 심지어 이미 사용해 본 방법도 맹종하는 경우가 절대로 없다. 무슨 일이든지 반대되는 두 가지 관점에서 검토해야만 한다. 즉, 양쪽의 견지에서 자세히 살펴보아야 하는 것이다. 그러면 서로 다른 결론이 나올 것이다. 어느 쪽을 택할지 결단을 내리기가 힘든 경우에는 요행을 바라지 말고 성공의 가능성이 있는 쪽을 선택하라.

✿ 서양 속담 · 명언

Truth lies at the bottom of a well.
진리는 샘의 밑바닥에 놓여 있다. ∞ 헤라클레이토스

Cross or pile.
동전의 앞면이냐 뒷면이냐 하는 것이다. ∞ 영국

⚓ 동양 고사성어

사상누각 砂上樓閣 │ 모래 위에 세운 큰 집. 기초가 튼튼하지 못해 오래 견디지 못하다.

견인견지 見仁見智 │ 같은 사물이나 문제에 대해 사람마다 보는 관점이 다르다.

180
너무 친밀하게 지내지 말라

사람들을 너무 허물없이 대하지 말라. 또한 사람들도 당신을 너무 친밀하게 대하지 못하게 하라. 지나치게 친밀한 사이가 되면 상대방에 대한 영향력도 줄어들고 따라서 존경도 받지 못한다. 높은 지위에 있는 사람들은 천박한 일반 대중과 어울리지 않기 때문에 권위의 광채를 유지한다. 신성한 것일수록 엄숙한 예식이 더욱 필요하다.

친밀한 관계에서는 언제나 경멸감이 싹트게 마련이다. 상대방에게 자기 것을 많이 드러낼수록 더욱 불리해진다. 웬만한 결점들은 감추어 두는 것이 현명한데, 그런 것마저도 공개적으로 드러내기 때문이다.

허물없이 친밀한 관계는 어떠한 경우에도 바람직하지 않다. 윗사람과의 경우는 위험하기 때문이고, 아랫사람과의 경우에는 자신에게 어울리지 않기 때문이다.

천박한 일반 대중과 허물없이 지내는 관계는 가장 바람직하지 못하다. 그들은 너무나 어리석어서 무례해진다. 당신이 그들에게 호의를 베푸는 것은 자기들이 당신에게 필요하기 때문이라고 착각하는 것이다.

허물없이 친밀한 관계는 천박한 것이다.

481
진실의 전부를 알리지 말라

진실을 말하라. 그러나 진실의 내용 전부를 말해 주지는 말라. 모든 사물 가운데 가장 조심해서 다루어야만 하는 것이 진실이다. 그것은 남의 가슴에 큰 상처를 주는 칼이기 때문이다.

진실을 말할 때는 그것을 감출 때와 마찬가지로 최대한 주의를 기울여야 한다. 거짓말은 한 번만 해도 인격이 고결하다는 명망이 무너지고 만다. 사람들은 거짓말을 배신 행위로 보고 거짓말쟁이를 배신자로 낙인찍는다. 배신자로 낙인이 찍히면 명성은 순식간에 사라진다. 그렇다고 해도 진실의 내용 전체를 남에게 다 말해 줄 수는 없다. 자신을 위해서 숨겨야 할 것들이 있는가 하면, 다른 사람을 위해 묻어 두어야 하는 것들이 있다.

✽ 서양 속담 · 명언

They that know one another, salute afar off.
서로 잘 아는 사람들은 멀리서도 인사한다.　✎ 서양

All truths are not always to be told.
진실이라고 해서 모두 항상 말해야만 하는 것은 아니다.　✎ 서양

✿ 동양 고사성어

상시막역 相視莫逆 ｜ 서로 매우 친밀하여 마음에 꺼리거나 거스르는 것이 없다.

거위존진 去僞存眞 ｜ 허위를 제거하고 진실을 유지하다.

182
실패는 성공을 가르친다

절대로 단판 승부에 당신의 모든 운명을 걸지 말라. 거기서 지면, 피해의 복구가 불가능하다. 실패란, 특히 초기 단계에서는 쉽게 겪는 법이다. 여건이 항상 당신에게 유리한 것만은 아니다. 그래서 '쥐구멍에도 볕들 날이 있다' 는 속담이 나온 것이다.

한 번 시도해서 안 되면 다시 시도하라. 성공 여부를 떠나서 두 번째 시도에는 첫 번째 시도의 경험이 도움이 될 것이기 때문이다. 새로운 시도를 할 때는 언제나 한층 효과적인 수단과 방법을 동원하고, 더 많은 재능과 노력을 기울여라. 일의 성패에는 우연이 많이 작용한다. 성공을 해도 만족스러운 경우가 드문 것은 바로 이러한 이유 때문이다.

🌻 서양 속담 · 명언

Do not trust your all to one vessel.
네 모든 재산을 한 배에 싣지는 마라.   ✑ 로마

There is no chance which does not return.
기회란 반드시 다시 돌아온다.   ✑ 프랑스

🚢 동양 고사성어

일척천금 一擲千金 │ 도박 한 판에 천 냥을 걸다. 배짱이 매우 세다. 제멋대로 굴다.

183
자기주장만 고집하지 말라

자신의 주장을 너무 완강하게 고집하지 말라. 바보는 자신의 견해나 주장에 대해서 철저히 확신하고 조금도 양보가 없다. 자신의 주장을 그렇게 철저히 확신하는 사람이라면 누구나 어리석은 것이다. 그들은 그릇된 주장을 하는 경우일수록 더욱 완강하게 고집한다.

자신의 주장이 분명히 옳게 보이는 경우에도 양보하는 것이 유익하다. 그 주장의 근거를 남들이 모를 리가 없으므로 점잖게 양보하면 남들이 존경할 것이다.

완고함이 초래하는 손실은 승리로 얻는 이익보다 훨씬 많다. 완고함이란 진리가 아니라 무례함을 드러내는 것이기 때문이다. 생각에 융통성이 전혀 없는 고집불통의 사람들이 많다. 완고한 데다가 변덕마저 부린다면, 그들은 진절머리나는 바보가 된다.

의지는 확고부동해야 한다. 그러나 마음이 완고해서는 안 된다. 그릇된 판단을 내리는 것뿐 아니라, 그것을 그대로 밀고 나가는 것은 이중으로 잘못을 저지르는 짓이다.

✿ 서양 속담 · 명언

A wise man changes his mind, a fool never will.
지혜로운 사람은 생각을 바꾸지만 바보는 절대로 생각을 바꾸지 않는다.　 서양

184

격식에 집착하지 말라

번거로운 격식과 예식에 너무 집착하지 말라. 군주들의 경우에도 격식을 너무 따지면 괴상한 군주라는 소문이 퍼지는 법이다. 격식을 엄격하게 지키는 사람은 따분하기 짝이 없다. 그런데도 세상 사람들은 어이없게도 격식에 매달린다.

어리석은 사람들은 격식으로 위장한다. 그들은 위엄을 뽐내지만, 그 위엄이 얼마나 보잘것없는지도 잘 보여 준다. 격식에 사소한 착오만 있어도 자기 위엄이 없어진다고 두려워하기 때문이다.

남들의 존경을 받으려는 것은 좋다. 그러나 격식의 대가로 인정받으려는 것은 옳지 않다. 반면, 격식에 전혀 구애를 받지 않으려면 스스로가 가장 탁월한 능력을 구비해야 한다는 것은 옳은 말이다. 격식을 일부러 너무 내세우지도 말고, 그렇다고 해서 아주 무시하지도 말라. 격식과 같이 사소한 일에 뛰어난 사람은 위대한 인물이 될 수 없다.

❈ 서양 속담 · 명언

Full of courtesy and full of craft.
예의만 잘 차리는 것은 기교만 부리는 것이다. ∞ 영국

Vainglory blossoms, but never bears.
허영은 꽃은 피우지만 결실은 결코 없다. ∞ 서양

185
악습을 인정하라

　지위가 아무리 높다 해도, 자신의 악습을 수긍하라. 높은 지위에 앉아서 아무리 비단옷을 걸치고 황금 관을 쓰고 있다 해도, 정직한 사람들의 눈은 당신의 악습을 찾아낼 수 있다. 화려한 옷과 값진 장식품으로도 인격을 위장하지는 못한다.

　노예를 부리는 주인이 지위가 높고 고상하다고 해서, 비열한 노예 제도가 고상한 것으로 변하지는 않는다. 여러 가지 악습을 가진 사람들이 높은 지위를 차지하고 있다고 해도 그들은 여전히 저열한 사람들이다.

　사람들은 높은 자리를 차지한 사람들의 중대한 악습을 발견하기는 하지만, 그 악습들 때문에 그들이 높은 자리에 올라간 것은 아니라는 사실은 깨닫지 못한다. 높은 사람들의 행동은 겉보기에 매우 번지르르해서 그들의 악습마저도 덮어 준다. 결국 아첨꾼들은 그 겉모습에 눈이 멀어, 같은 악습이라고 해도 높은 사람의 것은 모른 척하고, 아래 사람의 것은 혐오한다.

✸ **서양 속담 · 명언**

Vices which have grown with us are with difficulty cut away.
우리와 함께 자란 악습들을 끊어버리기는 어렵다.　〰 로마

Bad customs are better broken up than kept up.
나쁜 관습은 지키는 것보다 깨는 것이 낫다.　〰 서양

186

대담성을 발휘하라

모든 일에 약간의 대담성을 발휘하라. 대담성은 현명함의 중요한 일부분이다. 다른 사람들을 과대평가하지 말라. 특히 그들을 지나치게 높이 평가해서 두려워하는 경우가 있어서는 안 된다. 지레 겁을 먹고 용기가 위축되어서도 안 된다.

많은 사람들이 겉으로는 대단하게 보이지만, 실제로 만나 보면 그렇지도 않다는 것을 깨닫게 된다. 그리고 같이 어울려 지내다 보면 존경보다는 실망이 더 커지는 법이다. 그것은 아무도 인간의 좁은 한계를 벗어나지 못하기 때문이다. 사람이란 누구나 인격이나 재능에 나름대로 결함이 있는 것이다.

높은 지위가 대단한 권위를 부여하는 것처럼 보이지만, 자격이나 실력 때문에 그런 자리에 앉는 사람은 매우 드물다. 행운의 여신은 자격이 없는 사람들에게 높은 지위를 주어서 높은 지위의 가치를 깎아 내리는 경우가 많기 때문이다.

상상력 때문에 사람들은 지나치게 속단하고 모든 사물을 과대 평가하게 마련이다. 사물을 있는 그대로가 아니라, 자기가 원하는 대로 과장해서 보는 것이다. 착각에 사로잡혀 있던 사람이라 해도, 세심한 주의를 기울이면 곧 사물을 제대로 볼 수 있다.

지혜로운 사람이 지나치게 소심해서도 안 되고, 어리석은 사람이 너무 무모해서도 안 된다. 자신감은 무식한 사람들에게 도움이 된다. 그렇다면 용감하고 지혜로운 사람에게는 얼마나 더 큰 도움이 되겠는가?

🌸 서양 속담 · 명언

Boldness in business is the first, second and third thing.
사업에서 대담성은 첫째, 둘째, 셋째 조건이다. ∞ 영국

Flesh never stands so high but a dog will venture his legs.
개는 아무리 몸집이 큰 짐승에게도 달려들 것이다. ∞ 영국

The noisy drum has nothing in it but mere air.
시끄러운 북은 안에 공기 이외에는 아무 것도 없다. ∞ 서양

🌸 동양 고사성어

담대어신 膽大於身 │ 쓸개가 몸보다 크다. 담력이 매우 크다.

무소외구 無所畏懼 │ 두려워하는 것이 없다.

허장성세 虛張聲勢 │ 실력도 없으면서 허세만 부리다.

187

포상은 직접하고
처벌은 다른 사람을 통해서 하라

유쾌한 일은 당신이 직접 하고, 불쾌한 일은 다른 사람을 통해서 하라. 전자는 남의 호감을 사는 방법이고, 후자는 남의 미움을 피하는 방법이다. 높은 지위에 있는 사람은 남의 호의를 받기보다 자신이 남에게 호의를 베풀기를 더 좋아한다. 이것은 그의 관대한 천성을 드러내는 특징이다.

남에게 고통을 줄 때는 누구나 상대방에 대한 동정심 또는 양심의 가책 때문에 자신도 고통을 느끼는 법이다. 그러나 높은 지위에 있는 사람은 자신이 직접 고통을 주지 않고 포상 또는 처벌의 수단만 동원하면 많은 사람들을 다스릴 수가 있다. 그러므로 상을 줄 때는 당신이 직접 주고, 처벌할 때는 다른 사람을 통해서 하라. 당신을 대신해서 불만, 증오, 비방의 표적이 될 다른 사람을 내세워라. 군중의 격노는 개의 분노와 같기 때문이다. 개는 채찍을 휘두르는 사람이 아니라, 채찍 자체가 자기에게 고통을 준다고 착각해서 그 채찍을 물어뜯으려고 달려드는 것이다. 채찍은 사람에게 이용당하는 수단에 불과한데도 불구하고 사람 대신에 보복을 당해야 한다.

🏵 서양 속담 · 명언

It is good to strike the serpent's head with your enemy's hand.
너의 적의 손으로 뱀의 머리를 치는 것이 좋다. ⚬⚬ 서양

188
칭찬을 아끼지 말라

남을 칭찬하라. 그러면 사람들은 당신의 안목이 높다고 더욱 신뢰하게 된다. 당신이 우수한 것을 알아보는 안목을 길러서 다른 사람들을 칭찬할 줄 안다는 사실이 드러나기 때문이다.

칭찬은 대화의 화제를 제공하고, 그 칭찬을 모방하도록 유도하며, 칭찬받을 만한 일을 하라고 권장하는 것이다. 또한 칭찬은 그 자리에 있는 높은 사람들에게 매우 교묘하게 경의를 표하는 방법이다.

이와 반대로, 어떤 사람은 입만 열면 남을 조롱하는가 하면, 남의 등 뒤에서 퍼붓는 비난이 그 자리에 있는 사람들의 비위를 맞추어 주는 행동이라고 착각한다. 그것은 등 뒤에서 사람을 비난하는 것이 얼마나 교활한 짓인지 깨닫지 못하는 얼간이들 앞에서는 효과가 있을지도 모른다.

많은 사람들은 과거의 탁월한 업적보다도 현재의 보잘것없는 업적을 더 높이 추켜세우려고 애쓴다. 신중한 사람이라면 이러한 교묘한 계책을 간파해야만 한다. 남들이 지나치게 과장해서 떠벌리는 말에 실망하지도 말고, 남들의 아첨에 취해 자기를 과신하지도 말라.

또한 과장하는 사람도 아첨하는 사람도 모두 방법만 다를 뿐, 노리는 것은 똑같다는 사실을 깨달아라. 그들은 자기 주위에 누가 있는지 살펴서 그때마다 말을 바꿀 따름이다.

운수의 변화는 인생의 몫이다

모든 것이 새옹지마이다. 그러므로 어떠한 경우가 닥쳐도 항상 즐거워할 줄 알라. 지위가 낮은 하찮은 사람들은 오래 사는 즐거움을 누릴 수 있다. 어려움을 겪으면 언제나 그 뒤에 보상이 따르게 마련이다.

'바보들과 비천한 사람들이 차라리 다행' 이라는 속담이 있다. 남들의 눈에 보잘것없는 사람으로 비치도록 하라. 그러면 남보다 더 오래 살 것이다. 이미 여러 군데 금이 가서 별로 가치가 없는 유리잔은 절대로 깨지지 않는 법이다. 주인은 그런 잔을 오래 보존하려고 더욱 애를 쓰기 때문이다.

행운의 여신은 높은 사람을 시기한다. 그래서 비천한 사람은 오래 살게 하는 반면, 중요한 직책을 맡은 사람은 빨리 죽게 해서 모든 것을 공평하게 만드는 것 같다.

높은 자리를 차지한 사람들은 얼마 못 가서 목숨을 잃지만, 하찮은 사람들은 오래오래 산다. 높은 지위의 사람들이 오래 사는 것처럼 보여도 실제로는 그렇지 못하고, 하찮은 사람들이 실제로 오래 산다. 비천한 사람들은 죽음도 행운도 자기를 잊어버려서 찾아오지 않는다고 생각한다.

❀ 서양 속담 · 명언

No man has a lease of his life.
아무도 자기 수명을 연장할 수 없다. ◁◁ 스코틀랜드

190

쓸데없는 예의는 속임수다

　예의를 차려서 어떤 이익을 얻으려고 하지 말라. 그런 예의는 일종의 속임수이다. 정중한 인사만으로도 어리석은 사람들의 환심을 살 수 있기 때문에, 아첨이나 뇌물이 필요하지 않다는 것을 아는 사람들도 있다. 그들은 예의라는 큰 재산을 가지고 있고, 친절한 말로 남들의 호의를 사들인다. 모든 것을 약속하는 것은 아무것도 약속하지 않는 것이다. 그런 약속이란 어리석은 사람들을 유인하는 함정이다.

　참된 예의란 자기가 마땅히 차려야 할 예의를 차리는 것뿐이다. 겉만 번드르르한 예의, 특히 쓸데없는 예의는 속임수이다. 그것은 존경의 표시가 아니라, 오히려 출세와 지위를 위해 악용하는 수단이다. 그런 수단을 이용하는 사람은 상대방의 인격이 아니라, 그의 권력과 재산 앞에 고개를 숙이고, 상대방의 뛰어난 재능들을 인정해서가 아니라, 자기가 노리는 이득을 얻으려고 칭찬하는 것이다.

🌸 서양 속담 · 명언

Full of courtesy and full of craft.
예의만 잘 차리는 것은 기교만 부리는 것이다.　✎ 영국

Better a friendly refusal than an unwilling promise.
억지로 하는 약속보다 친절한 거절이 낫다.　✎ 독일

다른 사람들과
더불어 사는 법을 배워라

평화로운 삶이 오래 사는 길이다. 혼자만 잘 살려고 하지 말고, 다른 사람들과 더불어서 잘 사는 법을 배워라. 사람들 사이에 평화를 이룩하는 사람은 오래 살 뿐만 아니라, 다른 사람들의 삶도 지배한다.

남의 말을 들어 두고, 모든 것을 보라. 그리고 침묵하라. 남과 다투지 않은 날은 악몽을 꾸지 않고 잠을 푹 잔다. 오래 살 뿐만 아니라, 즐겁게 산다면 그것은 두 번 사는 것이다. 그것은 다툼이 없는 평화로운 삶이 주는 선물이다. 그렇게 사는 사람은 자기에게 대수롭지 않은 것을 항상 대범하게 넘겨 버린다.

모든 일을 걱정하는 것은 가장 어리석은 행동이다. 자신에게 전혀 관계가 없는 것에 번민하는 것도 어리석지만, 자신에게 관계되는 것에 무관심한 것도 똑같이 어리석은 행동이다.

✺ 서양 속담 · 명언

All is well with him who is loved of his neighbors.
이웃들에게 사랑받는 사람은 모든 일이 잘 된다.   ∾ 서양

Every dog considers himself a lion at home.
모든 개는 자기 집에서 스스로 사자라고 생각한다.   ∾ 영국

192
자신의 능력과 분수를 잘 알라

자신과 재능에 대해 과신하지 말라. 이것은 사회 생활을 처음 시작할 때 특히 중요하다. 사람은 누구나 자기가 잘났다고 여긴다. 잘난 구석이 별로 없는 경우일수록 더욱 그렇게 생각한다. 누구나 엄청난 행운을 꿈꾸고 자신을 천재라고 생각한다. 희망에 부푼 사람은 현실에서 성취되지도 않을 거창한 결과를 바란다. 그러나 결국 현실의 벽에 부딪쳐서 실망하고 번민하게 될 뿐이다.

지혜로운 사람은 이러한 잘못을 미리 예측하고 있다. 그는 언제나 가장 좋은 결과를 바라지만, 동시에 언제나 최악의 경우를 예상한다. 어떠한 결과가 나오든 담담하게 받아들이기 위해서이다.

성공을 크게 거두려면 거창한 목표를 세워야 한다는 말은 옳다. 그러나 사회 생활을 시작하자마자 실패하지 않기 위해서는 현실적인 목표를 세우는 것이 지혜롭다. 경험을 충분히 쌓기도 전에 성공에 대한 기대감은 한없이 커지는 법이기 때문에 목표를 현실적으로 조절해야 한다.

어리석은 행동을 막는 최고의 만병통치약은 분별력이다. 자신의 능력과 분수를 잘 알고 있다면, 이상과 현실을 조화시킬 수 있다.

193
남에게 이용당하지 말라

　남의 일을 거들어 준다고 나서는 사람들을 조심하라. 그들은 자기 목적을 달성하기 위해서 그런 행동을 한다. 그들의 교활한 술수에 대한 대비책은 오로지 열심히 경계하는 것뿐이다. 그들의 숨은 의도를 잘 파악하도록 힘써라.

　많은 사람이 다른 사람들을 수단으로 삼아서 결국은 자기 일을 해치우는 데 성공한다. 그들의 속셈을 확실히 알아내지 못한다면, 당신은 그들의 골치 아픈 문제에 언제든지 억지로 말려들어가서 큰 피해를 입을 수가 있는 것이다.

✿ 서양 속담 · 명언

An easy fool is a knave's tool.
만만한 바보는 악당의 도구다.　〰 서양

To take out a burning coal with another's hand.
불타는 석탄을 남의 손으로 꺼내다.　〰 스페인

✿ 동양 고사성어

화구취율 火口取栗 │ 남을 대신하여 불 속에서 밤을 꺼내다. 남에게 이용당하여 헛수고만 한다.

견봉삽침 見縫揷針 │ 틈만 보이면 바늘을 꽂는다. 이용할 수 있는 시간이나 공간을 모두 이용한다.

194
다른 사람의 가치를 인정하라

　다른 사람의 가치를 인정할 줄 알라. 사람은 누구나 남에게 무엇인가를 배울 수 있다. 모든 면에서 모든 사람의 도움이 필요 없을 만큼 뛰어난 사람은 아무도 없다. 다른 사람을 각각 나름대로 잘 활용할 줄 아는 것은 유용한 지식이다.

　지혜로운 사람은 모든 사람의 가치를 나름대로 인정한다. 각 개인이 지닌 장점을 볼 뿐만 아니라, 그 장점의 유지가 얼마나 어려운지 알기 때문이다. 그러나 어리석은 사람은 다른 사람의 가치를 전혀 인정하지 않는다. 그들은 남의 장점을 보려 하지 않고 오히려 단점만 끄집어낸다.

✹ 서양 속담 · 명언

It is not for everyone to catch a salmon.
누구나 연어를 잡는 것은 아니다.　⟪⟫ 서양

Chicken gives advice to hen.
병아리도 암탉에게 충고를 해준다.　⟪⟫ 서양

⛵ 동양 고사성어

인각유능 人各有能 │ 사람마다 제각기 재능이 있다.

공자천주 孔子穿珠 │ 공자가 구슬을 꿰다. 모르는 것이 있으면 자기보다 못한
　　　　　　　　　　사람에게서도 배워야 한다.

195
운명의 별을 알고 있어라

당신을 지배하는 운명의 별을 알고 있어야 한다. 운명의 별의 도움을 받지 않는 사람은 아무도 없다. 어떤 사람이 불운하다면 그것은 자기 운명의 별을 모르고 있기 때문이다.

어떤 사람은 군주와 제후의 총애를 받아 높은 지위에 올랐지만, 자신이 왜 그런 총애를 받는지 이유를 모른다. 다만 그들은 행운의 덕분으로 쉽게 총애를 얻었고, 개인적 노력을 약간 더했다고 이해할 따름이다.

어떤 나라에서는 크게 인정받는 사람이 다른 나라로 가면 별로 인정을 받지 못하는 경우도 있고, 또 어떤 도시에서는 크게 환영받지만 다른 도시로 가면 그렇지 못하기도 한다. 어떤 직책을 맡거나 지위를 차지하면 크게 성공하는 사람이 다른 직책이나 지위에서는 그렇지 못하기도 한다.

행운은 자기가 원할 때, 자기가 원하는 방식으로 운명의 카드를 뒤섞는다. 그러므로 우리는 자신의 능력은 물론, 운수도 알아야 한다. 운수에 따라서 성공과 실패가 결정되기 때문이다. 당신의 운수를 지배하는 별을 따라가라. 그리고 그 별을 잘못 알아보는 실수를 하지 말고 제대로 협조하라. 그런 실수를 할 경우, 그 별 옆에서 북극성이 천둥 같은 목소리로 당신을 북쪽으로 부른다 해도, 당신은 북쪽으로 가는 길을 놓칠 것이기 때문이다.

196
자격에 맞는 지위를 차지하라

당신의 자격에 맞는 지위를 차지하라. 주제넘게 높은 지위를 차지하지 말라. 자격을 갖추지 못하면 사람들은 진심으로 당신을 존경하지 않는다. 그러나 자격도 있고 부지런하다면 더욱 존경을 받을 것이다. 반드시 자격을 구비했다고 해서 높은 지위를 얻는 것은 아니다. 무리한 청탁과 압력을 이용해서 지위를 얻는다면 오히려 역효과를 내게 된다. 그렇게 얻은 지위에 대해서 사람들은 심한 혐오감을 품고 그 자리에 앉은 당신을 전혀 신뢰하지 않게 된다.

그러므로 높은 지위를 얻는 가장 좋은 방법은 그 위치에 맞는 자격을 구비하는 것이다.

서양 속담 · 명언

Fortune effects great changes in brief moments.
운명은 짧은 기간에 엄청난 변화를 초래한다. 로마

Even ill luck is good for something in a wise man's hand.
현명한 자의 손에서는 불운마저도 어딘가 유익하다. 서양

동양 고사성어

화복유명 禍福有命 | 행운과 불운은 각자의 운명에 달려 있다.

시위소찬 尸位素餐 | 무능한 관리가 공연히 높은 관직만 차지하고 봉급만 축내다.

197
외국 물건은 무조건 좋게 보인다

언제, 어떻게 외국으로 이주해야 좋을지 잘 판단하라. 자신의 능력을 최대한으로 발휘하기 위해서, 특히 높은 지위에 있는 경우에, 자기 나라를 떠나지 않으면 안 되는 경우가 있다.

뛰어난 재능을 지닌 인물에게 조국이란 언제나 계모이다. 그들은 자기 나라에서는 시기나 받는다. 그리고 사람들은 그들의 위대한 업적을 인정해주기는커녕 보잘것없는 초기 활동만 기억하고 있다.

바늘이 세상의 한쪽 끝에서 다른 끝으로 갔을 때에 서야 사람들은 그 고마움을 절실히 느끼고, 채색된 유리 한 조각도 아주 먼 나라에서 건너온 경우에는 다이아몬드보다 비싸게 팔릴 수 있다. 외국 물건은 무엇이든지 먼 곳에서 왔기 때문에, 또는 성능이 우수한 완제품이기 때문에 한층 고급품으로 친다.

고향에서 웃음거리가 되었던 사람이 온 세상 사람들이 경탄하는 인물이 된 경우를 본다. 외국인들은 물론이고, 그의 조국에 사는 사람들도 모두 그를 존경한다. 전자는 그들이 멀리서 왔기 때문에, 후자는 그들을 멀리서 바라보기 때문에 존경하는 것이다. 제대 위에 놓인 나무 조각상도 그것이 원래 정원에서 뒹굴던 나무토막이었다는 것을 아는 사람에게는 결코 존경받지 못한다.

198

모든 것을 다 가지면 불행하다

　모든 것을 다 소유하지 말고 약간은 획득의 대상으로 남겨
두라. 그래야만 당신은 지나친 행복 때문에 오히려 비참하게
되는 경우를 면할 것이다. 육체는 휴식이, 정신은 무엇인가 열
망하는 일이 반드시 필요하다. 당신이 모든 것을 소유한다면,
모든 것이 당신에게는 실망과 불만을 줄 것이다. 지식의 경우
에도 호기심을 일으키고 연구열을 자극하기 위해서는 어느 정
도는 미지의 상태가 항상 남아 있어야 한다.

　지나친 행복으로 식상하게 되는 것은 치명적이다. 남을 도와
줄 때도 그의 요구를 완전히 충족시켜 주지는 않는 것이 좋다.

　얻고 싶은 것이 하나도 남지 않게 되면, 모든 것에 대해서 그
상실을 두려워해야 하는데, 이것이 바로 행복의 불행한 상태
이다. 무엇인가 얻으려는 욕구가 완전히 사라지면, 상실의 두
려움이 태어난다.

🌸 **서양 속담 · 명언**

Tall trees catch much wind.
높은 나무는 많은 바람을 맞는다.　〰️ 네덜란드

Too much breaks the bag.
너무 많이 넣으면 자루가 터진다.　〰️ 서양

199
어리석은 사람은 신뢰를 얻지 못한다

어리석은 사람을 등에 업고 가지 말라. 어리석은 사람을 보고도 제대로 알아보지 못하는 것은 어리석은 짓이다. 더욱이 어리석은 사람을 제대로 알아본 뒤에도 손을 끊지 않는 것은 한층 더 어리석다. 어리석은 사람들과 어울리면 위험하고, 그들을 신뢰하면 파멸하고 만다. 그들이 스스로 조심하고 다른 사람들이 보살펴 준다고 해도, 어리석은 사람들이란 일시적으로 잘못을 저지르지 않을 뿐이지, 결국 언젠가는 어리석은 말과 행동을 하고 만다. 그러한 언행은 오랫동안 억제되었기 때문에 오히려 한층 더 어리석은 것이 된다.

어리석은 사람들은 남들의 신뢰를 전혀 받지 못한다. 그래서 자기와 어울리는 사람의 신용을 높여 줄 수도 없다. 또한 그들은 어리석은 말과 행동에 대한 대가를 반드시 치르게 되어 있다. 그들에게도 남에게 유용한 점 한 가지가 있다. 즉, 남들에게 경고의 표시나 이정표로서는 유익한 것이다.

� 서양 속담 · 명언

Better be foolish with all than wise by yourself.
혼자 현명한 것보다 모든 사람과 함께 어리석은 것이 낫다. 〰️ 프랑스

His brains crow.
그의 뇌는 까마귀처럼 운다. 〰️ 영국

200
사람은 누구나 때로는 어리석다

어리석게 보이는 사람은 모두 어리석다. 또한 어리석게 보이지 않는 사람도 그 절반은 어리석다. 사람은 누구나 어리석다. 세상에 지혜로운 사람이 있다고 해도 신과 비교할 때는 역시 어리석다.

그러나 가장 어리석은 사람이란, 자기만은 어리석지 않고 다른 사람들은 모두 어리석다고 생각하는 사람이다. 지혜로운 사람이 되기 위해서는 남에게 지혜롭게 보이는 것만으로는 충분치 않다. 더욱이 스스로 지혜롭다고 생각하는 것은 전혀 도움이 못 된다. 무엇인가 아는 사람은 자신이 그것을 안다고 생각하지 않는다. 그리고 다른 사람들이 무엇인가 보고 있다는 사실을 깨닫지 못하는 사람은 그것을 보지 못한다.

온 세상이 어리석은 사람들로 가득 차 있다고 해도, 아무도 자신이 어리석다고 생각하지 않고, 자기가 어리석다고 의심을 품는 사람조차도 없다.

🌸 서양 속담 · 명언

No one is fool always, every one sometimes.
항상 바보인 자는 없고 누구나 때로는 바보다.   ⚜️영국

To pretend folly on occasion is the highest of wisdom.
때로는 어리석은 척 하는 것이 최고의 지혜다.   ⚜️로마

201
말과 행동을 조심하라

　말과 행동이 사람을 완전하게 만든다. 말은 훌륭하게, 행동은 명예롭게 하라. 훌륭한 말은 우수한 지능에서, 명예로운 행동은 깨끗한 마음에서 나온다. 그리고 이 두 가지는 모두 고결한 정신에서 나온다. 말은 행동의 그림자이다.

　말은 여성적이고, 행동은 남성적이다. 칭찬의 말을 하는 사람이 되기보다 칭찬의 말을 듣는 사람이 되라. 말이란 하기 쉬운 것이지만, 행동은 어려운 것이다. 행동은 삶의 속알맹이고, 말은 그 겉모습이다. 뛰어난 행동은 오랫동안 기억되지만, 그럴듯한 말은 쉽게 잊혀진다. 행동은 생각에서 나오니, 생각이 지혜로우면 행동도 훌륭한 것이 된다.

🌸 서양 속담 · 명언

"Say well" is good, but "do well" is better.
말을 잘 하는 것도 좋지만 행동을 잘하는 것은 더 좋다. 〰️ 영국

No sooner said than done.
말하자마자 실천한다. 〰️ 영국

🐢 동양 고사성어

가언의행 嘉言懿行 │ 아름다운 **말**과 훌륭한 **행동**.

언행일치 言行一致 │ **말**과 **행동**이 같다.

위대한 인물들을 알아보라

당신과 같은 시대를 살아가는 위대한 인물들을 알아볼 줄 알라. 위대한 인물은 별로 많지 않다. 온 세상에서 불사조란 오직 하나뿐이다. 탁월한 장군, 위대한 웅변가, 참된 철학자는 백 년에 한 명 나오고, 참으로 훌륭한 군주는 수백 년에 겨우 한 명 나온다.

평범한 인물들은 무가치할 뿐만 아니라, 그 숫자가 엄청나게 많다. 그러나 탁월한 위인들은 각 분야에서 매우 희귀하다. 그들에게는 빈틈없는 완벽함이 요구되기 때문이다. 수준이 높아질수록 가장 뛰어난 경지에 도달하기는 더욱 어려운 법이다.

시저나 알렉산더는 위대하다. 많은 사람들이 자신도 그들처럼 '위대하다'고 스스로 추켜세웠지만, 아무도 위대한 인물이 되지는 못했다. 위대한 업적이 없다면 위대하다는 칭호가 허공에 울리는 메아리에 불과하기 때문이다. 위대한 철학자 세네카와 어깨를 겨룰 인물은 거의 없었다. 오로지 고대 그리스의 아펠레스가 홀로 위대한 화가라는 명성을 얻었을 뿐이다.

🌼 서양 속담 · 명언

Great deeds are for great men.
위대한 행동은 위대한 인물의 몫이다.   ◁◁ 서양

무시할 줄 알아야 한다

　무시할 줄 알라. 이것은 당신이 어떤 것을 원할 때, 그것을 대수롭지 않게 여기는 척해서 오히려 손에 넣는 교묘한 방법이다. 원하는 것이란 애타게 추구하면 잡을 수 없고, 오히려 모른 척 외면할 때 굴러 들어온다는 것이 일반적인 법칙이다.

　세상의 모든 사물은 영원한 것의 그림자에 불과한데, 자기를 잡으려고 쫓아오는 사람은 피하고, 자기를 피해서 달아나는 사람은 그 뒤를 쫓아간다는 것이 공통된 성질이다.

　무시는 또한 가장 교묘하게 복수하는 방법이다. 지혜로운 사람은 적을 비난하는 글을 써서 자신을 방어하는 일이 절대로 없다. 이런 방법은 언제나 오점을 남기며, 적의 잘못을 처벌하기보다는 그의 명성을 한층 높여 주기 때문이다.

　아무 쓸모도 없는 사람들이 뛰어난 사람들과 맞서서 적이 되는 술수를 쓴다. 그들은 공적을 세워서 당당하게 명성을 얻을 수 없기 때문에 그런 식으로라도 유명해지려는 것이다. 탁월한 적이 그들에게 먼저 주목하지 않았더라면, 우리는 그들의 이름조차 들어보지 못했을 것이다. 그들에 대해서는 무시해 버리는 것이 가장 효과적인 복수이다. 무시해 버리면 그들은 쓸모없는 무명인사로 영원히 남을 것이다.

　무모한 사람은 세계의 불가사의한 걸작들, 시대를 초월하여 언제나 명성을 자랑하는 작품들 가운데 한 가지에 불을 질러서 자신이 영원히 유명해지기를 꿈꾼다.

당신을 비방하는 헛소문에 대해서는 전혀 아는 척도 하지 않는 것이 그것을 꺾는 데 가장 효과적이다. 맞서서 싸우고 반론을 제기하면 당신의 입장만 더욱 난처해진다. 당신의 반론을 사람들이 믿어 준다고 해도, 반론 자체는 당신에 대한 불신을 야기하고 적들에게 만족감을 준다. 헛소문이 거두는 이 효과는 당신의 명성을 완전히 없애지는 못한다 해도 그 광채를 크게 감소시킨다.

🌸 서양 속담 · 명언

The eagle does not make war against frogs.
독수리는 개구리와 싸우지 않는다.   ✘ 이탈리아

The mastiff is quiet while curs are yelping.
똥개들이 짖고 있어도 맹견은 가만히 있다.   ✘ 서양

Noble mindedness does not receive an insult.
고상한 정신의 인물은 모욕을 도외시한다.   ✘ 로마

🚢 동양 고사성어

도외시 度外視 │ 고려의 대상으로 삼지 않는다. 무시하다. 문제 삼지 않는다.

당이변풍 當耳邊風 │ 바람이 귓가를 스치고 지나가다. 무시하다.

천박한 소인배들은 어디나 존재한다

천박한 사람들은 어디나 있다는 사실을 명심하라. 그들은 심지어 그리스가 자랑하던 학문과 문화의 도시 코린토스에도, 가장 저명한 가문에도 있다. 각자 자기 집안에서 천박한 사람들을 찾아보는 것도 좋을 것이다.

그러나 천박한 사람들 가운데는 비열하고 무례한 사람들도 있는데, 이들은 한층 더 저질이다. 깨진 유리 조각도 유리의 본질을 가지고 있는 것과 마찬가지로, 천박한 사람들의 특성을 모두 갖추고 있으면서도 더 큰 해를 끼치는 사람들이다.

그들은 어리석은 말을 떠들어대고, 뻔뻔스럽게 남을 비난할 뿐만 아니라, 무지한 자를 따르고 어리석은 짓의 후원자가 되며, 헛소문의 대가로 통하는 것이다. 당신은 그들의 말에 주목할 필요가 없고, 더욱이 그들의 생각에 대해서는 조금도 고려할 가치가 없다. 그들과 어울리지 않고 피하기 위해서는 그들의 본질에 관해서 알아두는 것이 중요하다. 어리석은 짓은 모두 천박한 것이고, 천박한 사람들은 모두 어리석다.

❀ 서양 속담 · 명언

Like dogs, if one bark, all bark.
개들처럼 하나가 짖으면 모두 짖는다. 영국

205
어려운 일이라고 미리 포기하지 말라

쉬운 일을 다룰 때는 어려운 일을 하듯이, 어려운 일을 다룰 때는 쉬운 일을 하듯이 처리하라. 전자는 지나친 자신감으로 일을 소홀히 하지 않도록, 후자는 일이 잘못되어도 실망하지 않도록 하려는 것이다.

어떤 일을 그대로 내버려두려면 그것을 이미 처리된 것이라고 생각하는 것이 가장 좋은 방법이다. 반면 부지런하고 끈질기게 노력하면 불가능하게 보이는 것도 해낼 수 있다.

중대한 일을 앞두고 지나치게 걱정해서는 안 된다. 그러면 그 일이 어렵다고 미리 겁을 먹고 포기하는 일이 생긴다.

서양 속담 · 명언

Try and trust will move mountains.
노력과 신뢰는 산들을 옮길 것이다. 서양

Where there is a will there is a way.
뜻이 있는 곳에 길이 있다. 서양

동양 고사성어

유지경성 有志竟成 | 뜻이 있는 사람은 언젠가 그 일을 반드시 이룬다.

우공이산 愚公移山 | 우공이 산을 옮기다. 아무리 어려운 일도 끊임없이 노력하면 이루어진다. 뜻이 있는 곳에 길이 있다.

206

불운이란 언제든지 닥칠 수 있다

신중한 태도를 취하라. 불운이란 언제든지 닥칠 수 있다는 사실을 명심해라. 격정에 휘말리면 현명한 사람도 실수를 하고 파멸의 위험에 직면한다. 아무리 오랫동안 평온한 마음을 유지했다 해도, 순간적인 격분이나 일시적인 쾌락으로 신세를 망치게 된다.

또한 잠시 유흥에 빠진 결과 평생을 수치스럽게 사는 경우도 많다. 교활한 사람들은 이러한 유혹의 기회들을 이용해서 당신의 속마음을 알아내려고 한다. 그런 유혹을 수단으로 삼아서 당신의 경계 태세가 어느 정도인지 탐색하는 것이다.

이럴 때는 신중하게 대처하면 된다. 갑자기 위기가 닥친 경우에는 특히 더 신중해야 한다. 격정의 지배를 받지 않으려면 깊이 생각해야 한다.

호랑이에게 물려가도 정신만 차리고 있다면 두 배로 지혜로운 사람이 될 수 있다. 위험을 잘 아는 사람은 경계해 가면서 자기 길을 걸어갈 수 있다. 한 마디 말이란, 말을 하는 사람에게는 대수롭지 않게 보인다 해도, 그 말을 듣고 깊이 생각해 보는 사람에게는 매우 중대한 것일지도 모른다.

✿ 서양 속담 · 명언

Although it rain, throw not away your watering pot.
비가 온다 해도 네 물동이는 버리지 마라.   ∞ 서양

207
어리석은 죽음을 피하라

어리석게 죽지 말라. 지혜로운 사람들은 제정신을 잃은 뒤에 죽고, 어리석은 사람들은 제정신을 차리기도 전에 죽는다. 어리석은 죽음이란 생각을 너무 많이 하기 때문에 죽는 것을 말한다. 어떤 사람은 생각을 너무 많이 하고, 너무 많은 것을 느끼기 때문에 죽는 반면, 또 어떤 사람은 생각도 느낌도 전혀 없기 때문에 산다. 전자는 슬픔으로 죽기 때문에 어리석고, 후자는 그렇지 않기 때문에 어리석다.

너무 많은 지식을 얻었기 때문에 죽는 사람도 어리석다. 어떤 사람은 너무 많이 알고 있어서 죽는가 하면, 또 어떤 사람은 충분히 알고 있지 못해서 죽는다. 많은 사람이 어리석게 죽는다 해도, 그들이 실제로 어리석은 경우는 거의 없다.

🌸 **서양 속담 · 명언**

Who perishes in needless danger is the devil's martyr.
불필요한 위험 속에 죽는 자는 악마의 순교자다.　　꽃 영국

He dies like a beast who has done no good while he lived.
생전에 좋은 일을 전혀 하지 않은 자는 짐승처럼 죽는다.　　꽃 영국

🐚 **동양 고사성어**

경어구독 經於溝瀆 │ 스스로 목매어 도랑에 빠져 죽다. 개죽음을 하다.

208
모든 사람이 저지르는
어리석은 행동을 피하라

모든 사람이 저지르는 어리석은 행동을 피하라. 이것은 특별히 중요한 처세술이다. 모든 사람이 저지르는 어리석은 행동은 보편적인 것이기 때문에 그 지배력은 매우 강력하다. 그래서 개인적으로는 어리석은 행동을 좀처럼 하지 않는 사람도 보편적으로 저지르는 어리석은 행동은 피할 수가 없다.

예를 들면, 아무리 큰 행운을 만났다 해도 그것에 만족해서 게을러지거나, 불운만 탓하면서 비록 적은 재능이나마 발휘하려고 노력도 하지 않는 것이다. 또는 자기가 가진 것에 만족하지 못한 채, 다른 사람의 것을 시기하는 것도 마찬가지이다.

현재 살아 있는 사람들이 과거의 일을, 여기 있는 사람들이 멀리 떨어진 사물을 칭찬하는 것도 역시 그렇다. 과거에 속하는 것은 모두 가장 잘된 것처럼 보이고, 멀리 떨어져 있는 것은 모두 더 좋게 보이는 법이다. 모든 것에 감격해서 우는 사람도 어리석지만, 모든 것을 비웃는 사람도 역시 어리석다.

🌸 **서양 속담 · 명언**

Learned fools are above all fools.
유식한 바보들은 모든 바보들보다 더 큰 바보다.   ✣ 독일

Folly grows without watering.
어리석음은 물을 주지 않아도 자란다.   ✣ 서양

209
진리는 위험한 것이다

진리를 잘 사용할 줄 알라. 진리는 위험한 것이다. 그러나 훌륭한 사람은 그것을 말하지 않을 수 없다. 그래서 진리를 말하려면 뛰어난 기술이 필요하다.

정신을 다루는 가장 우수한 전문 의사들은 진리라는 알약의 쓴맛을 달게 만드는 기술에 크게 주의를 기울인다. 이 약은 쓴맛을 지니고 있어야만 사람들의 착각을 고쳐 줄 수 있기 때문이다. 진리를 말할 때 부드러운 태도를 취하는 것은 대단한 기술이다. 그렇게 말해 주는 진리가 어떤 사람에게는 아첨으로 들리는가 하면, 다른 사람은 그 말에 기절해서 넘어지고 만다.

현재의 문제들은 이미 오래 전에 지나간 일처럼 다루지 않으면 안 된다. 진리를 이해할 수 있는 사람들에게는 말 한마디로 충분하지만, 그렇지 못한 사람들에게는 침묵을 지키는 것이 좋다.

군주들의 잘못을 진리의 쓴맛으로 고쳐 주려고 하지 말라. 그들을 다룰 때는 진리의 알약을 황금빛의 착각으로 도금해서 먹이는 것이 바람직하다.

✿ 서양 속담 · 명언

Speaking the truth is useful to the hearer, harmful to the speaker.
진실을 말하는 것은 듣는 자에게는 유익하지만 말하는 자에게는 해롭다. 〜〜 독일

210
인생은 천국과 지옥 사이에 서 있다

천국에서는 모든 것이 행복이고, 지옥에서는 모든 것이 불행이다. 천국과 지옥 사이에 위치한 이 지상에서는 모든 것이 행복과 불행의 중간 상태에 있다. 즉, 모든 것이 행복이자 동시에 불행이다. 우리는 이처럼 양극단의 중간에 서 있기 때문에 양쪽의 성질을 다 같이 보유한다.

운명은 변한다. 그래서 언제나 행운을 만나는 것도 아니고, 항상 불운한 것도 아니다. 이 세상은 허무하고, 따라서 그 자체는 아무런 가치도 없는 것이지만, 천국으로 인도하는 길목이기 때문에 매우 소중하다.

따라서 이 세상의 오르막길과 내리막길에 대해서 무심한 태도를 취하는 것이 현명하다. 지혜로운 사람의 눈에는 지상에 새로운 것이 하나도 없다. 우리 인생은 날이 갈수록 한 편의 희극처럼 더욱더 뒤엉키지만, 그 뒤엉킴은 조금씩 차례로 풀리게 된다. 모든 것이 행복하게 되는 대단원의 막을 내려라.

🌸 **서양 속담 · 명언**

Our lives are but our marches to the grave.
우리 인생은 무덤으로 가는 행진에 불과하다.　🔖 영국

Life is a tragedy when seen in close-up, but a comedy in long-shot.
인생은 가까이서 보면 비극이지만 멀리서 보면 희극이다.　🔖 채플린

211
당신의 비법을 남에게 전수하지 말라

당신이 가진 기술의 마지막 비법은 남에게 전수하지 말고 혼자만 간직하라. 이것은 제자들을 가르치는 기술이 뛰어나다고 자부하는 위대한 스승들의 격언이다. 스승은 제자들보다 항상 더 뛰어나야 하고, 스승의 자리를 계속해서 유지해야만 한다.

기술은 교묘하게 가르치지 않으면 안 된다. 남을 가르칠 때는 자신의 지식의 샘에서 조금씩만 퍼서 나누어주어야지, 그 샘을 통째 내주어서는 안 된다. 이런 방식을 써야만 계속해서 존경을 받고, 다른 사람들이 당신에게 계속 의존하는 것이다.

남을 즐겁게 하는 일과 가르치는 일에서 반드시 지켜야 할 법칙은 상대방의 기대감을 더욱 부추기고 그들을 항상 능가하라는 것이다.

밑천이 떨어지는 법이 없이 무엇인가 내줄 것이 항상 있는 상태를 유지하라. 그것이 편안한 삶을 누리고 성공을 거두기 위해서, 특히 높은 지위에 있는 사람들이 지켜야 할 중요한 법칙이다.

🌸 서양 속담 · 명언

He that blows best bears away the horn.
나팔을 제일 잘 부는 사람이 나팔을 맡는다. 〰 스코틀랜드

212
상대방의 의견에 반박하라

남의 의견에 반대할 줄도 알라. 어떤 일을 사실대로 알아내는 중요한 수단이 있다. 바로 자기는 화를 내지 않으면서도 다른 사람의 감정을 자극하는 것이다. 이것은 참으로 효과적인 조종 수단이다.

당신이 상대방을 조금만 불신해도 그는 비밀을 토해 내고 만다. 이것은 굳게 잠긴 마음의 문을 여는 열쇠이고, 상대방의 정신과 의지를 대단히 교묘하게 이중으로 시험하는 수단이다.

상대방의 애매한 말을 교활하게 무시해 버리면, 그는 가장 깊이 숨겨둔 비밀들을 은근히 내비치고, 달콤한 미끼를 약간 던지면 비밀들이 그의 목구멍에서 혀까지 끌려 올라와서 교활한 속임수의 그물에 걸리고 만다.

당신이 별로 관심을 보이지 않으면 그는 경계심의 고삐를 늦추고, 다른 방법으로는 도저히 알아낼 수 없는 속마음을 털어놓게 된다. 어떤 것을 호기심 때문에 알고 싶어하면서도 일부러 의심하는 척하는 것은, 그것을 알아내는 가장 교묘한 수단이다. 또한 수업시간에 교수의 견해를 반박하는 것은 학생의 교묘한 수법이다. 교수는 자기 주장이 옳다고 증명하기 위해 더 자세히 더 열심히 설명하게 된다. 그래서 적절한 반대 때문에 강의가 충실해지는 것이다.

243
잘못을 감추지 말라

한 가지 잘못을 감추려고 또 다른 잘못을 저지르지 말라. 한 가지 잘못을 덮으려다가 네 가지 잘못을 저지르거나, 한 가지 무례한 행동을 변명하기 위해 또 다른 무례한 행동을 저지르는 경우가 매우 흔하다.

어리석은 행동은 거짓말과 비슷하거나 똑같다. 많은 잘못이 한 가지 잘못을 떠받쳐야만 한다는 공통점이 있기 때문이다. 이런 경우에 가장 큰 골치는 그 잘못을 감추기 위해 몹시 애를 써야만 하는데, 그것을 감출 수가 없다는 사실이다.

한 가지 잘못이 다른 많은 잘못을 불러온다. 지혜로운 사람은 한 번은 넘어질지 몰라도, 두 번은 넘어지지 않는다. 그것도 달리고 있는 동안의 일이고, 정지된 상태에서는 한 번도 넘어지지 않는다.

❈ 서양 속담 · 명언

We know not who lives or dies.
우리는 누가 살고 누가 죽는지 모른다. ✍ 서양

It is better to be idle than to do wrong.
잘못하는 것보다 게으른 것이 낫다. ✍ 로마

214
다른 속셈이 있는 사람을 조심하라

딴 속셈을 가지고 행동하는 사람들을 경계하라. 적을 공격하기 전에 적이 먼저 경계를 완전히 풀도록 만들고, 패배한 척해서 적을 정복하는 것이 사업가들의 교활한 수법이다. 그들은 원하는 것을 얻기 위해서 마치 그것을 원하지 않는 척 가장한다. 또한 제1인자가 되기 위해 제2인자의 위치를 차지한다. 이러한 수법은 들통이 나지 않는 한 실패하는 경우가 아주 드물다.

그러므로 상대방이 엉큼한 속셈으로 노리고 있을 때는 경계를 조금도 늦추지 말라. 또한 그가 제1인자가 되려고 제2인자의 자리를 차지하면, 그 속셈을 알아내기 위해서 당신이 제1인자의 위치를 차지하라.

현명한 사람은 상대방의 간교한 계책들을 분별해 내고, 그가 자기 목적을 달성하기 위해 내세우는 구실들을 알아낼 수 있다. 상대방은 어떤 것을 얻기 위해서 다른 것을 겨냥하고, 교묘하게 샛길로 돌아가서는 자기 목표를 향해 정면에서 총을 쏘는 것이다.

당신은 그에게 무엇을 허용할지 미리 생각해 두는 것이 좋다. 때로는 당신이 그의 의도를 파악하고 있다는 사실을 그가 알게 하는 것도 바람직하다.

245
의사표시를 분명하게 하라

자신의 의사를 명백하게 알려라. 그렇게 하려면 사고력이 명석하고 또 왕성해야 한다. 어떤 사람은 착상은 쉽게 하면서도 그 생각을 전개하는 데는 서투르다. 명석한 사고력 없이는 정신의 산물인 논리와 판단이 나올 수 없기 때문이다.

많은 사람들이, 입구는 크지만 출구는 작은 그릇과 같아서, 생각은 많고 말은 적다. 반면에 생각은 적고 말은 많은 사람도 있다. 의지를 위한 결단력과 생각을 위한 표현력은 둘 다 중요한 재능이다.

그럴듯하게 말을 잘하는 사람들은 박수갈채를 받는다. 그러나 애매하게 표현하는 사람들도 존경을 받는 경우가 많은데, 이것은 남들이 그들의 말을 이해하지 못하기 때문이다.

천박하다는 평판을 피하려면 애매하게 말하는 것이 때로는 편리하다. 자신이 설명하고 있는 것에 관해서 구체적인 개념을 제시해 주지 않는 사람을 청중이 어떻게 이해할 수 있겠는가?

🌼 서양 속담 · 명언

What the lion cannot, the fox can.
사자가 할 수 없는 것을 여우는 할 수 있다.   ◈ 독일

A head with a good tongue in it is worth double the price.
말재주를 갖춘 머리는 두 배의 값을 받을 만하다.   ◈ 서양

216
오늘의 친구는 내일의 적이다

영원히 사랑하지도 말고, 영원히 미워하지도 말라. 오늘의
친구가 내일은 가장 무서운 적이 될 것처럼 친구들을 대하라.
현실에서는 친구가 적으로 돌변하는 경우가 많다. 그러므로 그
런 일을 예상하고 미리 조심하는 것이 좋다. 우정에 등을 돌리
고 당신과 싸울 사람의 손에 무기를 쥐어 주지 말라.

반면 적에게 화해의 문을 열어 두어라. 그 문은 관용을 베푸
는 문일수록 더욱 안전하다. 오래 전에 했던 복수가 때로는 오
늘의 큰 고통이 되고, 과거에 복수하고 느꼈던 기쁨은 깊은 슬
픔으로 변한다.

🌸 **서양 속담 · 명언**

We must love as looking one day to hate.
우리는 언젠가 미워할 것을 예상하면서 사랑해야만 한다.   ✑ 서양

Take heed of wind that comes in at a hole, and a reconciled
enemy.
구멍으로 들어오는 바람과 화해한 적을 조심하라.   ✑ 서양

🏮 **동양 고사성어**

애증분명 愛憎分明 ┃ 사랑하는 것과 미워하는 것을 분명히 구별하다.

애다증지 愛多憎至 ┃ 사랑받는 일이 많으면 남의 미움을 산다.

247
미덕의 실천은 행복의 중심이다

　미덕을 실천하는 거룩한 사람이 되라. 앞서 말한 모든 교훈들이 이 한마디로 집약된다. 미덕은 모든 완전함의 연결 고리이고, 모든 행복의 중심이다. 그것은 사람을 현명하고, 신중하고, 영리하고, 조심스럽고, 지혜롭고, 용감하고, 사려 깊고, 믿음직스럽고, 행복하고, 명예롭고, 충실하게 만든다. 즉, 온 세상의 영웅으로 만드는 것이다. 사람을 행복하게 만드는 것은 건강, 거룩함, 지혜, 이 세 가지이다.

　미덕은 우리가 사는 이 세상의 태양이고, 올바른 양심은 그 궤도이다. 그것은 너무나도 아름다워서 신의 총애와 아울러 사람들의 사랑도 받는다. 미덕은 가장 사랑스러운 것이고, 악덕은 가장 혐오스러운 것이다.

　한 인간의 능력과 위대성은 그의 행운이 아니라, 미덕을 기준으로 평가되어야만 한다. 오로지 미덕만이 사람을 위대하게 만든다. 미덕을 갖춘 사람은 이승에서 사람들의 사랑을 받고, 사후에는 사람들이 그를 두고두고 기억한다.

✿ 서양 속담 · 명언

Virtue and a trade are the best inheritance for children.
미덕과 직업은 자손을 위한 가장 좋은 유산이다.　∞ 서양

218
교활한 사람이 이긴다

사자의 털가죽으로 당신의 온몸을 쌀 수 없다면, 최소한 여우의 털가죽이라도 이용하라. 시대를 따라가는 것이 그 시대를 이끌어 가는 것이다. 자기가 원하는 것을 얻는 사람은 결코 명성을 잃지 않는다.

힘으로는 해결되지 않을 것 같으면 영리한 꾀를 이용하라. 용기라고 하는 군주의 큰길과 교활함이라는 샛길 가운데서 그 어느 쪽이든 선택하라.

힘보다는 술수가 더 많은 성과를 거두었다. 교활한 사람과 용감한 사람이 싸울 때도 교활한 쪽이 이긴 경우가 더 많다. 어떤 것을 손에 넣을 수 없을 때는 그것을 무시해 버리면 된다.

❀ 서양 속담 · 명언

Wiles help weak folk.
술수는 약한 자들을 돕는다.　♨ 스코틀랜드

The fox's wiles will never enter into the lion's head.
여우의 술수들은 사자의 머리에 결코 들어가지 않을 것이다.　♨ 서양

❀ 동양 고사성어

고롱현허 故弄玄虛 ｜ 일부러 교활한 술수를 부리다. 아무 것도 아닌 것을 오묘한 것인 척 하다.

219

무례한 사람은 예의를 망친다

스스로 거북한 처지에 빠지지도 말고, 남들을 난처하게 만들지도 말라. 어떤 사람은 자기도 예의를 차리지 않고, 남들이 예의를 차리는 것도 방해한다. 그는 어리석은 행동을 하려고 언제나 안달이다. 그런 사람은 만나기는 쉽지만, 떼어버리기는 쉽지가 않다. 그는 하루에 백 가지나 성가신 일을 해놓고도 태연하다. 또한 모든 일에 관해서 모든 사람과 항상 의견이 충돌하기 때문에 변덕을 종잡을 수가 없다. 그리고 스스로 재판관이 되어 모든 사람에게 유죄 판결을 내린다.

그러나 다른 사람들의 인내심과 현명함을 가장 심하게 시험하는 것은, 올바른 행동은 하나도 하지 않은 채 모든 사람을 비난하는 사람이다. 무례함이라는 광대한 세계에는 이런 괴물들이 많다.

🌸 서양 속담 · 명언

Curiosity is ill manners in another's house.
호기심은 남의 집에서 무례한 것이다. ✂ 영국

동양 고사성어

불성체통 不成體統 │ 예의가 없다. 버릇없이 굴다.

언사불공 言辭不恭 │ 말씨가 공손하지 못하다.

220

개성을 핑계로 괴상한 짓을 하지 말라

괴상한 짓을 하지 말라. 일부러 하지도 말고, 경솔한 탓에 그런 짓을 하는 일도 없도록 하라. 많은 사람들이 개성을 핑계로 괴상한 행동을 한다. 그러나 그들의 개성은 남들과 다른 뛰어난 장점이 아니라 결함이다.

외모가 유난히 못생겨서 널리 알려진 사람처럼, 그들은 남에게 혐오감을 주는 행동이나 태도 때문에 유명해진다.

그들의 괴상한 태도와 행동은 하도 저열하고 기이해서 등록상표의 역할을 할 따름이며, 결국은 사람들의 조소나 반감을 초래하고 마는 것이다.

🌸 **서양 속담 · 명언**

One half of the world laughs at the other half.
세상 사람의 절반은 다른 절반을 비웃는다. 〰️ 독일

He is not laughed at that laughs at himself first.
자기가 자기 자신을 먼저 조소하는 사람은 남의 조소를 받지 않는다. 〰️ 서양

🏵️ **동양 고사성어**

해괴망측 駭怪罔測 | 헤아릴 수 없이 대단히 이상야릇하고 괴상하다.

요형괴상 妖形怪狀 | 옷차림이 기이하고 동작이 괴상하다.

221
혀를 통제하라

혀를 통제하는 사람은 현명하다. 사람의 혀는 야수이기 때문에, 일단 고삐가 풀리면 다시 재갈을 물리기가 어렵다.

혀는 정신의 맥박이고, 지혜로운 사람은 그것으로 정신의 건강 상태를 진단한다. 주의 깊은 관찰자는 이 맥박으로 마음의 움직임을 남김 없이 모두 느낀다. 혀를 가장 심하게 통제해야 마땅한 사람이 마구 혀를 놀리는 경우, 그의 마음과 정신은 최악의 상태에 있는 것이다.

지혜로운 사람은 혀를 잘 통제함으로써 근심 걱정과 난처한 지경을 당하지 않고 자제력의 완성을 보여 준다. 그는 자기 길을 조심스럽게 걸어간다. 또한 그는 어느 쪽으로도 치우치지 않는, 머리가 하나에 얼굴이 두 개인 야누스 신이며, 백 개의 눈으로 모든 것을 감시하는 거인 아르고스와 같다.

모무스 신은 헤파이스토스 신이 사람을 만들 때 그 가슴에 창문을 내지 않았다고 비웃었다. 그러나 가슴에 창문을 만들기보다 손에 눈을 여러 개 달았더라면 더 좋았을 것이다.

🌸 서양 속담 · 명언

Keep your mouth and keep your friend.
입을 조심하여 친구를 보존하라. ✎ 덴마크

222

모든 사물에는 양면성이 있다

어떠한 사물이나 결과에 대해서도 못마땅하게 여기지 말라. 모든 사물에는 매끄러운 면과 거친 면이 있다. 가장 우수한 창도 그 창날을 잡으면 손을 베이지만, 그 자루를 잡으면 가장 좋은 방어 무기가 된다.

어떤 사물이든 장점을 보기만 한다면 즐거움을 얻겠지만, 그렇지 않으면 오히려 고통을 받는다. 모든 것에는 유리한 면과 불리한 면이 있으니, 유리한 면을 발견해 내야 영리한 것이다.

똑같은 물건도 다른 각도에서 바라보면 그 모습이 전혀 다르게 보이게 마련이다. 그러므로 사물의 가장 좋은 면을 바라보라. 좋은 면은 버리고 나쁜 면만 보는 짓은 하지 말라. 어느 사물이든 어떤 사람에게는 기쁨이 되는가 하면, 또 다른 사람에게는 비탄이 되는 것이다. 이것을 깨달으면 행운의 여신이 얼굴을 찌푸릴 때에도 별로 걱정하지 않게 된다. 이것은 어느 시대에나, 어떠한 여건에서나, 매우 중대한 인생의 법칙이다.

✿ 서양 속담 · 명언

Good things are mixed with evil, evil things with good.
좋은 것에도 나쁜 점이 있고 나쁜 것에도 좋은 점이 있다.　 ✼ 로마

Good for the liver may be bad for the spleen.
간에 좋은 것은 비장에 나쁠 수도 있다.　 ✼ 서양

223
당신의 가장 큰 단점을 극복하라

당신의 가장 큰 결함을 깨달아라. 사람은 누구나 자신의 가장 뛰어난 장점과 맞먹는 단점을 지닌 채 살아간다. 그 단점이 욕망으로 커지면 당신을 지배하는 폭군이 된다. 현명함을 당신의 동맹군으로 삼아서 그것과 싸움을 개시하라.

당신이 가장 먼저 해야 할 일은 그것을 남들에게 공개하는 것이다. 단점이란 일단 알려지고 나면 쉽게 정복이 되며, 특히 자신의 단점을 구경하는 사람들과 같은 각도에서 바라볼 때는 더욱 쉽게 정복되기 때문이다.

자신을 다스리는 주인이 되려면 자신을 알아야 한다. 가장 큰 결점이 극복되면 나머지 결함들도 사라질 것이다.

✿ 서양 속담 · 명언

Do not believe anyone about yourself more than yourself.
너 자신에 관해서는 너 이외에 다른 사람을 믿지 마라. ✑ 로마

A ragged colt may make a good horse.
야생 망아지는 좋은 말이 될 수 있다. ✑ 서양

✿ 동양 고사성어

자지자영 自知者英 | 자기 자신을 아는 자는 총명하다. 자기 자신을 객관적으로 인식하고 평가하는 사람은 총명하다.

224
위선자라는 소리를 듣지 말라

요즘에는 어디서나 위선자가 많이 보인다. 그러나 당신마저 위선자라는 소리를 듣지는 말라. 교활한 사람이라는 평가보다 현명한 사람이라는 평가를 받아라. 모든 사람이 자기 일을 성실하게 하는 것은 아니라 해도, 사람은 누구나 태도가 성실한 사람을 좋아하게 마련이다.

성실한 사람이 세상 물정도 모르는 얼간이로, 현명한 사람이 교활한 사람으로 전락해서는 안 된다. 교활해서 남에게 두려움을 주는 사람보다는 지혜로워서 존경을 받는 사람이 되라.

솔직한 사람은 다른 사람들의 사랑을 받지만, 속는 경우도 많다. 그래서 남의 속임수를 알아보는 것은 대단한 기술이다. 평온하던 과거의 시대에는 단순한 사람들이 대다수였지만, 투쟁의 시대인 오늘날에는 교활한 사람들이 판을 친다.

자신이 마땅히 해야 할 일을 아는 사람이라는 평판을 받으면 명예와 신뢰를 얻는다. 그러나 위선자라는 평판을 받으면 불명예와 불신을 얻는다.

✸ 서양 속담 · 명언

To steal the pig and give the feet to God.
돼지를 훔치고 돼지다리는 하느님께 바치다.   ৶ 서양

225
사람을 쉽게 조정하는 기술을 배워라

상대가 무엇을 더 가지고 싶어하는지 파악하여 그의 욕구를 이용하라. 그의 욕구가 강하면 강할수록 당신은 그를 더욱 쉽게 조종할 수 있다. 철학자들은 남의 욕구를 이용할 기회가 별로 없다고 말하지만, 정치가들은 그런 기회는 얼마든지 있다고 말한다. 그런데 정치가들의 말이 옳다.

많은 사람들은 자기 목적을 달성하는 징검다리로 다른 사람의 욕구를 이용한다. 그들은 어떠한 기회도 놓치지 않고 모두 이용한다. 또한 다른 사람에게 그가 원하는 것을 얻기가 얼마나 어려운지 지적하여 그의 욕구를 한층 자극한다.

사람은 이미 소유하고 있는 것에 대해서는 별 느낌이 없지만, 앞으로 얻고 싶은 것에 대해서는 강한 욕구를 느낀다. 욕구란 채우기가 어려울수록 더욱 뜨겁게 달아오르는 법이다. 남의 욕구를 채워 주면서도 그가 당신에게 계속해서 의존하도록 만든다면, 그것은 매우 뛰어난 기술이다.

❋서양 속담 · 명언

It is skill, not strength, that governs a ship.
배를 조종하는 것은 힘이 아니라 기술이다. ⚓ 서양

226
첫인상에 사로잡히지 말라

첫인상에 사로잡히지 말라. 어떤 사람들은 자기 귀에 제일 먼저 닿는 이야기를 믿어 버리고, 뒤에 들리는 나머지 이야기들은 모두 찬밥 취급을 한다. 그러나 거짓말은 발이 빨라서 제일 먼저 도착하기 때문에 뒤늦게 온 진실은 그들 안에서 깃들이지 못한다.

한 가지 대상만 보고 결심해도 안 되고, 한 가지 주장만 듣고 판단을 내려서도 안 된다. 그런 결심이나 판단은 피상적인 것이기 때문이다.

사람들은 새로 만든 술통과 같다. 새 술통이란, 술이 좋든 나쁘든 그것을 제일 먼저 채우는 술의 냄새로 절여지게 마련인 것이다.

첫 인상에 따라 피상적인 결심과 판단을 한다는 사실이 남들에게 알려지면, 그것은 치명적인 피해를 초래한다. 교활한 사람들이 당신에게 피해를 입힐 기회를 얻게 되기 때문이다. 악의를 가진 그들은 속아넘어가기 쉬운 당신의 마음을 편견으로 휘어잡으려고 재빨리 덤벼든다. 그러므로 두 번째 이야기도 들어보겠다는 자세를 항상 유지하라.

알렉산더 대왕은 첫 번째 보고와 다른 내용의 보고를 들을 귀를 언제나 다른 쪽으로 열어 놓았던 것이다. 두 번째 이야기뿐만 아니라, 세 번째 이야기도 기다렸다가 들어보라. 첫인상에 사로잡힌다면 당신은 올바른 판단력이 부족한 것이고, 따라서 머지않아 감정에 휩쓸리고 말 것이다.

🌸 서양 속담 · 명언

To the jaundiced all things seem yellow.
황달병에 걸린 사람 눈에는 모든 것이 노랗게 보인다.   ✎서양

Men are blind in their own cause.
사람은 자기주장에 대해 눈이 먼다.   ✎스코틀랜드

An evil suspicion has a worse condition.
나쁜 의심은 더욱 나쁜 조건을 만난다.   ✎영국

🏮 동양 고사성어

선입위주 先入爲主 ｜ 먼저 들은 말이나 견해를 중하게 여기고 그 외의 것은 받아들이기 어렵다. 사물에 대한 고정관념이나 편견이 생기다.

선입지견 先入之見 ｜ 실제로 조사나 연구를 하기 전에 이미 받아들였거나 형성된 견해

의심암귀 疑心暗鬼 ｜ 의심이 어둠을 지배하는 귀신을 만들어낸다. 선입견이 있으면 판단을 그르친다.

227
남을 비방하지 말라

남의 스캔들을 만들어 내지 말라. 그렇게 하는 사람이라고 남의 눈에 비치게 해서는 더욱 안 된다. 그것은 당신이 남을 비방하는 사람이라는 뜻이기 때문이다.

꾀를 부려서 남에게 피해를 주지 말라. 그런 꾀란 부리기는 쉽지만, 남들의 미움을 사고 만다. 사람들은 그런 사람을 비난하여 그에게 복수한다. 비난하는 사람은 많고 그는 혼자뿐이기 때문에, 사람들이 그의 꾀를 인정해 주기보다는 그가 먼저 패배하기가 더 쉽다. 남에 대한 비방을 결코 즐겨서는 안 되며, 절대 화제로 삼아서도 안 된다. 남을 등 뒤에서 비방하는 사람은 미움을 받게 마련이다.

높은 사람들 가운데 하나가 가끔 그런 사람과 어울린다면, 그것은 그의 조롱이 마음에 들어서가 아니라, 그의 통찰력을 존중하기 때문이다. 남을 비방하는 사람은 언제나 더 심한 비방을 받을 것이다.

✺ **서양 속담·명언**

Detractors are their own foes and the world's enemies.
비방자는 자기 자신의 적이며 온 세상의 원수다. ✂ 서양

Slander leaves a scar behind it.
비방은 상처를 뒤에 남긴다. ✂ 영국

228
남에게 호의를 베풀어라

남에게 열심히 호의를 베풀어라. 대부분의 사람들은 말과 행동을 자기가 원하는 대로 하는 것이 아니라, 남의 호의를 고맙게 여기는 마음에서 어쩔 수 없이 그렇게 한다.

사람들이 나쁜 소문을 믿도록 하는 것은 쉬운 일이다. 나쁜 소문이란 도저히 믿기 어려운 경우라 해도 사람들이 쉽게 믿어 버리기 때문이다.

당신의 좋은 평판은 다른 사람들의 의견에 달려 있다. 자기만 옳으면 그만이라고 생각하는 사람도 있지만, 옳다는 것만 가지고는 좋은 평판을 얻는 데 충분하지가 않다. 거기에 호의적인 여론의 힘이 지원을 해 주어야 한다.

다른 사람들에게 호의를 베푸는 일은 비용은 적게 들고 도움은 크게 되는 경우가 많다. 다른 사람들에게 호의적인 말을 해 주어서 그들의 지원을 미리 확보할 수도 있다.

이 넓은 세상에는 무수한 사람들이 있는데, 아무리 보잘것없는 사람이라고 해도 언젠가는 당신에게 도움이 될 수가 있다. 평소에 호의를 베풀지 않는다면, 언젠가는 그런 보잘것없는 사람의 도움도 아쉬워할 날이 올 것이다. 사람은 누구나 상대방에 대해서 자기가 느끼는 대로 말을 하는 법이다.

229
책들에게 의견을 물어라

당신의 삶을 지혜롭게 설계하라. 우연에 맡기지 말고 현명함과 예견의 힘을 동원해서 하라. 도중에 쉴 여관이 하나도 없는 긴 여행과 마찬가지로, 즐거움이 없는 인생은 지루하기만 하다. 이런 인생에 다양한 지식은 다양한 즐거움을 제공한다.

고상한 삶의 여로에서 첫째 날은 죽은 사람들과 대화를 하면서 보내야 한다. 우리는 지식을 얻고 우리 자신을 알기 위해서 사는 것이다. 이를 위해 진리를 담은 좋은 책들을 읽어라. 좋은 책은 우리를 참으로 사람다운 사람으로 만들어 준다. 둘째 날은 살아 있는 사람들과 어울리면서 이 세상의 좋은 것을 모두 보고 깨달아야 한다. 모든 것을 어느 한 나라에서만 찾아볼 수는 없다. 우주의 아버지는 모두에게 선물을 골고루 나누어 주었으며, 때로는 가장 풍부한 유산을 가장 추하게 생긴 사람에게 주었다. 셋째 날은 오로지 자신만을 위해서 보내야 한다. 가장 큰 행복은 철학자가 되는 것이다.

🌸 서양 속담 · 명언

The fountain of wisdom flows through books.
지혜의 샘은 책들을 통해서 흐른다. ⋙ 그리스

Leasure without books is death and burial of a man alive.
독서하지 않고 보내는 여가는 그의 죽음이자 생매장이다. ⋙ 세네카

230
깨달음에 눈을 떠라

깨달음에 빨리 눈을 떠라. 사물을 바라보고 있다고 해서 누구나 다 깨달음에 눈을 뜨고 있는 것은 아니고, 눈을 뜨고 본다고 해서 누구나 다 제대로 보는 것도 아니다. 어떤 사람들은 더이상 볼 것이 없을 때 비로소 보기 시작한다. 그들은 자기 집을 완전히 무너뜨린 뒤에야 비로소 제정신을 차리는 것이다.

의지력이 없는 사람에게 이해력을 부여하기는 어렵다. 그러나 이해력이 없는 사람에게 의지력을 부여하는 것은 더욱더 어렵다. 사람들은 그의 눈을 가린 채 술래로 세워 놓고 그를 웃음거리로 만든다.

그는 남의 말을 들으려 하지 않기 때문에, 눈을 떠서 보려고 하지도 않는다. 주위 사람들이 그런 상태를 부추기는 경우가 많은데, 그것은 주위 사람들의 생존 자체가 바로 그의 그런 상태에 달려 있기 때문이다. 눈 먼 기수를 태운 말은 불행하다. 그런 말은 결코 제대로 달릴 수가 없다.

🌸 서양 속담 · 명언

Nothing is bad if we understand it right.
우리가 올바르게 이해하기만 한다면 아무 것도 나쁘지 않다. ✎ 독일

One may understand like an angel and yet be devil.
사람은 천사처럼 이해하면서도 악마일 수 있다. ✎ 서양

231
미완성 작품을 남에게 보이지 말라

완성되지 않은 것을 절대로 도중에 남에게 보이지 말라. 모든 것은 완성되었을 때 비로소 제대로 감상의 대상이 될 수 있다. 처음에는 모든 것이 아직 제 모습을 갖추지 못하고 있어서 이 불완전한 형태가 사람들의 상상력에 부각되어 남는 것이다.

그래서 완성되었을 때 그것을 감상하려고 하면, 불완전한 모습을 보았던 기억이 되살아나 제대로 감상하기가 어렵게 된다. 커다란 것을 단숨에 꿀꺽 집어삼키면, 그것의 각 부분에 대해서는 판단하기가 어려울지 몰라도, 미각은 만족시킨다.

어떠한 사물이든 제 모습을 드러내지 않으면 그것은 아무것도 아니고, 완성 과정에 있는 동안에도 역시 아무것도 아니다. 가장 맛있는 요리라 해도 그것을 준비하는 과정을 본다면 식욕보다는 불쾌감이 더 심한 자극을 받는다.

어느 분야의 거장이든 누구나 자기 작품이 초기 단계에 있을 때는 남에게 보이지 않도록 조심해야 한다. 그들은 이에 관한 교훈을 어머니인 대자연에서 배울 수가 있다. 대자연은 자기 자녀를 남에게 보이기에 적합할 때까지는 절대로 세상에 내놓지 않는다.

✾ **서양 속담 · 명언**

Many can make bricks, but cannot build.
벽돌은 만들지만 집은 짓지 못하는 사람이 많다. ◈ 서양

세상을 살아가는 지혜를 배워라

사업가의 감각을 갖추도록 하라. 삶이란 생각만 하면서 살아서는 안 되고, 행동도 반드시 따라야만 한다. 대단히 지혜로운 사람들은 일찍 속임수에 넘어가는 체험을 한다. 그들은 특이한 것에 관해서는 잘 알지만, 일상 생활의 평범한 것들, 즉 실질적으로 필요한 것들에 관해서는 무지하기 때문이다.

그들은 차원이 높은 것들을 관찰하는 바람에 주위 사물에 관한 지식을 습득할 시간이 없다. 그리고 자신이 제일 먼저 알아야만 하는 것들, 즉 다른 사람들이 모두 잘 알고 있는 것들을 모르기 때문에, 천박한 대중의 존경을 받거나, 아니면 무지하다는 평가를 받는다.

그러므로 현명한 사람도 사업가의 감각을 어느 정도는 구비하라. 이것은 남에게 속아서 웃음거리가 되는 일을 막아 줄 정도면 충분하다. 일상 생활을 원만히 할 수 있는 사람이 되라. 이것은 인생에서 가장 가치 있는 일은 아니라 해도 가장 필요한 일이다. 실용적이지 않은 지식이 무슨 소용이 있는가? 세상을 살아가는 지혜를 아는 것이 오늘날에는 참된 지식이다.

❀ 서양 속담 · 명언

Your belly will never let your back be warm.
네 배는 네 등을 결코 따뜻하게 만들지 않을 것이다.   ✍ 서양

233
상대가 싫어하는 행동은 하지 말라

상대가 싫어하는 것을 주지 말라. 자기가 싫어하는 것을 받는 사람은 기뻐하기는커녕 불쾌하게 여길 것이다. 어떤 사람은 사람마다 서로 다른 취향을 고려하지 않기 때문에, 남을 즐겁게 해 주려다가 오히려 성가시게 군다.

어떤 사람에게 아첨이 되는 것이 다른 사람에게는 무례한 행위가 되고, 남을 도와주려던 행위가 오히려 그에게 모욕이 될 수 있다. 적은 비용으로도 남을 기쁘게 해 줄 수 있었는데, 그보다 훨씬 많은 비용을 들이고도 오히려 그를 불쾌하게 만드는 경우가 많다. 그렇게 되면, 남을 즐겁게 해 주는 방향을 가리키는 나침반을 잃은 것이기 때문에, 선물도 소용이 없고, 감사하다는 말도 듣지 못한다. 상대의 취향을 모른다면, 그를 기쁘게 해 주는 방법도 모르는 것이다. 그래서 상대방을 칭찬하려는 의도로 말을 했는데도 그를 모욕하는 결과가 되어 호된 벌을 받는 사람이 많다. 또 어떤 사람들은 멋진 대화 솜씨로 주위 사람들의 환심을 사려고 하지만, 마구 재잘대는 바람에 결국은 듣는 사람들을 지루하게 만드는 데 그칠 뿐이다.

🌺 서양 속담 · 명언

He that makes a thing too fine, breaks it.
물건을 지나치게 잘 만들려는 자는 그것을 부순다. ✤ 서양

234

자기 명예를 다른 사람에게 맡기지 말라

다른 사람이 자기 명예를 걸고 맹세하지 않는 한, 당신의 명예를 절대로 그의 손에 맡기지 말라. 맹세한 내용에 대해 침묵을 지키면 서로 이익이 되고, 그것이 폭로되면 둘 다 위험해지도록 미리 조치하라.

명예가 걸린 일에 관해서 당신은 상대방과 더불어 상호주의에 따라 행동하라. 즉, 각자는 자신의 명예를 위해서 상대방의 명예를 지켜 주도록 행동해야 한다. 당신의 명예를 전부 남에게 맡기지는 말라. 그것이 불가피한 경우에는 최대한으로 조심해서 맡겨라. 위험은 둘이 같이 지고, 피해는 서로 나누어 지도록 해야 한다. 그래서 상대방이 당신에게 불리한 증언을 못 하게 하라.

🌸 서양 속담 · 명언

My honor is my life.
나의 명예는 나의 생명이다. ⚜️셰익스피어

Neither to seek nor to despise honour.
명예는 추구하지도 말고 경멸하지도 마라. ⚜️로마

🐚 동양 고사성어

실지명귀 實至名歸 │ 실제로 공적을 세우면 명예는 당연히 따라온다.

235
부탁하는 데도 기술이 필요하다

남에게 부탁하는 기술을 배워라. 어떤 사람에게 하는 부탁은 그보다 쉬운 일이 없는 반면, 어떤 사람에게 하는 부탁은 그보다 어려운 일이 없다.

남의 부탁을 거절할 줄 모르는 사람에게 부탁할 때는 아무런 기술도 필요 없는가 하면, 언제나 무조건 거절부터 하는 사람에게 부탁할 때는 고도의 기술이 필요하고, 부탁의 단계마다 가장 적절한 시기를 선택해야 하기 때문이다.

거절부터 해 놓고 보는 사람에게는 그가 기분 좋을 때, 식사를 마친 뒤 몸이나 정신이 원기를 회복했을 때, 느닷없이 부탁을 하라. 다만, 이것은 기민한 그가 당신의 교활한 수법을 미리 눈치 채지 못한 경우에만 효과가 있다.

즐거운 날은 남에게 호의를 베푸는 날이 된다. 즐거움이란 내면적인 자아에서 넘쳐 흘러나와 외부적인 사물에 미치기 때문이다. 그러나 다른 사람이 거절당한 직후에 찾아가서 부탁하는 것은 아무 소용이 없다. 남의 부탁을 거절만 해서는 안 되겠다고 작정했던 마음이 이미 사라졌기 때문이다. 또한 슬픈 일을 겪은 직후도 부탁하기에 적절한 시기가 아니다. 따라서 상대방이 천박하고 비열해서 배은망덕한 사람이 아닌 한, 그에게 미리 호의를 베푸는 것이 나중에 부탁하기 위해 가장 좋은 방법이다.

236
미리 베푼 호의는 두 가지 이점이 있다

나중에 보답을 받을 수 있도록 남에게 미리 호의를 베풀라. 상대의 도움이 필요한 시기에 앞서서 미리 상대의 요구를 들어주는 것이다. 이렇게 미리 베푼 호의는 두 가지 커다란 이점이 있다. 하나는 신속하게 요구를 들어주었기 때문에 수혜자가 한층 더 고마움을 느끼는 것이고, 또 하나는 나중에 베풀면 보상이 되지만 미리 베풀면 호의가 된다는 것이다.

이것은 당신의 의무를 호의로 전환시키는 교묘한 방법이다. 당신이 불가피하게 어떤 사람의 요구를 들어주어야만 하는데, 오히려 그에게 당신이 호의를 베푼 셈이 되어서, 수혜자가 보답의 의무를 지도록 만들기 때문이다.

그러나 이것도 은혜를 느끼는 사람에게만 적용될 수 있다. 비열한 사람은 그런 호의를 받고 보답할 생각을 하는 것이 아니라, 귀찮은 짐으로만 여기기 때문이다.

🏵 **서양 속담 · 명언**

Ask much to have a little.
조금 얻기 위해 많이 요청하라.　⚘ 영국

Do good if you expect to receive it.
너에 대한 남의 선행을 바란다면 네가 선행을 하라.　⚘ 서양

237
자신에게 부족한 능력을 키워라

　당신이 구비하지 못한 능력이 무엇인지 알아내라. 최고의 단계에 이르는 데 반드시 필요한 어떤 능력만 구비했더라면, 많은 사람들이 위대한 인물이 되었을 것이다.

　어떤 사람들은 특정 재능을 조금만 더 발휘했더라면, 분명히 한층 탁월한 인물이 될 수 있었을 것이다. 그들은 뛰어난 재능들을 충분히 발휘하는 일에 진지하지 않았을지도 모른다.

　어떤 사람들은 성격상 친절하지 못한데, 그런 결함은 주위 사람들이 즉시 알아보게 된다. 특히, 그들이 높은 지위에 있는 경우에는 더욱 그러하다.

　어떤 사람들은 조직력이 없고, 또 어떤 사람들은 신중하지 못하다. 이러한 부족한 점이 있는 경우에 주의 깊은 사람들은 습관을 제2의 천성으로 만들 수 있다.

🌺 서양 속담 · 명언

All is well save that the worst piece is in the midst.
가장 나쁜 조각이 가운데 있다는 것 이외에는 모든 것이 좋다. 　 영국

A good horseman wants a good spur.
훌륭한 기수는 좋은 박차가 없다. 　 서양

238
지나치게 비판하지 말라

　지나치게 비판적인 사람이 되지 말라. 분별 있는 사람이 되는 것이 한층 더 중요하다. 필요 이상으로 많은 지식은 당신의 무기를 무디게 만든다. 너무 가느다란 칼끝은 휘거나 부러지기 쉽기 때문이다.

　건전한 상식에 맞는 지식이 가장 확실하다. 안다는 것은 좋은 일이지만, 까다롭게 흠잡는 것은 좋지 않다. 길게 늘어놓는 비판은 분쟁을 일으킨다. 당면한 문제에서 벗어나지 않는 건전한 분별력을 유지하는 것이 훨씬 더 낫다.

❀ 서양 속담 · 명언

Who has bitter in his mouth spits not all sweet.
쓴 것을 입에 지니고 있는 자는 단 것을 결코 뱉지 않는다.　❧ 서양

If your ear burns, some one is talking about you.
너의 귀가 뜨거워지면 누군가가 너에 대해 말하고 있다.　❧ 영국

❀ 동양 고사성어

구중자황 口中雌黃 ┃ 입안에 잘못된 글씨를 지우는 자황이 있다. 경솔하게 말하고 잘못 말한 것을 자기 멋대로 뒤집다. 함부로 남을 비판하다.

평두품족 評頭品足 ┃ 여자의 용모에 관해 공연히 비판하다. 사람이나 사물에 대해 흠을 잡다.

다른 사람과 비밀을 공유하지 말라

윗사람의 비밀을 절대로 그와 함께 공유하지 말라. 당신은 알맹이를 윗사람과 함께 공유한다고 생각할지 모르지만, 공유하는 것은 껍데기뿐이다. 많은 사람들이 윗사람의 심복이 되었다가 파멸했는데, 빵 조각과도 같은 그들은 숟가락처럼 이용될 뿐만 아니라, 나중에는 자신마저 잡아먹히는 위험도 진다.

군주가 자기 비밀을 심복과 공유하는 것은 호의를 베푸는 것이 아니라, 걱정거리를 더는 것에 불과하다. 많은 사람들은 자신의 추한 모습을 상기시켜 주는 거울을 깨 버린다.

우리는 자신의 참모습을 쳐다본 사람을 보기 싫어하고, 자신을 불리한 각도에서 바라본 사람을 유리한 각도에서 바라보지 않는다.

친구들에게 비밀을 털어놓는 것은 특히 위험하다. 남에게 당신의 비밀을 알려 준다면, 당신은 스스로 그의 노예가 될 것이다.

군주에게는 자신이 남의 노예가 된다는 것은 도저히 용납할 수도 없는 일이며, 그런 상태를 오래 지속할 리도 없는 것이다. 그래서 군주는 잃어버린 자신의 자유를 회복하기를 원할 것이고, 그 목적을 달성하기 위해서는 정의와 이성을 포함한 모든 것을 뒤집어엎을 것이다.

그러므로 남에게 비밀을 털어놓지도 말고, 남의 비밀에 귀를 기울이지도 말라.

Bestow on me what you will, so it be none of your secrets.
네가 원하는 대로 내게 말해주면 그것은 네 비밀이 되지 않는다. ᏭᏭ 서양

If you would know secrets, look them in grief or pleasure.
비밀들을 알려고 한다면 그것들을 슬픔이나 기쁨 속에 바라보라. ᏭᏭ 서양

The secret is your prisoner: if you let it go, you are a prisoner to it.
비밀은 너의 포로다. 네가 그를 놓아주면 너는 그의 포로가 된다. ᏭᏭ 히브리

🚢 동양 고사성어

입막지빈 入幕之賓 │ 장막 뒤에 숨어 있는 손님. 비밀에 참여하는 사람. 특별
히 가까운 손님. 비밀을 서로 의논할 만한 친구나 막료.

도궁비현 圖窮匕見 │ 연나라의 자객 형가(荊軻)가 진(秦)나라 왕을 죽이려고
할 때 지도를 다 펴자 비수가 드러난 일. 계획이나 비밀
이 결국 탄로나다. 숨기던 본심이 드러나다.

240
지혜로운 사람은 어리석은 척 한다

어리석음을 이용하라. 가장 지혜로운 사람은 가끔 이 수법을 쓴다. 남들의 눈에 지혜롭게 보이지 않도록 하는 것이 때로는 가장 큰 지혜가 된다. 그렇다고 해서 당신이 실제로 지혜롭지 못한 사람이 될 필요는 없다. 다만 지혜가 없는 척할 따름이다.

어리석은 사람들과 어울릴 때는 지혜롭고, 지혜로운 사람과 어울릴 때는 어리석다면, 그것은 아무 소용이 없다. 그들이 각각 알아듣는 언어로 말하라. 어리석은 척하는 사람이 어리석은 것이 아니라, 어리석은 척하기를 싫어하는 사람이 어리석다.

단순히 어리석은 척하는 것보다는 영리하게 굴면서도 어리석은 짓을 하는 것이 진짜 어리석은 것이다. 다른 사람들의 호감을 많이 얻기 위해서는 가장 소박한 옷을 입어야만 한다.

서양 속담 · 명언

To pretend folly on occasion is the highest of wisdom.
때로는 어리석은 척 하는 것이 최고의 지혜다. 로마

Art consists in concealing art.
재능은 그것을 감추는 데 들어 있다. 로마

동양 고사성어

도광양회 韜光養晦 | 재능을 감추고 세상에 드러내지 않는다.

241
남을 조롱하지 말라

남이 당신을 조롱할 때는 참고 견뎌라. 그러나 당신이 남을 조롱하지는 말라. 조롱을 참아 주는 것은 예의를 지키기 위해 그렇게 하는 것이지만, 남을 조롱하면 당신이 난처한 지경에 빠지게 될지도 모른다.

장난기 섞인 농담에 벌컥 화를 내는 것은 유치하다. 대담한 풍자와 조롱은 유쾌한 것이 될 수도 있다. 그러므로 그것을 참아 주면 당신이 대단한 사람이라는 것이 증명된다. 그러나 당신이 불쾌한 기색을 드러내면 다른 사람들도 불쾌해진다.

따라서 당신을 불쾌하게 하는 일은 내버려두는 것이 상책이다. 이것은 어리석은 사람의 장단에 놀아나지 않기 위한 가장 확실한 방법이다. 심각한 분쟁들도 농담에서 출발했다. 농담할 때보다 재치와 조심성이 더 필요한 경우는 없다. 농담을 시작하기 전에 당신은 먼저 상대방이 얼마나 큰 아량으로 감당할 수 있는지를 파악하라.

🌸 서양 속담 · 명언

Jeerers must be content to taste of their own broth.
조롱하는 자들은 자기 죽 맛에 만족해야만 한다.　∞ 서양

Cool words scald not the tongue.
싸늘한 말은 혀를 데게 하지 않는다.　∞ 영국

처음부터 끝까지 한결 같아라

당신의 유리한 점들을 최대한으로 이용하라. 어떤 사람들은 시작에 모든 힘을 쏟아 부어서 일을 끝까지 해낸 적이 전혀 없다. 우유부단한 그들은 계획은 세우지만, 결코 끝까지 실행하지는 못한다. 그들은 게임을 끝까지 하지 않기 때문에 명성을 얻지 못하고, 모든 것이 최초의 장애물 앞에서 끝나고 만다.

어떤 사람들은 성미가 급해서 그렇게 되고 만다. 급한 성미가 스페인 사람들의 결점인 반면, 인내는 벨기에 사람들의 장점이다. 벨기에 사람들은 일을 끝까지 밀고 가서 해낸다.

그러나 스페인 사람들은 중도에 일을 집어치운다. 그들은 장애물이 극복될 때까지 땀을 흘려 일하지만, 일단 장애물이 극복되면 거기서 만족할 뿐, 끝까지 밀고 가서 승리를 거두는 방법을 모른다. 승리를 거둘 수는 있지만, 그럴 의지가 없는 것이다. 이것은 그들이 무능하거나 신뢰할 수 없는 사람이라는 것을 보여 준다.

좋은 일이라면 왜 끝까지 하지 않는가? 나쁜 일이라면 시작은 왜 하는가? 지혜로운 사람이라면, 자신의 광맥을 파고 들어가라. 단순히 갱도에서 물을 빼는 일만 가지고 만족하지 말라.

❋ 서양 속담 · 명언

If you buy the cow, take the tail into the bargain.
암소를 산다면 꼬리도 계약에 포함시켜라. ∂⁄∂ 영국

243
자진해서 변명하지 말라

다른 사람들의 요구가 없는 한, 결코 자진해서 해명하지 말라. 그들이 요구하는 경우에도 필요 이상의 해명은 중대한 잘못이다.

적절한 기회가 오기도 전에 미리 변명하는 것은 자기 잘못을 스스로 자백하는 것이다. 건강한 사람이 입원을 한다면, 그는 다른 저의가 있다는 의심을 받게 마련이다. 느닷없이 해명을 하면, 전혀 의심하지 않던 사람들마저도 의심을 품게 만든다.

영리한 사람은 남들이 자기를 의심한다는 것을 알면서도 그것을 전혀 내색하지 않는다. 그런 내색은 남을 불쾌하게 만들 뿐이다. 그럴 때는 자신의 고결한 행동으로 남들의 불신을 녹여 버리는 것이 상책이다.

🌸 서양 속담 · 명언

He that excuses himself accuses himself.
변명하는 자는 자기 자신을 고발한다.   ✣ 서양

An excuse which was uncalled for becomes an obvious accusation.
요구되지도 않는데 하는 변명은 분명한 고발이 된다.   ✣ 라틴어격언

🏯 동양 고사성어

축조발명 逐條發明 │ 죄가 없다고 낱낱이 변명하다.

다른 사람이 자기 속셈을 모르게 하라

다른 사람이 당신에게 신세를 졌다는 생각을 갖도록 하라. 어떤 사람들은 자기가 받는 호의를 자신이 남에게 베풀어 주는 호의로 변모시킨다. 그래서 실제로는 자신이 남의 호의를 받으면서도 오히려 자신이 남에게 호의를 베푸는 것처럼 보이도록 하거나, 상대방이 그렇게 생각하도록 만든다.

어떤 사람은 매우 교활해서 자기가 부탁을 하면서도 다른 사람에게 존경을 받고, 사람들의 박수갈채를 이용해서 자기 이익을 챙긴다. 이런 사람은 일을 하도 영리하게 처리하여, 다른 사람들의 봉사를 받으면서도 자신이 다른 사람들에게 봉사하는 것처럼 보인다.

그들은 호의가 베풀어진 순서를 비상한 솜씨로 뒤바꾸어 자기가 먼저 호의를 베푼 것처럼 꾸미거나, 아니면 적어도 누가 누구에게 신세를 졌는지 모를 정도로 만든다.

그들은 높은 사람들을 칭찬하여 그들의 환심을 사고, 아첨으로 그들을 기쁘게 해서 자기는 명예를 얻는다. 또한 예의를 차려서 남에게 은혜를 베푼다. 즉, 자기가 남에게 신세를 졌다고 느껴야 마땅한 일에 대해서 오히려 다른 사람이 자기에게 신세를 져서 고맙게 여기도록 만든다.

이런 식으로 그들은 '은혜를 입는다'는 말을 '은혜를 베푼다'는 말로 바꾸고, 결국은 자신이 문법학자보다는 정치가가 되는 것이 더 낫다는 것을 입증한다.

  이것은 매우 교묘한 술책이다. 그러나 한층 더 교묘한 술책은 당신이 그들의 속임수를 간파할 뿐만 아니라, 이런 어리석은 사람들의 거래에서 그들이 자기 비용으로 대가를 치르도록 하여 보복하고, 그런 다음에는 당신의 이익을 되찾는 것이다.

🌸 서양 속담 · 명언

I love my friends, but myself better.
나는 내 친구들을 사랑하지만 나 자신을 더 사랑한다.   〰️ 서양

The laundress washes her own smock first.
빨래하는 여자는 자기 작업복을 제일 먼저 빤다.   〰️ 영국

Two hands in a dish, one in a purse.
요리접시에는 두 손을 내밀고 지갑에는 한 손을 찔러 넣는다.   〰️ 영국

🏯 동양 고사성어

선자위모 善自爲謀 │ 자기 속셈을 차리는 데 뛰어나다.

245
무조건 착하기만 하면 남에게 속는다

비둘기처럼 착하기만 해서는 안 된다. 때로는 비둘기처럼 정직하게, 때로는 뱀처럼 교활하게 행동하라. 정직한 사람을 속이기는 누워서 떡 먹기처럼 아주 쉬운 일이다. 거짓말을 전혀 하지 않는 사람은 남을 쉽게 믿고, 속임수를 쓰지 않는 사람은 남에 대한 신뢰가 강한 법이다. 어리석기 때문에 속기도 하지만, 사람이 너무 착하기만 해서 속는 경우도 있다.

남에게 속지 않고 속임수의 피해를 막아낼 수 있는 사람은 두 종류가 있다. 하나는 남에게 속는 체험을 통해서 스스로 비싼 대가를 치르고 그 방법을 체득한 사람들이고, 또 하나는 다른 사람이 비싼 대가를 치르는 것을 관찰하면서 그 방법을 배운 사람들이다.

교활한 사람들이 함정을 많이 팔수록 현명한 사람들은 그만큼 더 의심을 많이 품어야 한다. 그리고 남에게 속을 만큼 착한 사람이 될 필요는 없다. 뱀의 교활함과 비둘기의 선량함을 동시에 갖추어라. 그러나 괴물이 되지는 말고, 천재가 되라.

✿ 서양 속담 · 명언

A bad excuse is better than none.
엉터리 구실도 없는 것보다는 낫다. ∂∞ 영국

246

독자적인 견해를 가져라

독자적이고 특이한 견해를 가져라. 이것은 매우 뛰어난 능력의 증거이다. 우리는 우리의 견해를 한 번도 반박하지 않는 사람을 대수롭게 여기지 않는다. 한 번도 반박하지 않는 것은 그가 우리를 사랑한다는 증거가 아니라, 오히려 자신을 사랑한다는 증거이다.

남들의 아첨에 속지 말라. 아첨에 속은 대가를 치러야만 하는 처지에 빠지지 말고, 차라리 아첨을 배척하라.

그러나 어떤 사람들이 당신을 비판하면, 특히 선량한 사람들의 비난을 받는 사람들이 비판하는 경우에는, 그것 때문에 오히려 당신은 사람들의 신뢰를 더 많이 받을 수 있다.

반면 당신의 견해가 모든 사람의 마음에 들어서 아무도 비판하지 않는다면, 당신은 자기 견해가 정말 옳은 것인지 의심해보아야만 한다. 그것은 당신의 견해가 아무런 가치도 없다는 증거이기 때문이다. 극소수의 사람들만이 완전한 것을 알아보는 법이다.

🌸 **서양 속담 · 명언**

To see may be easy, but to foresee--that is the fine thing.
보는 것은 쉽겠지만 예견이야말로 훌륭한 일이다. ⚬∿⚬ 서양

한가한 생활을 즐겨라

지식은 좀더 증가시키는 반면, 생활의 템포는 약간 줄여라. 물론 이와 반대로 말하는 사람도 있다. 그러나 한가롭고 편안하게 지내는 것이 바쁘게 일에 쫓기면서 사는 것보다 더 낫다.

우리가 실제로 소유하는 것은 시간밖에 없다. 가진 것이 아무것도 없는 경우라고 해도 시간만은 여전히 가지고 있다. 하찮은 기계적인 일 때문에, 또는 지나치게 많은 중대한 일 때문에 당신의 귀중한 시간을 낭비한다면, 두 가지 경우 모두 당신에게는 불행한 일이다.

각종 지위를 자꾸만 독점하여 다른 사람들의 시기를 자초하지 말라. 각종 지위를 독점하다 보면, 당신의 생활은 너무 복잡해지고, 정신력마저도 탕진하고 만다. 어떤 사람들은 이 원칙을 지식에도 적용하기를 원한다. 그러나 지식 없이는 가치 있는 삶을 살 수 없다.

❁ 서양 속담·명언

Retired leisure.
물러가 그늘에서 한가롭게 지낸다. 〰 로마

❀ 동양 고사성어

초연자일 超然自逸 | 속세의 일을 초월해서 한가하고 편안하게 지내다.

248
편견을 버려라

여러 사람의 말을 들었을 때, 제일 나중에 들은 말만 따르지 말라. 어떤 사람들은 제일 나중에 들은 말만 믿고 따라가다가 결국은 비합리적인 극단에 떨어지고 만다. 그들의 감정과 욕구는 밀랍으로 만들어진 것이다.

그래서 제일 나중에 말한 사람이 거기 선명한 인상을 찍으면, 그들이 이전에 받았던 인상은 모두 지워져 버린다. 그들은 무엇이든지 즉시 잊어버리기 때문에, 언제나 얻는 것이 하나도 없다.

누가 무슨 말을 하든지 그들은 바람에 날리는 갈대와 같이 누구에게나 찬성한다. 그들은 신뢰할 만한 친구가 될 자격이 전혀 없고, 평생 동안 어린애로 남아 있다. 이렇게 감정과 욕구가 수시로 흔들리기 때문에, 그들은 의지와 사고력이 불구가 된 채, 갈팡질팡하면서 힘겹게 삶의 길을 걸어간다.

❀ 서양 속담 · 명언

Men speak of the fair, as things went with them there.
사람들은 자기가 겪은 시장 사정에 따라 시장에 관해 말한다. ❀ 서양

⛵ 동양 고사성어

일우지견 一隅之見 │ 매우 좁은 견해. 한쪽으로 치우친 견해.

249

자세한 설명을 피하라

너무 자세히 설명하지 말라. 대부분의 사람들은 자기가 이해하는 것은 존경하지 않고, 자기가 알아듣지 못하는 것은 숭배한다. 물건은 값이 비싸야 사람들이 그 가치를 높게 쳐주고, 남들이 잘 몰라볼 때 과대 평가된다. 좋은 평판을 얻기 원한다면, 당신이 상대하는 사람들이 바라는 수준보다 한층 더 지혜롭고 현명한 사람으로 그들 눈에 비쳐야 한다. 그러나 이 점에서도 지나쳐서는 안 되고, 중용을 지켜야 한다.

분별 있는 사람들이 아닌 보통 사람들에게는 약간 자세히 설명해 주어야 한다. 그러나 그들에게 비판할 시간을 주지 말고, 당신 말의 의미를 알아내는 데 몰두하도록 만들라.

많은 사람들은 자기가 왜 칭찬하는지 이유도 모른 채 어떤 것을 칭찬한다. 그들은 자신이 알지 못하는 것을 신비로운 것으로 보아 숭배하고, 다른 사람들이 그것을 칭찬한다는 말을 들었기 때문에 자기도 칭찬하는 것이다.

서양 속담 · 명언

Faint praise is disparagement.

거짓 칭찬은 비난이다. 서양

Praise none too much, for all are fickle.

모든 사람은 변덕스럽기 때문에 아무도 지나치게 칭찬하지 마라. 서양

250
일에는 순서가 있다

일의 순서를 잘 살펴서 나중에 해야 할 일을 맨 먼저 하지 말라. 많은 사람들이 즐거운 일을 먼저 하고, 귀찮은 일을 맨 뒤로 미룬다. 그러나 가장 긴요한 일을 제일 먼저 해야 하고, 부수적인 일은 나중에 여유가 있을 때 하는 것이다.

어떤 사람은 싸움을 시작하기도 전에 승리부터 얻기를 원한다. 또 어떤 사람은 하찮은 것들은 서둘러 배우면서도, 명성과 이득을 가져다주는 학문의 연구는 죽을 때까지 미루기만 한다. 또 어떤 사람은 세상을 떠나기 직전에 가서야 엄청난 재산을 모으기 시작한다. 학문의 길에서나 인생의 길에서나 올바른 순서가 가장 중요하다.

🌸 **서양 속담 · 명언**

The chariot drags the ox.
마차가 황소를 끌고 간다. ✺ 라틴어격언

Do not take the antidote before poison.
독을 마시기 전에 해독제를 먹지 마라. ✺ 로마

⛵ **동양 고사성어**

선후도착 先後倒錯 ┃ 먼저 할 것과 나중에 할 것이 뒤바뀌다.

Chapter 6

상대방의 말은 반대로 해석하라

다른 사람이 악의를 품고 하는 말은 뒤집어서 반대로 해석하라. 어떤 사람들은 모든 것을 반대로 말해서 그들의 부정은 긍정이고, 긍정은 부정을 의미한다. 그들이 어떤 것을 비난하면 그것은 최고의 칭찬이 된다.

자신이 원하는 것에 관해서는 다른 사람들에게 그것이 형편 없는 것이라고 비난한다. 어떤 것을 칭찬한다고 해서 반드시 그것을 좋은 것이라고 말하는 것은 아니다. 어떤 사람들은 나쁜 것을 칭찬함으로써 좋은 것에 대한 칭찬을 회피하기 때문이다. 어느 것이나 하나도 나쁘지 않다고 말하는 사람에게는 어느 것이나 하나도 좋은 것이 없다.

❀ 서양 속담 · 명언

As comfortable as matrimony.
결혼처럼 편안하다, 즉 이중의 의미를 가진 말을 한다.   ◈◈ 영국

Though malice may darken truth, it cannot put it out.
악의는 진실을 가릴 수는 있다 해도 없앨 수는 없다.   ◈◈ 서양

❀ 동양 고사성어

언중유골 言中有骨 │ 말 속에 뼈가 있다.

252
인생에는 가장 중요한 법칙이 있다

인간이 할 수 있는 수단과 방법을 사용하라. 그럴 때는 신의 도움을 전혀 기대하지 말고 오로지 거기에만 매달려라.

또한 신의 섭리에도 의지하라. 그럴 때는 인간이 할 수 있는 수단과 방법이 하나도 남지 않았다고 생각하고 오로지 섭리에만 매달려라. 이것이 인생에서 가장 중요한 법칙이다.

✿ 서양 속담 · 명언

To join the hands in prayer is well; to open them in work is better.
기도할 때 합장하는 것은 좋지만 일할 때 두 손을 벌리는 것은 더 좋다. ✺ 프랑스

A man must plough with such oxen as he has.
사람은 자기가 가진 소로 밭을 갈아야만 한다. ✺ 영국

✿ 동양 고사성어

자력갱생 自力更生 │ 자기 힘으로 다시 살아나다. 다시금 흥성하다. 자기 힘
으로 일을 잘 처리하다.

가지기도 加持祈禱 │ 병이나 재앙을 면하려고 바치는 기도.

253
누구에게나 예속되지 말라

자신에게든 다른 사람에게든 완전히 예속되지 말라. 이 두 가지 형태의 예속은 모두 비열한 독재의 형태이다. 자신에게 완전히 예속되겠다는 욕망은 자신의 모든 것을 혼자 독점하려는 욕망과 같다. 이런 사람들은 자신의 안락함을 눈곱만큼도 양보하거나 잃어버리려고 하지 않을 것이다. 그들은 남에게 신세를 지는 일이 드물고, 오로지 자신의 운수에만 의지하는데, 그들이 의지하는 지팡이는 대개 부러지고 만다.

다른 사람이 우리에게 예속되도록 하기 위해서는 우리가 그들에게 예속되는 것이 때로는 편리하다. 이런 의미에서 공직자는 모두 문자 그대로 모든 국민의 노예인 것이다. 모든 국민의 노예가 되기 싫은 공직자가 있다면, 로마 제국의 어느 노파가 하드리아누스 황제에게 말한 것처럼, 그는 자신의 지위와 의무를 동시에 버려야 한다.

반면 어떤 사람은 다른 사람에게 완전히 예속되는데, 이것은 어리석은 짓이다. 그것도 항상 극단적으로, 게다가 가장 불행한 방식으로 예속된다. 이러한 사람은 단 하루도 단 한 시간도 자신을 위해서 사용하지 않는다. 그는 다른 사람에게 너무 철저히 예속되어 있어서 모든 사람의 노예라고 불러도 좋다. 이것은 다른 사람을 위해서는 모든 것을 알면서도 자신을 위해서는 아무것도 모르는 사람이 가진, 지식에 대해서도 똑같이 적용된다.

영리한 사람은 다른 사람들이 자기를 찾을 때, 그들이 찾는 것은 '자신'이 아니라, 자기 안에서, 그리고 자기를 통해서 그들이 얻을 이익이라는 사실을 잘 알고 있다.

🌑 서양 속담 · 명언

Self is the man.
자기가 자기를 위해 가장 많이 일한다.   ✎ 독일

Few men will be better than their interest bids them.
자기 이익이 요구하는 것 이상으로 더 선한 사람은 없다.   ✎ 서양

Idleness makes free men slaves.
게으름은 자유인들을 노예로 만든다.   ✎ 페르시아

🐚 동양 고사성어

일모불발 一毛不拔 | 털 하나도 남을 위해서는 뽑지 않는다는 양주(楊朱)의 극단적 이기주의 사상. 매우 인색하고 이기적이다.

손인이기 損人利己 | 남에게 손해를 입히고 자기 이익을 차리다.

예야불력 隷也不力 | 노예가 주인을 위해 힘을 다하지 않는다. 신하가 충성을 다하지 않는다.

불운한 일은 꼬리를 물고 찾아온다

불운한 일은 아무리 작은 것이라도 절대로 무시하지 말라. 불운한 일이란 절대로 홀로 찾아오지 않는다. 그것들은 다행한 일들과 마찬가지로 여러 가지가 연결되어 있다. 다행한 일과 불운한 일은 일반적으로 자기 동료들을 찾으러 돌아다닌다.

그래서 누구나 불운한 사람을 피하고, 행운을 누리는 사람들과 어울린다. 심지어 비둘기들마저 아무 죄가 없는데도 불구하고 새하얀 벽 앞에 앉아 행운을 빈다. 불운한 사람의 경우에는 자기 자신, 그의 말, 그의 운수 등 모든 것이 나쁜 결과를 초래한다.

불운의 여신이 잠을 자고 있을 때는 흔들어 깨우지 말라. 한 가지 실수는 사소한 것이지만, 치명적인 손실이 그 뒤를 따라와서는 어디론가 한없이 당신을 끌고 갈지도 모른다. 행복이란 모두 불완전한 것처럼, 불운도 모두 미완성이기 때문이다.

윗사람들 때문에 생기는 불운은 참고, 아랫사람들 때문에 닥치는 불운은 현명하게 대처하라.

✺ 서양 속담 · 명언

One misfortune calls another.
한 가지 불운은 다른 불운을 부른다.   ❧ 스페인

지나친 선행을 베풀지 말라

좋은 일은 한 번에 조금씩, 그리고 자주 하라. 상대방이 갚을 수 있는 능력의 범위 안에서 주고, 그 이상은 주지 말라. 지나치게 많이 주는 것은 주는 것이 아니라 파는 것이다. 또한 상대방에게 은혜를 갚으라고 너무 지독하게 독촉하지도 말라. 상대가 은혜를 완전히 갚을 수 없다고 깨닫는 경우에는 당신과 아예 연락을 끊어 버릴 것이기 때문이다.

상대에게 지나친 호의를 베풀어서 과도한 짐을 지워 주면, 당신은 베푼 은혜와 아울러서 상대와의 우호관계마저 잃는다. 상대는 당신에게 은혜를 완전히 갚을 수 없기 때문에, 영원한 채무자로 남기보다는 차라리 당신의 적이 되는 길을 택하여 멀리 물러나 버리는 것이다.

자신의 형상을 만든 조각가가 자기 앞에 있는 것을 보기 싫어하는 것과 마찬가지로, 수혜자도 은인이 자기 눈앞에 항상 나타나는 것을 지긋지긋하게 여기는 법이다. 비용을 별로 들이지 않고, 상대방이 몹시 원할 뿐만 아니라 한층 더 고맙게 여기는 것을 주는 것이야말로 대단히 교묘한 기술이다.

❋ 서양 속담 · 명언

A little debt makes a debtor, but a great one an enemy.
적은 빚은 채무자를 만들지만 엄청난 빚은 원수를 만든다. ◈◈ 서양

256
욕구를 가득 채우지 말라

욕구를 완전히 채우지 말라. 신들의 술을 담은 잔마저도 입술에서 멀리 해야만 한다. 술을 마시고 싶은 생각이 간절할수록 술맛은 더욱 좋아지는 법이다. 물을 마시고 싶을 때에도 갈증을 약간 달랠 뿐 완전히 해소하지는 않는 것이 분별 있는 행동이다.

무엇이든지 좋은 것을 약간만 즐기면 그 기쁨은 두 배로 커진다. 그러나 한 번 더 그것을 즐기면 기쁨은 크게 줄어든다. 지나치게 많이 즐기는 것은 언제나 위험한 일이고, 또 그것은 가장 높은 지위에 있는 사람들의 미움을 산다.

무엇이든지 제대로 즐기는 유일한 방법은 채우지 않고 남겨둔 욕구를 다시 자극하는 것이다. 그렇게 하는 것이 불가피한 경우에는 너무 즐겨서 물리는 것보다는 남은 욕구를 채우려고 안달하는 방식을 이용하는 편이 더 낫다. 자기 손으로 획득한 행복이 기쁨을 두 배로 증가시킨다.

서양 속담 · 명언

To everyone his own form of pleasure.
누구에게나 자기 나름대로 즐기는 형식이 있다. 로마

Better fill a glutton's belly than his eye.
대식가의 눈보다는 그의 배를 채우는 것이 낫다. 영국

257
항상 조심해서 돌아가라

준비를 단단히 하고 세상에 나가라. 무례함, 배신, 뻔뻔스러움, 그리고 갖가지 어리석음에 대한 준비를 하고 나가라. 이 세상에는 그러한 어리석음이 너무나 많고, 그런 어리석은 사람들과 만나지 않도록 피하는 것이 현명하다.

매일 조심성의 거울 앞에 서서 방어 무기로 자신을 무장하라. 그렇게 하면 어리석음의 공격을 물리칠 것이다. 그런 공격에 항상 대비하고, 천박한 우발 사건 때문에 당신의 명예가 다치는 일이 없도록 하라. 현명함으로 무장하고 있는 사람을 무례함이 무장해제시키지는 못한다.

인간관계의 길은 험난하다. 그 길은 우리의 좋은 평판을 심하게 해칠지도 모르는 장애물로 가득 차 있기 때문이다. 율리시즈를 영리함의 모델로 삼아 장애물을 우회하는 것이 제일 좋다. 우회할 경우에는 모르는 척하는 것이 대단히 효과적이다. 특히 정중하게 모르는 척하는 것은 장애물을 극복하는 데 언제나 도움이 되고, 많은 경우에는 궁지에서 벗어나는 유일한 수단이 된다.

🌸 서양 속담 · 명언

Often it is better to take the indirect way rather than the direct.
곧장 가는 것보다 돌아가는 길이 차라리 더 좋을 때가 많다.　🌿 로마

258
대인관계에서 적을 만들지 말라

어떠한 대인관계든 아주 끊어 버리지 말라. 그렇게 하면 우리의 좋은 평판이 항상 피해를 입기 때문이다. 사람은 누구나 친구로서는 별로 중요하지 않다 해도, 적으로서는 만만치 않은 상대가 될 수 있다.

우리에게 이익을 주는 사람은 거의 없지만, 거의 대부분의 사람이 우리를 해칠 수 있다. 심지어 제우스 신의 품에서 보호를 받는 그의 독수리마저도 딱정벌레와 다툰 날부터는 단 하루도 안심하고 쉴 수가 없었던 것이다.

숨어 있는 적들은 분쟁을 일으키기 위해서 이미 드러난 원수의 발톱을 이용하는데, 그들은 좋은 기회가 올 때까지 매복한 채 기다린다. 친구들도 등을 돌리면 원한에 사무친 원수로 변하고, 남들의 결함을 들추어내서 자신의 실패를 숨긴다. 사람은 누구나 어떤 사물에 대해 자기 눈에 비치는 대로 말하고, 사물이란 그가 원하는 식으로 그의 눈에 비치게 마련이다.

관계를 아주 끊는 경우에는 누구나 당신을 비난할 것이다. 우선 당신이 그것을 예견하지 못했다고 탓하는 말로 시작해서 인내가 부족했다는 비난으로 끝날 것이다. 그리고 당신이 경솔했다는 비난을 언제나 빠뜨리지 않을 것이다.

그러나 관계의 단절이 불가피한 경우에는 그것이 분노의 폭발 때문이 아니라, 오히려 우정이 약화되었기 때문이라고 다른 사람들에게 이해시켜라. 이것은 훌륭한 후퇴에 관한 격언을 잘 적용하는 것이다.

✿ 서양 속담 · 명언

The rotten apple injures its neighbor.
썩은 사과는 자기 이웃을 해친다.   ✸ 서양

The devil lurks behind the cross.
악마는 십자가 뒤에 도사리고 있다.   ✸ 서양

Women's jars breed men's wars.
여자들의 불화는 남자들의 전쟁을 기른다.   ✸ 서양

✿ 동양 고사성어

할석분좌 割席分坐 | 자리를 분할해 앉을 곳을 나누다. 친구 사이에 우정을 끊고 자리를 함께 하지 않는다. 절교를 선언하다.

견원지간 犬猿之間 | 개와 원숭이 사이처럼 몹시 사이가 나쁘다.

비난을 함께 할 사람을 만들라

비난, 수치, 불명예 등 당신의 무거운 짐을 분담해서 지고 갈 사람을 찾아내라. 그렇게 하면 위험에 처한 경우에도 당신은 절대로 외톨이가 되지 않을 것이고, 증오의 짐을 전부 혼자 지는 일도 없을 것이다.

어떤 사람들은 자신의 높은 지위에 자만하여 성공의 영광을 전부 혼자 차지할 수 있다고 생각하지만, 결국에는 실패의 굴욕을 전부 혼자 떠맡아야만 하는 처지가 된다. 그러면 그들에게는 변호해 줄 사람도, 비난을 함께 받을 사람도 전혀 없다.

두 사람이 손을 잡는 경우, 운명도 천박한 군중도 그들에게 감히 대적하지 못한다. 그래서 지혜로운 의사는 치료에 실패한 경우, 정밀조사를 한다는 구실 아래 환자의 시체를 운반해 나가는 데 자기를 거들어 줄 사람을 찾아낸다.

무거운 부담과 재앙은 다른 사람과 분담해서 지고 가라. 불운을 홀로 당하면, 그 타격은 둘이 당할 때보다 두 배로 심하기 때문이다.

🌼 **서양 속담·명언**

If you are in one boat you have to row together.
같은 배에 타고 있으면 다 함께 노를 저어야 한다. 〜 남아프리카

260
천냥 빚도 말 한마디로 갚는다

말은 비단결같이 하고, 태도는 부드럽게 취하라. 화살은 육체를, 모욕은 정신을 관통한다. 달콤한 과자를 먹으면 입에서 나오는 말도 감미롭게 된다.

입에서 나오는 말을 남에게 팔아먹을 줄 아는 것은 대단한 기술이다. 대부분의 경우 천냥 빚도 말 한마디로 갚는다. 불가능한 일도 좋은 말을 가지고 해낼 수 있다. 이렇게 우리는 말을 가지고 모든 것을 거래하고, 군주의 말은 용기와 힘을 이끌어낼 수 있다. 당신의 말을 달게 만들기 위해서 항상 입에 사탕을 가득 물고 있어라. 그래서 당신의 적들까지도 당신의 말을 즐겨 듣게 하라. 남을 즐겁게 하는 것은 평화적으로 해야만 한다.

✿ 서양 속담 · 명언

To speak kindly does not hurt the tongue.
친절하게 말하는 것은 혀를 해치지 않는다.　⚒ 프랑스

Soft words win hard hearts.
부드러운 말은 완고한 마음을 이긴다.　⚒ 서양

⚓ 동양 고사성어

관언온어 款言溫語 ┃ 정성스럽고 온화한 말

261
적을 친구로 만들어라

상대방의 악의를 미리 알아차리고, 그것을 호의로 전환시켜라. 상대방의 악의에 대해 복수하는 것보다는 미리 피하는 것이 더 지혜롭다.

적을 자신의 심복으로 만들거나, 당신을 공격하려고 노리던 사람들을 당신의 호위병으로 전환시키는 것은 매우 어려운 일이기에, 그만큼 당신이 뛰어다니는 증거가 된다.

남에게 호의를 베풀 줄 알면 크게 도움이 된다. 언제나 감사하는 사람은 악의를 품을 시간이 전혀 없기 때문이다.

근심거리를 기쁨으로 바꾸는 것은 참으로 뛰어난 수완이다. 악의를 가진 사람과 둘도 없이 친밀한 관계를 맺도록 노력하고 반드시 그 일에 성공하라.

✸ **서양 속담 · 명언**

All is well with him who is beloved of his neighbors.
이웃사람들의 사랑을 받는 사람은 모든 것이 순조롭다. ⚜ 영국

The sea refuses no river.
바다는 어떠한 강도 거절하지 않는다. ⚜ 서양

⚓ **동양 고사성어**

이리복인 以理服人 │ 이치를 가지고 사람들을 설복하다.

262
완전한 예속은 없다

우리는 그 누구에게도 완전히 예속되어 있지 않다. 또한 아무도 우리에게 완전히 예속되어 있지 않다. 혈연도, 우정도, 가장 친밀한 인간관계도 완전한 예속관계를 만들어 낼 수 없다. 전폭적인 신뢰는 존경과 전혀 다른 것이다.

가장 가깝고 친밀한 관계에서도 서로 털어놓지 못하는 것들이 있고, 그런 것들이 없으면 우정의 법칙들이 깨질 것이다. 아무리 친구 사이라 해도 어떤 비밀은 언제나 홀로 간직하라. 아들도 아버지에게 항상 무엇인가를 감추는 법이다.

어떤 것을 이 사람에게는 감추는 반면, 저 사람에게는 드러내는 경우가 있는가 하면, 그 반대의 경우도 있다. 이런 방식으로 사람들을 구분하여 대하면서, 우리는 모든 것을 드러내고 동시에 모든 것을 감춘다.

🌸 서양 속담 · 명언

Keep your purse and your mouth shut.
네 지갑과 입은 닫고 있어라.   ⚜️ 서양

⛵ 동양 고사성어

함구여병 緘口如瓶 │ 입을 병마개처럼 지키다. 말을 매우 조심하다. 비밀을 잘 지키다.

263
어리석은 짓은 빨리 그만두어라

    어리석은 짓을 계속해서 끌고 나가지 말라. 많은 사람들은 큰 실수로 어떤 의무를 진다. 그리고 그들은 이미 길을 잘못 들었기 때문에, 그 길을 계속해서 가는 것이 자신의 의지력을 입증해 준다고 생각한다. 속으로는 잘못을 후회하면서도 겉으로는 변명한다.

    처음에 그들이 실수했을 때는 부주의한 사람으로 취급되지만, 나중에는 어리석은 사람이 되고 만다. 경솔한 약속도, 그릇된 결심도, 모두 구속력이 전혀 없다.

    그러나 어떤 사람들은 어리석은 짓을 계속해서 끌고 나간다. 그리고 변함없이 어리석은 사람이 되기를 원한다.

✿ 서양 속담 · 명언

If you do no ill, do no ill like.
악행을 하지 않으려면 같은 악행을 반복하지 마라.   스코틀랜드

He does not cleanse himself of sins who denies them.
자기 죄를 부정하는 자는 죄를 청산하지 않는 것이다.   라틴어

✿ 동양 고사성어

견과불경 見過不更 | 잘못을 보면서도 고치지 않는다.

개과자신 改過自新 | 잘못을 고치고 새 사람이 된다.

264
망각이 최고의 해결책이다

잊어버릴 줄 알라. 이것은 처세술의 문제라기보다는 행복이 달린 문제이다. 우리는 잊어버렸더라면 더 나았을 것만 제일 잘 기억하고 있다.

기억이란 제멋대로 구는 것이어서, 우리에게 가장 필요할 때는 모른 척한다. 또한 기억은 어리석은 것이어서, 자기가 필요 없는 곳에서 쓸데없이 참견한다. 또한 고통스러운 과거를 들추는 데는 열심인 반면, 즐거운 추억을 불러오는 데는 게으르다.

골치 아픈 일의 유일한 해결책은 망각인 경우가 매우 많다. 그럼에도 불구하고 우리는 기억을 잘 해 두는 좋은 습관을 길러야만 한다. 그것이 우리 삶을 낙원으로도, 지옥으로도 만들 수 있기 때문이다. 행복한 사람들은 자신의 단순한 행복을 순진하게 즐길 줄 아는 보기 드문 존재이다.

🌑 **서양 속담 · 명언**

Everybody's business is nobody's business.
모든 사람의 일은 아무의 일도 아니다.   ⚓ 서양

To forget a wrong is the best revenge.
남의 잘못을 잊어버리는 것이 가장 좋은 복수다.   ⚓ 이탈리아

🚢 **동양 고사성어**

치지망역 置之忘域 │ 내버려두고 잊어버리다.

265
소유할 필요가 없는 것은 버려라

취미로 즐기는 것들 가운데는 당신이 직접 소유할 필요가 없는 것이 많다. 그런 것들은 당신이 아니라, 남들이 소유하고 있는 경우에 당신은 더 큰 즐거움을 얻는다. 소유한 사람은 자신의 소유물을 처음 하루만 즐기고, 그 이후에는 다른 사람들이 내내 즐긴다. 남의 소유물에 대해서는 이중으로 즐거움을 얻을 수 있다. 즉, 그것을 잃을까 걱정할 필요가 없는가 하면, 그것이 당신에게는 새로운 것이라서 신선미가 있다.

모든 것은 그것을 가지고 있지 않다가 새로 얻었을 때 더 큰 즐거움을 준다. 남의 우물에서 길어온 것이라면 물마저도 꿀맛이다. 소유는 진정한 감상을 방해하고 근심만 증가시키는데, 이것은 임대하거나 직접 사용하거나 마찬가지이다.

소유가 주는 이익이란 당신이 다른 사람들을 위해서 그것을 유지한다는 것, 또는 다른 사람들이 그것에 손을 대지 못하게 막는다는 것뿐이다. 그리고 이것은 당신이 친구보다는 적을 더 많이 만든다는 것을 의미한다.

❀ 서양 속담 · 명언

The gown is his that wears it, and the world is his that enjoys it.
겉옷은 그것을 입는 사람의 것이고 세상은 그것을 즐기는 사람의 것이다.　서양

266
하루도 긴장감을 늦추지 말라

하루도 소홀히 보내지 말라. 운명은 속임수를 가지고 놀기를 좋아한다. 그래서 우리가 무방비 상태일 때 기습하기 위해 평소에는 우연의 연속을 보여 줄 것이다. 우리의 지성, 현명함, 용기, 심지어는 미모도 항상 시험에 대비하고 있어야 한다. 주의를 소홀히 하고 안심한 채 세월을 보내다가는 모두 시험에서 실패할 것이다.

주의란 그것이 가장 필요한 때만 되면 항상 우리 곁을 떠난다. 우리를 파멸로 처박는 것은 부주의함이다. 따라서 적진이 준비되어 있지 않을 때 그 상태를 시험하는 것이 군사 전략의 한 가지이다. 적이 세력을 과시하는 기간에는 주시만 하고 내버려 둔다. 그러나 시험의 그날은 군사들의 용기를 가장 혹독하게 시험하기 위해서 아무도 예상하지 못했던 날이 선택된다.

🌸 서양 속담 · 명언

You gazed at the moon and fell into the gutter.
너는 달을 쳐다보다가 도랑에 빠졌다.   ᐂᐂ 서양

🚢 동양 고사성어

의혈제궤 蟻穴堤潰 | 큰 둑도 개미구멍으로 무너진다. 사소한 부주의가 큰 재난을 초래한다. 작은 일에도 조심해야 한다.

267
위기는 곧 기회이다

아랫사람들에게 어려운 임무를 부여하라. 익사에 대한 두려움 때문에 수영을 하게 되는 것처럼, 많은 사람들은 난관을 극복하지 않을 수 없을 때 일약 유능한 인물로 두각을 나타낸다.

이와 마찬가지로 많은 사람들은 기회가 주어지지 않았더라면 스스로 시도해 보지도 않았을 테고, 결과적으로 영영 묻혀 버리고 말았을 자신의 용기, 지식, 또는 기지를 발견한다.

위험한 상황은 자신의 이름을 떨칠 기회이다. 만일 고상한 사람이 자기 명예가 위험하다고 깨닫는다면, 그는 수천 명의 일을 혼자서 해낼 것이다.

독실한 가톨릭 신자인 스페인의 이사벨라 여왕은 인생의 다른 모든 법칙들은 물론 이 법칙도 잘 알고 있었다. 이사벨라 여왕은 이 탁월한 법칙을 이용해서 위대한 인물들을 만들었던 것이다. 또한 스페인의 위대한 장군인 코르도바의 곤살로 페르난데스도 이 법칙 덕분에 명성을 얻었다. 그 외에도 수많은 사람들이 이 법칙을 이용해 불멸의 명성을 획득했다.

✿ 서양 속담 · 명언

Fortune leaves always some door open to come at a remedy.
운명은 구제해 주러 오기 위해 어떤 문을 항상 열어놓고 있다.   ✺ 영국

너무 착해서 무능한 사람이 되지 말라

너무 착해서 아무 쓸모도 없는 사람이 되지 말라. 너무 착해서 전혀 화를 내지 않기 때문에 아무 짝에도 쓸모가 없는 사람이 되지는 말아야 한다. 화를 낼 줄도 모르는 이런 사람들은 사실 사람으로 보기가 힘들다. 이것은 그들이 게을러서가 아니라, 아무것도 할 줄 모르기 때문에 그런 것이다. 때로는 남보다 자기가 강하다고 느끼는 것이 살아 있다는 증거가 된다. 그래서 새들이 허수아비를 보면 즉시 달려들어 조롱하는 것이다.

쓴 것과 단 것을 잘 배합하는 것은 고상한 취향의 증거이다. 달기만 한 것은 어린애와 어리석은 사람들의 군것질감이다. 너무 착하기만 해서 이러한 무감각 상태에 빠지는 것은 중대한 잘못이다.

✺ 서양 속담 · 명언

Dogs that hunt foulest, hit off most faults.
사냥을 가장 못하는 개들이 잘못을 가장 많이 저지른다. ✄ 서양

A bad ploughman beats the boy.
밭을 갈 줄 모르는 자는 아이를 때린다. ✄ 영국

⚓ 동양 고사성어

의가반낭 衣架飯囊 │ 옷걸이와 밥주머니. 무능하고 쓸모없는 사람.

269
적절한 시기에 일을 하라

어리석은 사람이 나중에 하는 일을, 지혜로운 사람은 즉시 한다. 양쪽이 똑같은 일을 하지만 유일한 차이는 각각 일을 하는 시기가 다르다는 점이다. 즉, 지혜로운 사람은 적절한 시기에, 어리석은 사람은 적절하지 않은 시기에 일을 한다.

정신이 뒤죽박죽인 상태로 일을 시작한 사람은 끝까지 그런 상태로 계속한다. 그는 어떤 것의 머리를 때려야 하는데 그 발목을 잡고, 오른쪽에 놓아야 할 것을 왼쪽에 놓는다. 이러한 사람이 하는 행동은 모두 미숙하다.

그를 올바른 방향으로 돌려놓는 유일한 방법이 있는데, 그것은 그가 스스로 했어야 마땅한 일을 강제로 시키는 것이다. 반면 지혜로운 사람은 빠르든 늦든 반드시 해야 할 일을 즉시 알아보고 자진해서 그 일을 한다. 그래서 명예를 얻는다.

🌻 **서양 속담 · 명언**

What the fool does in the end the wise man does in the beginning.
바보가 맨 끝에 하는 일을 현명한 자는 처음에 한다. ✎ 영국

⛵ **동양 고사성어**

지기식변 知機識變 │ 적절한 시기를 알고 사태의 변화를 식별하여 대응하다.

당기입단 當機立斷 │ 시기에 맞추어 즉시 결단을 내리다.

전성기는 빨리 지나간다

어떤 자리에 당신이 새로 취임했다는 사실을 이용하라. 새로 부임한 사람에 대해서는 사람들이 낯이 익을 때까지 존중해 주기 때문이다. 새로 취임한 사람은 신선한 느낌을 주기 때문에 모든 사람을 기쁘게 하고, 새로 등장한 평범한 재능은 사람들의 눈에 익숙해진 뛰어난 재능보다 더 높이 평가된다. 재능이란 사용할수록 무디어지고, 날이 갈수록 낡아진다.

그러나 새로운 인물이 누리는 영광은 짧게 끝난다는 사실을 명심하라. 나흘이 지나면 존경도 사라진다.

그러므로 칭찬의 첫 번째 열매들을 이용하는 법을 배우고, 이용할 수 있는 것은 모두 빨리 지나가는 박수갈채의 기간 중에 잡아라. 새 인물에 대한 뜨거운 관심이 일단 사라지고 나면 격정도 식고, 그에 대한 칭찬은 판에 박힌 일상적인 것에 대한 싫증으로 변하기 때문이다. 모든 것에는 전성기가 있고, 그 전성기는 빨리 지나간다는 사실을 명심하라.

❁ 서양 속담 · 명언

There is a time for all things.
모든 것에는 그 때가 있다.   ❧ 서양

You must look for grass on the top of the oak tree.
너는 참나무의 잎이 무성할 때 잎을 구해야만 한다.   ❧ 영국

271
독불장군이 되지 말라

　모든 사람이 좋아하는 것을 당신 혼자서만 비난하지 말라. 그렇게 많은 사람이 좋아하는 것은 무엇인가 반드시 장점을 가지고 있다. 이유를 설명할 수는 없다고 해도, 그것은 분명히 사람들이 즐기는 것이다.

　혼자서만 어떤 것을 비난하면 언제나 사람들의 미움을 받고, 그 비난이 잘못된 것일 경우에는 비웃음을 산다. 그리고 당신이 비난하는 목표물에 손해를 입히기는커녕 오히려 당신의 좋은 취향에 대한 존경을 무너뜨릴 따름이고, 당신 자신과 나쁜 취향이 외톨이로 남아 사람들의 외면을 받게 된다.

　어떤 것에 대해 좋은 점을 발견하지 못한다면, 그것을 발견하지 못한 당신의 무능력을 감추어라. 그리고 그것을 즉시 비난하지도 말라. 나쁜 취향은 지식이 모자라서 생긴다는 것이 일반적인 생각이다. 모든 사람이 그렇다고 말하는 것은 현재도 그렇고, 앞으로도 그럴 것이다.

❋ 서양 속담 · 명언

One man is no man.
한 사람만 있는 것은 아무도 없는 것이다.　　그리스

He dwells far from neighbors that's fain to please himself.
제멋대로 행동하기를 좋아하는 자는 이웃사람들의 미움을 산다.　　영국

272

자유는 재능보다 더 귀중하다

다른 사람을 위해 책임을 지지 말라. 다른 사람을 위해 책임을 지면 당신은 노예, 그것도 모든 사람의 노예가 된다. 어떤 사람은 남들보다 더 큰 행운을 타고났다. 다른 사람이 좋은 일의 혜택을 받으려고 태어났다면, 그는 좋은 일을 하려고 태어난 것이다.

당신은 어떤 재능을 얻기 위해 자유를 포기하라는 유혹을 받을지도 모른다. 그러나 자유는 그 어떠한 재능보다도 더 귀중한 것이다. 많은 사람들이 당신에게 의존하도록 만들기보다는 당신이 아무에게도 의존하지 않고 자유를 유지하는 데 더욱 노력하라. 어떠한 힘이든 그것의 유일한 이점은 당신에게 좋은 일을 더 많이 할 수 있게 해 준다는 것이다.

책임을 호의로 착각하지 말라. 그것은 당신이 자기에게 의존하도록 만들기 위한 상대의 계략이기 때문이다.

❊ 서양 속담 · 명언

A bean in liberty is better than a comfort in prison.
자유로울 때의 콩이 감옥의 편안함보다 낫다.   ❧ 서양

Money taken, freedom forsaken.
돈을 받으면 자유를 잃는다.   ❧ 독일

273
전문가의 뒤를 따라가라

무슨 일을 하든 그 일에 관해서 잘 모르는 경우에는 안전한 길에서 절대로 벗어나지 말라. 그러면 능숙함으로 존경받지는 못해도, 일을 확실히 해낸다는 평가는 받을 것이다.

반면 숙련된 사람은 그 일에 뛰어들어 자기가 원하는 대로 행동할 수 있다. 잘 알지도 못하면서 위험을 무릅쓰는 것은 파멸을 자초하는 짓이나 다름이 없다.

전문가의 뒤를 따라가라. 그가 먼저 걸어간 길을 당신이 뒤따라 갈 수 있기 때문이다. 지식이 빈약한 사람은 모든 사람이 걸어가는 큰길을 걸어가면 된다.

지식이 많든 적든, 어떠한 경우에도 안전성을 택하는 것이 독자성을 추구하는 것보다 더 영리한 방법이다.

🌸 서양 속담 · 명언

As safe as a thief in a mill.
물레방앗간 안의 도둑처럼 안전하다.　◈ 서양

Out of debt out of danger.
빚을 벗어나면 위험에서 벗어난다.　◈ 영국

🕸 동양 고사성어

거위취안 去危就安 │ 위험을 멀리하고 안전을 추구하다.

예의바른 태도는 두 배의 가치가 있다

모든 것에 예의라는 부가가치를 붙여서 팔라. 그러면 당신은 그들에게 가장 큰 은혜를 베푸는 것이다. 물건을 사려는 사람이 부르는 값은, 신세를 지고 고마워하는 사람이 상환하는 액수보다 언제나 적은 법이다.

예의는 다른 사람에게 실제로 어떤 물건을 주는 것은 아니지만, 그들에게 의무를 지워 주는 것이다. 고귀한 사람은 큰 의무를 진다. 올바른 마음을 지닌 사람에게는 남이 자기에게 베풀어 준 것보다 더 값비싼 것은 없다.

당신은 상대에게 두 번, 그리고 두 가지 값으로 물건을 팔 수 있다. 한 가지는 물건의 가치에 대한 값이고, 또 한 가지는 정중한 예의에 대한 값이다.

그러나 천박한 사람들에게는 고상한 예의도 소용없다. 그들은 훌륭한 예의의 언어를 이해하지 못하기 때문이다.

🌸 서양 속담 · 명언

All doors are open to courtesy.
예의바른 태도를 향해 모든 문은 열려 있다. 서양

🌸 동양 고사성어

예의범절 禮儀凡節 │ 일상생활의 모든 예의와 절차.

상대방의 기질을 파악하라

당신이 상대하는 사람들의 기질을 이해하라. 그러면 그들의 의도를 알 것이다. 원인을 알면 결과도 안다. 먼저 기질 안에서 알면 나중에 동기 안에서도 그들의 의도를 알게 된다.

우울한 사람은 불운을, 비방하는 사람은 나쁜 소문을 항상 예견한다. 좋은 것을 전혀 생각하지 않기 때문에 그들은 나쁜 것만 예견하는 것이다. 감정의 지배를 받는 사람은 언제나 사물에 대해 그 본래의 모습과 다른 내용을 말한다. 그러니까 말을 하는 것은 그의 이성이 아니라 감정이다. 그래서 각각 자기 느낌대로, 또는 기분 내키는 대로 말하지만 모두 진실에서 멀리 떨어져 있다.

사람들의 표정을 읽고 거기 나타나는 그들의 마음을 파악하는 방법을 배워라. 어떤 사람이 항상 웃는다면 그를 어리석다고 판단하고, 절대로 웃지 않는다면 허위의 인간이라고 단정하라.

나쁜 소문을 퍼뜨리는 사람을 조심하라. 그는 단순한 수다쟁이이거나 아니면 염탐꾼이다.

보기 흉한 사람들에게서는 좋은 것을 전혀 기대하지 말라. 대자연이 그들에게 해 준 것이 없듯이, 그들도 대자연에게 복수할 기회를 노리고, 대자연을 조금도 존경하지 않는다.

276
자신만의 매력을 간직하라

　사람의 마음을 끄는 매력을 간직하라. 남들의 호의를 얻기 위해서 당신의 유쾌한 능력들이 지닌 자력을 이용하라. 그리고 그것을 모든 사람에게 적용하라. 사람들의 호의가 뒷받침하지 않는다면 실력만으로는 출세하기 어렵다. 오로지 호의만이 모든 사람으로부터 인정받게 해 주고, 다른 사람들을 지배하는 가장 실질적인 수단을 제공한다.

　인기를 얻는 것은 운수에 달려 있지만, 노력으로 촉진시킬 수도 있다. 노력은 비옥한 땅에서 뿌리를 가장 잘 내릴 수 있기 때문이다. 그런 토양에서 선의가 자라서 모든 사람의 호의로 발전한다.

✤ 서양 속담 · 명언

If you want to know a man, travel with him.
남을 알려고 한다면 그와 함께 여행을 하라.　 ✽ 서양

Hanging's stretching; mocking's catching.
매달리는 것은 뻗는 것이고 조롱하는 것은 잡는 것이다.　 ✽ 영국

✤ 동양 고사성어

지인즉철 知人則哲 ｜ 남의 성품과 능력을 알아보는 것이 곧 탁월한 지혜다.

천교백미 千嬌百媚 ｜ 매우 매력적이다. 여자의 미모와 자태가 뛰어나다.

남자라면 남자답게 처신하라

항상 근엄한 태도를 취하는 따분한 사람이 되지 말라. 그러기 위해서 품위에 손상이 가지 않는 범위 내에서 사람들의 놀이에 참가하라. 이것은 훌륭한 태도를 위한 격언이다. 대다수 사람들의 호감을 사기 위해 당신은 위엄을 약간 낮추어도 좋다. 때로는 사람들이 많이 가는 곳에 가도 좋다. 그러나 위신이 깎여서는 안 된다.

사람들은 공개석상에서 어리석게 구는 사람이 사생활에서는 분별 있게 행동한다고 보지 않는다. 사람은 평생 동안 힘겨운 노력으로 모은 것보다 더 많은 것을 하루를 즐겁게 보내는 동안에 잃을 수도 있다.

그렇다고 해서 언제나 외톨이로 홀로 떨어져 있어서는 안 된다. 혼자 유별나게 구는 것은 다른 모든 사람들을 비난하는 행동이다. 얌전빼는 행동은 더욱 해서는 안 된다. 그런 것은 여자들에게 맡겨라. 종교를 이유로 얌전빼는 행동도 어리석다.

남자답게 처신하는 것이 남자에게 가장 잘 어울린다. 여자가 남자다운 태도를 취하는 것은 뛰어난 재주가 될지도 모르지만, 그 반대의 경우는 그렇지 못하다.

✿ 서양 속담 · 명언

The sight of a man has the force of a lion.
대장부의 시선은 사자의 힘을 가진다. ⟪⟫ 서양

278
당신의 기질을 바꾸어라

선천적인 것이든 후천적인 것이든, 당신의 기질을 쇄신할 줄 알라. 사람의 기질은 7년마다 바뀐다고 한다. 당신의 취향이 더 좋게, 더 고상하게 향상되도록 기질을 바꾸어라. 태어난 지 7년이 지나면 사람은 이성을 갖춘다. 그 후 5년마다 탁월한 재능을 새로 추가시켜라.

이렇게 추가되는 재능들이 이성을 돕도록 감시하고, 또한 다른 재능들도 발전시킨다. 이러한 이유 때문에 많은 사람들은 지위나 직업이 바뀌면 그의 행동양식도 변하는 것이다. 그리고 행동양식이 완전히 변하기 전까지는 그 변화가 눈에 띄지 않는 경우가 가끔 있다.

사람은 20세에 공작, 30세에 사자, 40세에 낙타, 50세에 뱀, 60세에 개, 70세에 원숭이가 되고, 80세에는 아무것도 아니다.

❈ **서양 속담 · 명언**

How changed from him whom we knew!
그는 우리가 전혀 몰라보게 변했다! ⚓ 베르길리우스

⚓ **동양 고사성어**

괄목상대 刮目相對 │ 눈을 비비고 마주보다. 상대방의 학식, 재능, 처지 등이 놀랍게 향상되다.

279

자신의 재능을 남들에게 과시하라

자신을 남들에게 과시하라. 그것은 재능이 발산하는 광채이다. 누구에게나 자기를 드러낼 적절한 시기가 닥친다. 매일 승리를 얻는 것은 아니니까, 기회가 왔을 때 그 기회를 이용하라.

허세를 부리는 사람들은 보잘것없는 재능을 모아서 쇼를 하지만 대부분의 사람들은 많은 재능을 가지고 자신의 모습을 충실히 과시한다. 뛰어나고 다양한 재능들을 보여 준다면 그 재능들은 참으로 놀라운 것으로 보일 것이다.

빛이 최초로 우주 만물을 빛나도록 만들었다. 당신도 자신의 빛을 남들에게 제대로 보여 주면 세상은 당신에게 더 많은 것을 채워 줄 것이다.

하늘은 당신에게 완벽함을 부여하면서, 그것을 과시할 수단도 제공해 준다. 이 두 가지가 결합되지 않으면 그 어느 것도 결실을 맺지 못하기 때문이다.

그러나 능력을 과시하는 데는 기술이 필요하다. 아무리 뛰어난 재능도 그것이 발휘되는 것은 주위 여건에 달려 있고, 항상 좋은 여건만 만나는 것은 아니다.

적절한 시기를 택해야 하며, 과장된 과시도 피해야만 한다. 그렇지 않으면 남들의 눈에 필요 이상의 겉치레로 비치게 되어 경멸을 받게 된다. 천박해지지 않기 위해서는 잘 조절해야만 한다. 조금이라도 지나치면 지혜로운 사람들이 여지없이 멸시

한다. 때로는 일종의 무언의 웅변, 즉 탁월한 능력을 아무렇지도 않은 듯이 드러내는 것도 훌륭한 과시가 된다. 눈에 보이지 않는 것이 호기심을 최대한으로 자극하는 법이어서, 지혜롭게 숨기는 것이 효과가 가장 큰 자랑이 되는 경우가 많기 때문이다. 또한 자신의 탁월한 능력들을 한꺼번에 모두 보여 주지 않고, 시간이 갈수록 사람들이 조금씩 훔쳐보도록 내버려 두는 것도 우수한 기술이다. 업적마다 더 큰 업적으로 이어지고, 박수갈채가 끝나면 이어서 다른 박수갈채가 계속해서 일어나게 만들어야 한다.

✾ 서양 속담 · 명언

He that has an art, has everywhere a part.
재주를 가진 자는 어디서나 역할을 맡는다.   ✄ 영국

One head cannot hold all wisdom.
머리 하나에 모든 지혜를 담을 수는 없다.   ✄ 서양

🚢 동양 고사성어

탈영이출 脫穎而出 │ 인재가 자기 재능을 충분히 발휘하다.

포두노면 抛頭露面 │ 공개 장소에서 머리를 내밀고 얼굴을 드러내다. 자기를 과시하다.

유별난 사람은 악명이 자자하다

어떠한 일에 관해서도 악명을 피하라. 심지어 탁월한 재능들도 그 악명이 높아지면 본인에게 손해가 된다. 언제나 비난의 대상인 유별난 언행에서 악명이 나온다. 유별난 사람은 완전히 외톨이로 남는다.

아름다움도 지나치면 사람들의 호감을 상실한다. 지나친 아름다움은 주목을 너무 끌어서 사람들의 기분을 상하게 하는 것이다. 이 원칙은 불명예스러운 기벽에 한층 더 잘 적용된다. 그런데도 사악한 사람들 가운데 어떤 사람들은 자신의 악명을 드높이기 위해 새로운 악습을 추구하여 유명해지려고 애쓴다. 심지어는 지식도 아는 것을 너무 많이 떠들어대면 공허한 말장난으로 전락할 수 있다.

❋ **서양 속담·명언**

He that has an ill name is half hanged.
악명이 높은 자는 절반은 목이 매달린 것이다. ❧ 서양

A man without honor is worse than dead.
명예가 없는 자는 죽은 것보다 더 못하다. ❧ 스페인

❀ **동양 고사성어**

취명소저 臭名昭著 │ 악명이 높아서 누구나 다 알다.

281
반박에 대꾸하지 말라

당신을 반박하는 사람들에게 대꾸하지 말라. 당신은 그 반박이 교활함이나 천박함에서 나오는 것인지 구별해야 한다. 그것이 반드시 완고한 것은 아니지만, 교활한 것일 수는 있다. 어느쪽인지 주목하라. 전자의 경우에 당신은 어려움을 겪지만, 후자의 경우에는 위험에 빠지기 때문이다.

염탐꾼에 대한 경계심이 가장 필요하다. 마음의 문을 여는 열쇠에 대해서는 문 뒤에 경계심의 빗장을 꽂아 두는 것이 가장 강력한 대항 수단이다.

🌸 서양 속담 · 명언

Even the lion must defend himself against the flies.
사자마저도 파리들로부터 자신을 방어해야만 한다. 🦢 독일

Every one's censure is first molded in his own nature.
누구나 그의 비난은 그의 본성 안에서 먼저 형성된다. 🦢 영국

🪷 동양 고사성어

경구박설 輕口薄舌 │ 경솔하게 말하고 심하게 비난하다.

취문성뢰 聚蚊成雷 │ 모기가 떼를 지어서 내는 소리가 우레 같다. 사악한 무리가 떠들어대면 하찮은 일도 대단한 일처럼 과장된다.

속고 속이는 세상에 살고 있다

신뢰할 만한 사람이 되라. 명예로운 거래가 사라지고, 신뢰는 배신당하며, 아무도 약속을 지키지 않고, 봉사를 많이 할수록 그 보상은 더욱 적어진다. 요즘 세상은 그렇게 돌아간다.

여러 나라의 백성들 전체가 속이고 속는 거래에 몰두한다. 어떤 사람에 대해서는 항상 배신을 두려워해야 하고, 어떤 사람에 대해서는 약속 위반을, 또 다른 사람에 대해서는 속임수를 걱정해야만 한다.

다른 사람들의 이러한 나쁜 행실은 우리에게 모범이 아니라 경고가 되어야 한다. 이런 비열한 태도들에 익숙해져서 우리의 성실함이 유린될까 봐 두려워해야 한다.

❀ 서양 속담 · 명언

An honest man's word is as good as his bond.
정직한 사람의 말은 그의 맹약과 같다.   ∿ 영국

Credit being lost, all the social intercourse of men is brought to naught.
신의가 사라지면 모든 인간관계가 무너진다.   ∿ 리비우스

❀ 동양 고사성어

이목지신 移木之信 | 나무를 옮기는 일에 대한 신의. 약속을 반드시 지키다. 백성의 신임을 얻으려는 위정자의 태도.

283
양식 있는 사람들의 호의가 중요하다

양식 있는 사람들의 호의를 획득하라. 탁월한 인물 한 사람이 조금이라도 인정해 주는 것이 천박한 일반 대중의 뜨거운 박수갈채보다 더 가치가 있다. 쌀겨의 연기를 가지고 밥을 지을 수는 없는 것이다.

지혜로운 사람들은 이해력을 가지고 말하고, 그들의 칭찬은 지속적인 만족을 준다. 지혜로운 안티고누스는 오로지 제우스 신이 내리는 명예만 원했고, 플라톤은 오로지 아리스토텔레스만을 자기 스승으로 삼았던 것이다.

한편, 어떤 사람들은 천박한 군중의 칭찬이라도 들으려고 애쓴다. 심지어 군주들마저 저술가들의 환심을 사려고 하는데, 얼굴이 못생긴 여자들이 화가의 붓을 두려워하는 것보다도 그들이 저술가들의 펜을 무서워하는 정도가 훨씬 더 심하다.

🌸 서양 속담 · 명언

A fine diamond may be ill set.
훌륭한 다이아몬드도 잘못 가공될 수 있다.   ⚜ 서양

⛵ 동양 고사성어

백락일고 伯樂一顧 │ 백락이 한번 뒤를 돌아다 보아주다. 명마도 백락을 만나야
세상에 알려진다. 현자가 자기를 알아주는 인물을 만나다.

284

명성을 높이려면
부재중일 때를 이용하라

한층 더 존경을 받거나 명망을 높이려면 당신이 부재중이라는 사실을 이용하라. 남들이 늘 당신을 바라보기 때문에 당신의 명성이 줄어든다면, 당신이 부재중이라는 사실은 명성을 높여 준다. 부재중에는 사자라고 여겨지던 사람이 직접 대면할 때는 권력자의 사생아처럼 조롱을 당할지도 모른다.

재능이란, 사람들이 그 핵심에 숨은 위대함보다도 겉껍데기만 보기 쉽기 때문에, 사용할수록 그 평가가 더욱 떨어진다.

상상력은 시력보다 그 미치는 거리가 더 멀다. 환멸은 보통 귀를 통해서 들어오지만, 역시 귀를 통해서 나가는 것이다. 언제나 여론의 주요 대상이 되는 사람이 자기 명성을 지킨다.

심지어는 불사조마저도 새로 태어나기 위해 멀리 다른 곳으로 물러가 부재중이라는 사실을 이용하고, 사람들이 자기를 더욱 찾도록 만든다.

❋ 서양 속담 · 명언

Out of sight out of mind.
보이지 않으면 망각된다. ∂⋄૭ 서양

The absent is never without blame nor the present without excuse.
부재자는 비난을 결코 면할 수 없고 현장에 있는 자는 항상 변명거리가 있다.
∂⋄૭ 프랑스

285

남의 일에 참견하지 말라

남에게 부담스러운 사람이 되지 말라. 그러면 경멸을 당하지 않을 것이다. 다른 사람들의 존경을 받고 싶다면, 당신이 자신을 먼저 존경하라.

사람들이 모이는 자리에는 참석하기보다는 빠져라. 그렇게 하면 사람들이 당신의 참석을 더욱 원하고 당신을 한층 환영할 것이다. 초청을 받지 않고서는 절대로 가지 말고, 그들이 사람을 보내서 당신에게 와 달라고 하는 경우에만 참석하라.

당신이 자청해서 어떤 일을 맡는다면, 실패했을 때는 모든 비난을 당신이 받아야 하고, 성공했을 때는 아무도 당신에게 고맙다고 하지 않는다. 남의 일에 참견하는 사람들은 언제나 비난의 표적이 된다. 그들은 뻔뻔스럽게 남의 일에 참견하기 때문에, 그 일에서 쫓겨날 때는 수모를 받는다.

서양 속담 · 명언

Come not to the counsel uncalled.

초청되지 않았다면 협의하는 자리에 가지 마라. — 영국

동양 고사성어

불속지객 不速之客 | 초청하지 않았는데 오는 손님. 불청객

남의 불운에 말려들지 말라

남의 불운 때문에 죽지는 말라. 진흙 수렁에 빠진 채 꼼짝도 못 하는 사람들을 조심하라. 그리고 자기와 함께 불운을 당하는 사람이 있다는 사실로 위안을 받기 위해서 그들이 다른 사람들에게 도와달라고 소리치는 모습을 잘 관찰하라.

그들은 자신이 불운을 견디도록 도와줄 다른 사람들을 찾는데, 그들이 번영할 때는 싸늘하게 등을 돌렸던 사람들이 도움의 손길을 보내는 경우가 많다. 물에 빠진 사람을 건지려는 경우, 자신도 익사할 위험에 직면하지 않기 위해서는 대단한 조심성이 필요하다.

🌻 서양 속담 · 명언

Drown not yourself to save a drowning man.
익사하는 사람을 구하기 위해 너 자신이 익사하지는 마라. ∿ 서양

Never burn your fingers to snuff another man's candle.
남의 촛불을 끄려고 네 손가락들을 태우는 일은 결코 하지 마라. ∿ 서양

🚢 동양 고사성어

종정구인 從井救人 | 우물 안에 들어가 남을 구하다. 남을 구하려다가 자기가 죽다.

구재휼환 救災恤患 | 남을 재난에서 구하거나 남의 재난을 없애주다.

287
창의력은 천재의 증거이다

창의력을 갖추어라. 그것은 가장 우수한 천재만이 가진 재능이다. 창조가 천재의 재능이라면, 선택은 이성을 지닌 자의 몫이다. 창의력은 하늘이 특별히 내려 주는 것이라서 매우 희귀한 재능이다.

어떤 것이 새롭게 만들어진 다음에 그것을 따라가는 일이야 누구든지 할 수 있지만, 그것을 처음 만들어 내는 것은 극소수의 사람들, 즉 가장 우수하고 가장 경험이 많은 사람들의 재능이다.

사람들은 새로운 것을 좋아한다. 그것이 많은 사람들을 기쁘게 해 주는 것이라면, 그것을 만든 사람은 명성을 두 배로 얻는다. 새로운 종류의 판단은 위험하지만, 새로운 종류의 천재는 모두 칭찬을 받을 자격이 있다. 그러나 성공하는 경우에는 이두 가지 모두 박수갈채를 받을 자격이 있다.

🌸 **서양 속담 · 명언**

The beginnings of all things are small.
모든 것의 시초는 작은 것이다. ∞ 키케로

A happy beginning is half the work.
좋은 시작은 일의 절반이다. ∞ 프랑스

격정에 휘둘릴 때는 뒤로 물러서라

격정에 휘둘릴 때는 절대로 행동을 취하지 말라. 그때 행동을 취하면 당신은 모든 것을 잃는다. 당신이 딴사람으로 변했을 때는 자신을 위해서 행동할 수 없고, 격정은 언제나 이성을 몰아내는 법이다.

격정에 휘둘리는 경우에는 냉정함을 유지할 수 있는 신중한 사람을 중개인으로 내세워라. 관람객은 냉정함을 유지하기 때문에 경기를 더 잘 살펴보는 것이다.

자신이 격정에 휘둘리고 있다고 깨달으면 즉시 현명하게 뒤로 물러서라. 격정이 끓어오르면 곧 폭발하게 마련이기 때문이다. 한순간의 어리석은 행동 때문에 오랫동안 스스로 후회할 뿐만 아니라, 다른 사람들의 비난도 초래하게 된다.

❀ 서양 속담 · 명언

Lookers-on see more than the players.
관람자들이 선수들보다 더 많이 본다. ✤ 서양

The precept "Nothing rashly," is everywhere serviceable.
"아무 것도 성급하게 하지 말라."는 명령은 어디서나 적용될 수 있다. ✤ 그리스

⚓ 동양 고사성어

방관자청 傍觀者淸 │ 방관자가 사물을 냉정히 올바르게 본다.

289
현재 상황에 적응하라

　현재 상황에 적응해서 살라. 우리의 생각과 행동은 주위 상황에 따라서 결정해야 한다 그러므로 행동할 수 있을 때 행동하라. 세월은 아무도 기다려 주지 않는다.

　기본 덕목에 관련되는 법칙 이외에 어떤 특정 법칙들만 따라서 살지 말라. 오늘 당신이 내버린 물을 내일 마셔야 할 지도 모르기 때문에, 당신의 의지도 특정한 조건들에만 좌우되지 않도록 하라.

　어떤 사람들은 너무나도 불합리하고 모순에 차 있다. 그래서 그들은 주위 여건이 모두 자신의 기이한 변덕에 좌우되기를 바라면서, 그 반대의 경우는 안 된다고 믿는다.

　지혜로운 사람은 가장 우세한 바람에 따라서 배를 조종하는 것만이 가장 현명한 처사라고 본다.

　❀ 서양 속담 · 명언

He is a fool who does not know which way the wind blows.
바람이 어느 쪽으로 부는지 모르는 자는 바보다.　❧ 이탈리아

　⚓ 동양 고사성어

견풍사타 見風使舵 │ 바람의 방향을 보고 노를 젓다. 형편을 보아 일을 처리하다. 기회주의적 태도를 취하다.

290
경솔하면 명성을 잃는다

당신이 다른 사람들과 똑같다고 드러내는 것만큼 당신의 가치를 떨어뜨리는 일은 없다. 당신이 평범한 인간에 불과하다고 모든 사람이 깨닫게 되면, 당신은 더 이상 신성한 존재로 여겨지지 않는다. 경솔하면 명성을 절대로 얻을 수 없다.

신중한 사람은 보통 사람들보다 훨씬 더 훌륭하다는 평판을 얻지만, 경솔한 사람은 그들보다 아주 못하다는 소리를 듣는다. 경솔함보다 더 사람들의 존경을 잃게 하는 결점은 없다. 그것은 경솔함이 굳건한 진지함과 정반대이기 때문이다. 경솔한 사람은 노인이 되어서 현명하게 보인다고 해도 신뢰할 만한 인물은 될 수가 없다. 이 결점은 너무나 흔한 것이지만, 그렇다고 해서 이에 대한 사람들의 경멸이 줄어드는 것은 아니다.

※ 서양 속담 · 명언

A fool's bolt is soon shot.
바보는 화살을 빨리 쏘아버린다. ◁◁ 서양

Don't say, I'll never drink of this water, how dirty soever it be.
물이 아무리 더럽다 해도, 나는 결코 이 물을 마시지 않겠다고는 말하지 마라. ◁◁ 영국

※ 동양 고사성어

경거망동 輕擧妄動 │ 경솔하게 분수없이 행동하다.

사랑과 존경을 동시에 받아라

　사람들의 사랑과 존경을 동시에 받는다면, 그것은 큰 행운이다. 그러나 사람들에게 존경받기를 원하는 경우에는 사람들의 사랑까지 받으려고 하면 안 된다. 존경받는 일에는 사랑은 증오보다 효과가 없다. 사랑과 존경은 서로 잘 어울리지 않는다.

　그러므로 사람들이 당신을 너무 두려워하는 것도 안 되지만, 너무 사랑하는 것도 좋지 않다. 사랑이 증가할수록 당신에 대한 사람들의 존경은 더욱 감소한다.

　따라서 정열적인 사랑보다는 존경심이 깃들인 사랑을 받기를 더욱 선호하라. 정열적인 사랑은 고귀한 사람보다는 보통 사람들에게나 어울리는 것이기 때문이다.

✿ 서양 속담 · 명언

It is better to be beloved than honored.
존경보다는 사랑을 받는 것이 낫다.　◈ 서양

The honor we receive from those that fear us is not honor.
우리를 두려워하는 사람들로부터 받는 존경은 존경이 아니다.　◈ 몽테뉴

✿ 동양 고사성어

태산북두 泰山北斗 │ 태산과 북두칠성. 제일인자. 권위자. 대가. 많은 사람들
이 존경하는 인물.

다른 사람의 성격과 특성을 알아내라

다른 사람을 시험해 볼 줄 알라. 지혜로운 사람이라면 사악한 사람들의 함정을 조심할 줄 알아야 한다.

다른 사람을 알아보기 위해서는 탁월한 판단력이 필요하다. 식물과 광물의 특성을 아는 것보다도 사람들의 성격과 특성을 알아내는 것이 더 중요하다. 이것은 삶에서 가장 예민한 문제 가운데 하나이다. 금속은 음향으로 알아보고, 사람은 목소리로 알아볼 수 있다. 말은 그 사람이 어떠한 사람인가에 대한 증거이고, 행동은 그보다 더 확실한 증거이다.

따라서 사람을 제대로 알아보기 위해서는 비상한 조심성, 깊은 관찰, 교묘한 분별력, 그리고 올바른 판단이 필요하다.

❄ **서양 속담·명언**

A bird is known by its note, and a man by his talk.
새는 노랫소리로, 사람은 그의 말로 평가된다. ✂ 서양

It takes three generations to make a gentleman.
신사를 만드는 데는 세 세대가 걸린다. ✂ 영국

❄ **동양 고사성어**

신언서판 身言書判 │ 당나라 때부터 인물을 평가하는 네 가지 조건. 즉 태도, 말씨, 글, 판단력. 선비가 구비해야 할 네 가지 미덕

293
직책에 필요한 능력을 구비하라

당신의 직책에 필요한 것보다 훨씬 많은 능력을 구비하라. 직책에 필요한 수준 이하의 능력밖에 없으면 안 된다.

지위가 높을수록 능력도 더 많이 구비해야 한다. 지위가 높아질수록 다방면에 걸친 능력은 더욱 발휘되고, 한층 더 넓은 범위에 미친다. 반면 마음이 편협한 사람은 그의 책임과 명성이 줄어드는 데 따라 쉽게 낙담하고 비탄에 잠길 것이다.

로마 제국의 위대한 황제 아우구스투스는 위대한 군주가 되기보다는 위대한 인물이 되기를 더 원했다. 그의 경우, 고매한 정신이 제자리를 발견하고, 기초가 튼튼한 자신감이 그 기회를 얻었던 것이다.

🌸 **서양 속담 · 명언**

The fox is versatile in its resources, but the hedgehog has one, and that the chief of all.

여우는 다방면에 재주가 많지만 고슴도치는 한 가지 재주, 그것도 가장 중요한 것을 가지고 있다. ✑ 로마

🐚 **동양 고사성어**

발산초해 拔山超海 │ 산을 뽑아 바다를 건너가다. 능력이 매우 많다.

다재다능 多才多能 │ 재주와 능력이 많다.

충분히 성숙한 사람이 되라

얼마나 성숙한 사람인지는 옷차림으로 알아볼 수 있지만, 습관을 보면 더욱 잘 알 수가 있다. 귀금속은 무거운 것이 특징이고, 고상한 사람은 도덕적으로 훌륭한 것이 특징이다.

충분히 성숙한 사람은 자기 능력을 최대한으로 발휘하고 다른 사람들의 존경심을 불러일으킨다. 그의 침착한 태도는 정신이 성숙했다는 것을 잘 드러내 준다. 어리석은 사람들이 무분별한 것은 그들이 성숙하지 못하고 경솔하기 때문이다.

그러나 성숙한 사람은 그 어조가 침착하고 권위가 있다. 이러한 사람들이 하는 말은 웅변이 되고, 그 행동은 위대한 업적을 낳는다. 사람은 충분히 성숙한 상태에 이르러야 비로소 완성되기 때문에, 성숙한 사람만이 사람 구실을 제대로 한다. 어린애처럼 유치한 수준을 벗어나야 사람은 진지해지고 권위를 지니기 시작한다.

🌟 **서양 속담 · 명언**

He knows best what good is, that has endured evil.
불운을 견디어낸 자가 행운이 무엇인지 가장 잘 안다.　✤ 영국

🏯 **동양 고사성어**

우모풍만 羽毛豊滿 ┃ 충분히 성숙하다. 역량을 이미 충분히 쌓았다.

295
다른 사람의 입장에서 생각하라

자기 생각만 옳다고 우기지 말라. 사람은 누구나 자기 관심이 쏠리는 데 따라 나름대로 견해를 가지고, 그 견해를 뒷받침하는 근거가 충분하다고 생각한다. 대부분의 사람들은 논리보다는 감성에 따라 판단하기 때문이다.

서로 반대되는 견해를 지닌 두 사람이 만났을 때, 각자 자기 견해가 합리적이라고 생각할 수도 있다. 그러나 올바른 논리란 언제나 한 가지뿐이고, 양극단을 지지하는 일은 절대로 없다.

이러한 경우에 현명한 사람은 조심스럽게 논리를 전개한다. 반대편의 견해를 살펴볼 때 자기 견해에 대해 의심이 생길 수도 있기 때문이다. 다른 사람의 입장에 서 보라. 그런 다음, 그의 견해를 뒷받침해 주는 근거를 조사해 보라. 그러면 당신은 그를 틀렸다고 비난하지 않거나, 자기 견해를 제대로 옹호하지 못하게 될 것이다.

✸ 서양 속담 · 명언

If you were in my situation, you would think otherwise.
네가 내 처지에 있다면 너는 달리 생각할 것이다.   ◌◌◌ 로마

✸ 동양 고사성어

역지사지 易地思之 ┃ 입장을 서로 바꾸어서 생각해 본다.

남의 공적을 훔치는 좀도둑이 많다

당신이 손도 대지 않은 일에 공로가 있는 척하지 말라. 많은 사람들은 자신이 전혀 기여하지도 않은 일에 대해 그 공적을 주장한다. 아주 태연하게 모든 사람을 속이려고 하는 것이다.

박수갈채에 따라 이랬다저랬다 하는 그들은 다른 사람들에게 큰 웃음거리가 된다. 허영은 언제나 못마땅한 것이지만, 그들의 경우에는 비열한 것이다. 명예를 찾아 헤매는 이 개미들은 공적의 부스러기를 좀도둑질하기 위해 사방으로 기어다닌다. 실제로 업적이 많을수록 당신은 더욱 업적이 있는 척할 필요가 없다. 당신은 오로지 일 자체의 성공에 대해서만 만족하고, 공적을 자랑하는 행동은 다른 사람들에게 맡겨라. 당신의 업적을 넘겨 주라. 그러나 그것을 팔지는 말라.

진흙 바닥에 당신에 대한 칭찬의 글을 쓰기 위해서 타락한 학자들을 매수하지 말라. 그렇게 하면, 내막을 잘 아는 사람들이 당신을 조소할 것이다. 영웅처럼 보이기보다는 차라리 영웅이 되기를 열망하라.

✺ 서양 속담 · 명언

A successful man loses no reputation.
성공한 사람은 명성을 잃지 않는다. ∽∽ 서양

297
위엄있는 인물이 되라

뛰어난 능력들을 갖추어야만 위대한 인물이 된다. 위대한 인물 한 명은 평범한 사람을 무수히 모은 것보다 더 가치가 있다.

예전에 어떤 사람은 자기의 모든 물건, 심지어는 가구까지도 최대한 크게 만들었다. 그렇다면 위대한 인물은 정신의 모든 능력을 최대한 뛰어나게 만드는 일에 얼마나 더 전력해야만 하겠는가! 신이 지닌 것은 모두 영원하고 무한하다. 영웅이 지닌 것은 모두 위대하고 장엄해야 한다. 그래서 그의 모든 행동, 아니 그의 모든 말에서 찬란한 위엄의 광채가 발산되어야 하는 것이다.

✿ 서양 속담 · 명언

To judge of the lion by his claws.
사자를 그 발톱들로 판단하다. ✍ 그리스

Masters two will not do.
두 주인은 공존할 수 없다. ✍ 서양

⚓ 동양 고사성어

난세영웅 亂世英雄 │ 어지러운 세상에서 큰 공을 세우는 영웅

양웅불구립 兩雄不俱立 │ 두 영웅은 함께 설 수 없다. 지도자는 한 사람뿐이다.

298
벽에도 귀가 있다

　항상 남들의 주목을 받고 있는 것처럼 행동하라. 사람들이 자기를 보고 있거나 볼 것이라는 사실을 깨닫는 사람은 사방을 둘러본다. 그는 벽에도 모두 귀가 있고, 악행은 부메랑처럼 돌아와 자기를 해친다는 것을 잘 알고 있다.

　심지어 혼자 있는 경우에도, 그는 온 세상 사람들이 자기를 보고 있기라도 하듯이 행동한다. 그는 모든 것이 빠르든 늦든 언젠가는 드러날 것이라고 알고 있기 때문에 현재 자신을 주시하는 사람들을 자기 행동에 대한 미래의 증인들로 여긴다.

　그러나 온 세상 사람들이 항상 자기를 우러러보기를 원했던 사람들은 자기 이웃들이 담 너머로 쳐다보는데도 전혀 개의치 않는다.

🌸 서양 속담 · 명언

Pitchers have ears.
물주전자에 귀가 달려 있다.　🌿 영국

The day has eyes, the night has ears.
낮에는 눈들이 있고 밤에는 귀들이 있다.　🌿 스코틀랜드

⚓ 동양 고사성어

격장유이 隔墻有耳 ┃ 벽에도 귀가 있다. 말을 조심해야 한다.

299
천재에게는 세 가지 특징이 있다

　천재에게는 풍부한 창의력, 심원한 지성, 그리고 유쾌하고 세련된 취향이라는 세 가지 특징이 있다. 이것들은 하늘이 천재에게 내려 준 가장 탁월한 선물이다. 생각을 잘하는 것은 좋은 일이다. 그러나 생각을 올바르게 하는 것, 즉 좋은 것에 대한 이해는 그보다 더 훌륭한 것이다.

　올바른 생각은 건전한 판단력을 외면하지 않는다. 판단력을 외면하면 도움이 되기보다 오히려 손해를 볼 것이다. 올바른 생각은 합리적인 본성에서 나온다.

　20세에는 의지가, 30세에는 지성이, 40세에는 판단력이 사람을 지배한다. 캄캄한 밤하늘에서 별처럼 빛나는 사람들이 있다. 그들은 어둠이 짙을수록 더욱 찬란하다.

　또 어떤 사람들은 상황에 적응하는 능력이 남보다 뛰어나다. 그들은 위기에 대처하는 방안을 항상 고안해 낸다. 이런 능력은 좋은 결과를 많이 거둔다. 풍성한 행복을 거두는 것이다. 한편, 좋은 취향은 인생 전체를 멋지고 풍요롭게 만든다.

🌸 서양 속담 · 명언

Genius is one part inspiration and three parts perspiration.
천재는 4분의 1의 영감과 4분의 3의 땀이다.　∞ 미국

300
사악한 고집쟁이에게는 등을 돌려라

무조건 고집만 부리지 말고, 여러 가지 사정을 잘 알아본 뒤에 행동하라. 완고함이란 정신에 돋아난 악성 종양이고, 모든 일을 그르치는 격정의 사생아다.

매사에 분쟁을 일삼는 사람들이 있는데, 그들은 인간관계를 크게 파괴하는 도둑들이다. 그들은 무슨 일이든 자기가 이기지 않으면 성이 차지 않는다. 그리고 남들과 평화롭게 어울려 살 줄도 모른다. 이런 사람들이 나라를 다스린다면 그 나라는 멸망의 위기를 맞는다. 그들은 정부에 대항해서 반란을 일으키고, 친자식처럼 돌봐야 마땅한 백성들을 적으로 만들기 때문이다. 그들은 매사에 잔재주를 피우려고 하고, 그런 것을 자기 재능의 성과로 여긴다. 그러나 사람들은 그들의 사악한 기질을 알아차려 즉시 그들에게 대항하고, 그들의 터무니없는 계획을 뒤집을 방법을 알아낸다.

그들은 아무 일에도 성공하지 못하고, 다만 골칫거리만 잔뜩 쌓아 올릴 뿐이다. 모든 것이 그들에게 실망으로 돌아오기 때문이다. 그들의 머리는 혼란으로 가득 차고, 마음은 완전히 비뚤어져 있다. 이러한 괴물들에 대해서는 손을 쓸 여지가 전혀 없고, 다만 그들을 피해서 달아나는 것이 상책이다. 그들의 지긋지긋한 성질보다는 차라리 야만인들의 포악한 성질을 참아 주기가 더 쉽다.

🌸 서양 속담 · 명언

Want of wit is worse than want of gear.
융통성이 없는 것은 마구가 없는 것보다 더 못하다.　◈◎ 스코틀랜드

Many get into a dispute well that cannot get out well.
많은 사람은 분쟁에서 잘 빠져나올 수도 없으면서 거기 잘 끼어든다.　◈◎ 서양

Quarrel and strife make short life.
분쟁과 싸움은 수명을 단축시킨다.　◈◎ 서양

🚢 동양 고사성어

추도작랑 推濤作浪 │ 거친 파도를 더욱 크게 하다. 악인을 돕고 나쁜 일을 조
　　　　　　　　　장하다. 분쟁을 악화시키다.

찾아보기